La habitación de cristal

Luis Manuel Ruiz

La habitación de cristal

© 2004, Luis Manuel Ruiz
© De esta edición:
   2004, Santillana Ediciones Generales, S. L.
   Torrelaguna, 60. 28043 Madrid
   Teléfono 91 744 90 60
   Telefax 91 744 92 24
   www.alfaguara.com

ISBN: 84-204-0003-3
Depósito legal: M. 51.579-2003
Impreso en España - Printed in Spain

Diseño:
Proyecto de Enric Satué

© Imágenes de cubierta:
   EFE / SIPA-PRESS

© Diseño de cubierta:
   Jesús Sanz

Para Laura y Raimondo,
por el jardín de Via Piovensan

1. El coronel que perdió la cabeza

Para llegar a la casa, había que recorrer una de las avenidas centrales de Potsdam y girar a la derecha después de un quiosco de barquillos. Se descendía por una carretera flanqueada de álamos que solían frecuentar niñeras con carritos de la mano o acompañadas de jóvenes de uniforme que les hacían reír susurrándoles palabras al oído; esta carretera se encontraba vigilada intermitentemente por edificios de sequedad imperial, protegidos en el fondo de un jardín, tras una valla con lanzas y urnas, donde residían los supervivientes de la antigua Prusia heroica de Bismarck. Aquella casa se diferenciaba del resto en la tonalidad crema de las fachadas, aunque la arquitectura guillermina era la misma, con las dos alas, los amplios ventanales y el tejado de pizarra que conservaba, como todo en la zona que más sables y medallas había aportado al antiguo Reich, un color de armadura vieja. La obligatoria cancela estaba compuesta de dos docenas de barrotes y un escudo algo desteñido; detrás, un jardín con setos en espiral, estanques y faunos de piedra conducía a la entrada principal. Sólo la mitad de la casa se hallaba habitada, lo cual no sorprendía a nadie que pusiese atención en calcular sus dimensiones: el ala oeste se llenaba exclusivamente con motivo de visitas, bailes, recepciones o ceremonias sociales, razón por la cual los muebles arrumbados en aquella parte hacía mucho que no se desprendían de las sábanas que los mantenían cubiertos. La sala central del ala este, la habitada, era un extenso comedor con una mesa de caoba a la que solía sentarse un único comensal y muchos tapices en los muros, con hombres bordados cazando gacelas. La disposición de la planta baja imitaba los laberintos de parterres que decoraban el jardín: del comedor se salía a un inacabable pasillo ocupado por armaduras, que a su vez desembocaba en otro salón lleno de armas y condecoraciones, en el que un chatarrero habría disfrutado de algo muy parecido a la felicidad. Aparte de esas someras precisiones topográficas, el resto de las dependencias resultaba difícil de ubicar. Había una sala de té, con una chimenea de mármol sobre cuya repisa goteaban cuatro relojes escrupulosamente sincronizados; había una sala para fumar, con estanterías de maderas nobles, cajas de puros cerradas y un oscuro aroma a digestión y sobremesa en el aire; había una galería que servía de museo, donde se almacenaban con un criterio no muy transparente enseres notables por su belleza, por su monstruosidad o por pertenecer a esa categoría esquiva que se conoce con el nombre de arte. El museo podía situarse con facilidad porque contaba con una puerta que lo comunicaba al invernadero, y el invernadero se abría al jardín y a la fachada frontal. Las habitaciones útiles de la planta de arriba se contaban con los dedos de una mano: la alcoba matrimonial, con el casto dosel sobre la colcha de hilo y las cortinas de macramé; un vestidor tapizado con flores de lis y un ropero agazapado en una pared lateral; un tocador vacío que ya nadie usaba, en cuya coqueta se conservaban como reliquias las polveras y los perfumes de una mujer que no volvería a emplearlos. La entrada principal constituía el acceso más sencillo a la casa, a través de los tres escalones de mármol después de atravesar la avenida de parterres y la cancela. Su inconveniente más señalado era que había que contar con el saludo del mayordomo, una persona servicial y atenta que rogaba entregarle el bastón, el sombrero y el paraguas, y que se empeñaba en perder al visitante a lo largo de una superposición insólita de vestíbulos, gabinetes y salitas, para terminar en un punto del edificio que no resultaba evidente. La servidumbre estaba obligada a utilizar la entrada trasera, a través de las cocinas y una escalera descendente que desembocaba en el sótano y que cruzaba unas tétricas mazmorras habitadas por armarios con vestidos viejos y naftalina. Existía un tercer acceso, el que conducía desde el invernadero al museo y de allí al inextricable enigma del resto de las habitaciones.

Aquel día de febrero la puerta del invernadero, que contaba con ocho montantes de metal, cristales y una cerradura no muy fiel, aparecía entreabierta, como si el viento hubiera jugado a probar los goznes. El ambiente del interior del invernadero recordaba mucho a los acuarios, o a la penumbra remota de los barcos hundidos: muy escasos rayos de sol lograban penetrar a través de la estameña de ramales de los helechos, los ficus y las costillas de Adán. La puerta que unía el invernadero con la galería se encontraba también abierta, pero aquí no cabía atribuir el descuido al viento. Galería o museo eran los términos vagos que los habitantes de la casa empleaban sin compromiso para designar la gran sala que se abría detrás de aquella puerta, cuyo aspecto podría haber hecho pensar a un turista desprevenido en un guardamuebles, en la zona del sótano de unos grandes almacenes en que se hacinan los maniquíes sin vestir o en un vertedero de escombros. El dueño de la casa había reunido allí todos los objetos que le gustaba coleccionar, siguiendo la misma pauta enigmática que le había hecho distribuir las habitaciones del edificio: un primer examen arrojaba la presencia de jarrones chinos, espejos de todos los tamaños y figuras, relojes, lámparas, globos terráqueos de metal y madera y marfil, chibuquíes, incluso algún sable y yataganes orientales, aunque el emplazamiento de las armas correspondía a otra sala interior con menos luz y más óxido. Definitivamente, el término de museo resultaba demasiado elogioso: las cosas parecían haber sido agrupadas siguiendo extraños impulsos, no por afinidad, no por efecto estético, sino del mismo modo que si hubieran ido cayendo en un lecho geológico para formar estratos, indicios fósiles de las diferentes etapas que había ido atravesando la vida de su dueño. En un rincón brillaba la madera de avellano de una hermosa esfera armilar, a la que hacía compañía un rígido carillón con las agujas desorientadas; en la pared frente a los ventanales se producía un desfile de consolas y sillones, algunos de patas complicadas, con tapicería a rayas y guardabrazos tallados con tritones y nereidas; en otra esquina, un viejo niño Jesús de porcelana contemplaba cómo el moho cubría pacientemente su corona; y en el muro que conectaba la sala al invernadero, los ventanales, altos y delgados, convivían con los bodegones, los retratos de batallas y los espejos. A un lado de la puerta que accedía al interior de la casa, un mueble botellero ofrecía licores imprecisos; a unos pasos de él, uno de los espejos había caído de la pared y se había hecho pedazos sobre la moqueta. Por último, en el centro de la sala, con una pistola aferrada a los dedos y la cabeza convertida en una naranja pisada, se hallaba el coronel Hans Martin von Klankowström. La bala que lo había matado había entrado por su ojo izquierdo y se le había llevado la vida y la mitad del cerebro al salir por el extremo opuesto del cráneo.

El coronel era un hombre modesto: su servidumbre se reducía a un jardinero, una cocinera, una camarera, un chófer y un mayordomo, el único que permanecía con él caída la noche y que dormía en la casa desde que se marchara la señora. Después de aquel suceso aciago, la presencia del resto se consideró menos imprescindible y todos ellos contaban con autorización para pasar la noche en sus respectivos domicilios. Por los diversos testimonios de unos y de otros, cabía colegir que el coronel se dejaba ver poco, que se trataba de un hombre introvertido, casi taciturno, y que conducía su vida con una austeridad que le habría hecho candidato a un manual de santidad. La cocinera testificó que su dieta constaba de cuatro o cinco combinaciones de estrictas verduras, la camarera que su refresco favorito era el agua, el chófer que tenía que mover poco el coche y que cuando lo hacía se limitaba a conducir hasta el bosque de Grunewald, donde al señor le gustaba compartir el aire con los pinos. Pero había otra clase de excursiones de la que el resto de sirvientes no estaba al tanto, salvo el mayordomo y el chófer, y que llevaban al coronel a Potsdam bastante avanzada la noche, hasta una taberna con ventanas emplomadas donde cubría poco a poco una mesa del fondo del local con botellas de aguardiente vacías. Naturalmente, se trataba de una distensión justificable, hombres de tan graves y de tan profundas responsabilidades tenían derecho a solicitar la parcela de olvido que otorga una pizca de alcohol. Aunque, en los últimos tiempos, aquella justificación había estado a punto de perder su consistencia: las visitas a la taberna de Potsdam habían ido menudeando hasta volverse casi diarias, y el coronel buscaba ahogar en ellas dolores más intensos que los que le infligía su puesto en la administración de la Primera Región Militar del Estado alemán. La señora Von Klankowström, dieciocho años más joven que el coronel, había huido de la casa una mañana de primavera detrás de su profesor de canto, un mamarracho con bigotes en forma de pincel que su marido le había estado costeando amorosamente durante dos años. Desde entonces, la misantropía del coronel había ido volviéndose más y más honda hasta acercarle a pocas brazas de la ausencia. No era difícil entrever qué encontraba en el fondo de aquel pozo: recuerdos, trozos de imágenes, rabia y una sorda desesperación. La fiebre por el coleccionismo del coronel se disparó también entonces. Siempre le había gustado almacenar objetos sin ninguna intención precisa, sólo por verlos alineados en las estanterías o los bargueños, pero desde la huida de su esposa los acopiaba sin orden ni método, casi sin fijarse en lo que llevaba a casa: el misterioso caos del museo era un fiel retrato de las contradicciones de su alma, y detrás del invernadero, en la esquina opuesta del edificio, se alzaba una vieja cabaña que antes usaba el jardinero y que ahora atestaban las antigüedades, los muebles y las pinturas. Había perdido su fe en las personas para confiársela a las cosas; en una carta a un remoto amigo de Dresde, compañero de regimiento durante la Gran Guerra, reveló que los objetos le resultaban criaturas más fieles, sólidas y permanentes que los hombres, siempre dispuestos a la traición.

La desaparición de la señora Von Klankowström había dejado la marca de una firme rutina en las noches de su marido. El chófer, que tenía permiso para guardar el coche en su propia casa, a pocos kilómetros de la del coronel, lo recogía frente a la cancela y lo conducía hasta un discreto restaurante de Potsdam donde efectuaba una cena con más tristeza que frugalidad. Después venía la oscura taberna de las ventanas emplomadas, en un barrio del oeste en que nadie se interesaba por la matrícula de su vehículo ni por las medallas que le gustaba lucir en las solapas del abrigo. El coronel era un hombre recio, curtido en varias guerras, con una constitución que hubiera envidiado un armario ropero: había sufrido diversas heridas en el abdomen y la mandíbula a lo largo de sus treinta años de servicio y dos botellas de aguardiente no constituían peligros para su posición vertical, así que volvía a casa sólo obnubilado por un leve estupor. Al tanto de esta costumbre, y harto de esperar luchando contra el sueño hasta horas inmisericordes de la madrugada, el mayordomo había obtenido permiso para acostarse temprano. Así que el coronel regresaba con el estómago convertido en una licorería, abría él mismo la cancela y la puerta principal de la mansión y se iba resollando hasta la cama.

La noche de autos, el 22 de febrero de 1933, el chófer dejó como siempre al señor en la puerta de la verja y se marchó a casa. El coronel abrió como siempre la cancela, subió como siempre los tres escalones de mármol de la entrada principal y, como siempre, entró en la casa; pero, y esto era distinto, en vez de ascender al piso superior en el que se hallaba su alcoba, penetró en la galería, en el museo. El mayordomo, señor Harald Schrum, de Lüneburg, aseguró que no oyó nada en toda la noche, lo cual incluía la llegada del señor y el sonoro estrépito de pestillos y cadenas que debía organizar cada vez que tenía que abrir la puerta principal del edificio. El señor Schrum insistía en que durmió profundamente toda la noche y en que su sorpresa fue mayúscula al encontrar la cama del coronel vacía a la mañana siguiente. El espanto sustituyó a la sorpresa cuando el señor apareció en el museo, con la cabeza convertida en una fruta exprimida, en medio de un oneroso charco de sangre, sin ni siquiera haberse desprendido del abrigo. Aunque el mayordomo repitió una y otra vez en sus declaraciones que no oyó nada de nada, resulta difícil de creer que no le sobresaltara, al menos, un disparo. El arma que figuraba en la mano engarrotada del cadáver era la Mauser personal del coronel, que él llevaba siempre consigo por temor a los atentados comunistas que estaban ensangrentando la nación; el cargador revelaba que había sido disparada dos veces, y el destino de la segunda bala no parecía difícil de desentrañar. En cuanto a la primera, no había dejado rastro en ninguna parte: no existía agujero, mueble desportillado o cristal en añicos que indicara que había elegido otro lugar para ocultarse. Ni siquiera fuera de la galería, en el invernadero o el breve corredor que la conectaba al interior de la casa, se registró ningún desperfecto que pudiera delatarla. La insistencia con que el índice del cuerpo presionaba el gatillo del arma parecía colocar fuera de toda duda el hecho de que la hubiese disparado otra persona y que después del crimen la hubiera abrochado a la mano muerta. El suicidio resultaba la explicación más convincente, también porque la bala penetró por el ojo izquierdo desde la mano izquierda y el coronel era zurdo. La tesis del suicidio evitaba una farragosa sucesión de bifurcaciones y desvíos suplementarios, pero no siempre el camino más corto es el más sencillo. Si se aceptaba que el coronel Von Klankowström había decidido prescindir de su futuro reventándose el ojo izquierdo después de ingerir un par de botellas de aguardiente, todavía quedaba por explicar adónde había ido a parar la primera bala que la Mauser había expulsado del cargador, qué hacía uno de sus valiosos espejos antiguos en la moqueta del museo convertido en un rompecabezas, y por qué faltaba otro espejo más de la pared que daba al invernadero, en la que cualquier persona, por despistada que fuese, podía apreciar la aparatosa ausencia entre un ventanal y la pintura que escenificaba un día en las carreras de caballos. Dependiendo del talante con que se examinasen los informes, el suceso toleraba imparcialmente que se le calificase como suicidio o como robo: un suicidio en que alguien había decidido cobrarse la herencia del coronel antes de tiempo o un robo que había desesperado de tal modo al dueño de la casa que le había convencido de que lo más conveniente era atajar su disgusto con un disparo. La teoría del suicidio gratuito contaba con la ventaja de no necesitar a un ladrón que podía entrar y salir a voluntad de la mansión sin obedecer a los pestillos y las puertas, y tan sigiloso como para no ahuyentar el sueño del mayordomo.

Como es natural, el señor Schrum tuvo que contestar a una serie de largos y sofisticados interrogatorios; su presunción de inocencia vino avalada por sus treinta años de servicio modélico junto al coronel y los dos registros por sorpresa que se efectuaron a su habitación y que no aportaron un resultado ostensible. En suma, y concluyendo por fin de hablar del coronel, de la servidumbre y de la casa, se trataba del típico caso contra el que se estrellaba la perplejidad de todo policía sin importar su procedencia, escuela y método, y que se arrumbaba en un cajón de los ficheros para que el tiempo, si no se encargaba de resolverlo, le aportara al menos un cómodo olvido. Hasta entonces, sólo cabía mover papeles; por eso acabó encima de la mesa del inspector Andreas Menz.

El despacho de Andreas Menz era una metáfora de la situación de su dueño en la policía criminal de Berlín. Se encontraba dos plantas por debajo de la recepción, cerca del sótano, al final de un lóbrego corredor ocupado por ficheros, depósitos de trastos, antiguas oficinas clausuradas, que sólo visitaba un funcionario extraviado dos o tres veces en semana para arrojar pilas de documentos a la basura. Allí se hallaba el lugar natural de Menz: entre máquinas de escribir con las teclas tuertas, historiales amarillos de criminales suprimidos por la horca, mesas cojas que nadie se había tomado el trabajo de sanar. Todos los casos con una sombra de insolubilidad en el atestado emprendían una peregrinación descendente a través del edificio de ladrillo rojo de la Comisaría Central, para terminar introduciéndose en aquel pasillo del antesótano, que suponía una especie de prólogo o trámite previo del olvido. En realidad, todo lo que había allí abajo, expedientes, muebles, basuras, el propio Menz, llevaba mucho tiempo olvidado. El silencio era la única criatura realmente viva que habitaba el corredor y las habitaciones atestadas de desechos: un silencio nítido, rotundo, a ratos interrumpido por el carraspeo de las aguas al descender a través de las cañerías. Andreas Menz, inspector criminal, había sido relegado a las profundidades de un cuarto angosto, sin demasiada ventilación, cuyo único vínculo con el mundo exterior consistía en un raquítico tragaluz; ese nombre no había sido jamás usado con mayor propiedad que para definir el orificio rectangular que taladraba el muro casi a la altura del techo, y que a veces permitía distinguir sombras de zapatos y el olor agónico de una colilla mal apagada. El despacho había servido en el pasado para arrinconar las herramientas del servicio de limpieza; la suciedad recabada por las escobas que pasaban allí las noches seguía acampada en los rincones. Se trataba de un prodigio de la arquitectura: constaba tan sólo de tres paredes, colocadas de tal modo que no sobrase espacio para nimiedades como caminar o extender los brazos. Menz tenía serias dificultades a la hora de sentarse a su escritorio y abrir la puerta, objeción a la cual sus superiores habían replicado que no eran dos acciones que fuera necesario acometer simultáneamente.

Doblado sobre la mesa, con su inseparable pajarita encima de la camisa y el bigote posado en el labio, Andreas Menz revistaba los informes que atravesaban su despacho como última escala antes de terminar en la papelera. Eran casos descartados por alguna de las oficinas de los cinco pisos superiores, casos que volvían inútiles su oscuridad, su estupidez, su misma evidencia, su falta de distinción. Menz los reunía sobre su escritorio y dedicaba sus limitados esfuerzos a la tarea de encontrarles una solución: pero eso no le evitaba entender que era sólo un niño que se distraía con los juguetes de otros recogidos en la basura. Así habían llegado hasta él dos de los grandes hitos de su carrera, el caso del suicida asesinado y el de la diva que perdió la dentadura. En el primero, tuvo que desenmascarar a un individuo que se había suicidado ahogándose con su alianza de matrimonio, previamente escondida en el interior de una albóndiga preparada por su esposa; odiaba a la mujer por haberse interpuesto en otros intentos de suicidio anteriores con cuchillos y sogas, y decidió cobrarse la revancha enredándola en la muerte que se había cocinado. La diva de la ópera Peznilkova era una momia con los ojos de carbón que aseguraba imitando poses de friso egipcio que una rival le había robado la dentadura, lo que le impedía cumplir la representación de *Madame Butterfly* que tenía apalabrada en Bayreuth: resultaba imposible vocalizar, y más en italiano, sin aquel adminículo sobre las encías. Aunque Menz estaba convencido de que el público no hubiera lamentado su ausencia, la Peznilkova repetía que tenía que respetar aquel compromiso, su reputación se hallaba en juego y ella contaba con una larga legión de admiradores devotos; Menz debió introducirse a hurtadillas en el hotel Adlon, uno de los principales de la capital, saquear los baúles y las perchas de una desconocida, examinar el forro de abrigos de pieles, incluso espulgar la pelambrera de un caniche, y todo para descubrir que a la asistente de la Peznilkova se le había olvidado franquear la maldita prótesis desde París.

No faltaban motivos para que Menz viviese exiliado en aquella última frontera de la Comisaría Central de Berlín, tampoco necesitaban ser mencionados. Sabía perfectamente dónde se encontraban las manchas que deslustraban su placa de policía: la abulia, la pereza, el desinterés que se tomaba por el cumplimiento de sus investigaciones no lo convertían en aspirante a un despacho más luminoso y mejor oreado. Desde la muerte de Elsbeth, una amargura sorda le aislaba del resto de sus compañeros, del resto de sus funciones, incluso del resto de su vida, y le hacía encarar con poco interés lo que quedaba más allá del escaparate del recuerdo. Sabía que su posición en el antesótano, en el interior de aquel trastero arrinconado, equivalía a una declaración de destierro, que poseía el rango de un castigo y una condena, pero no reunía la contrición necesaria para extraer provecho de su penitencia. Había llegado a encontrar comodidad en la rutina de descender hasta el pasillo iluminado por la precariedad de una lámpara de plato, abrir el despacho con la llave triangular, sentarse frente al escritorio y mirar la bombilla del flexo, como la bola de cristal que podía desvelarle las brumas de su futuro inmediato. Con los mismos ojos de estúpido se iba fijando sucesivamente en la vieja pipa que hacía años que no volvía a encender, en una pelota de críquet que un día había recogido de las aceras, en sus tres medallas alineadas en un tapete verde a las que le gustaba sacar brillo frotándolas a veces con las yemas de los dedos. Contemplaba durante horas los informes que una mano desconocida abandonaba sobre su mesa, como intentando descifrar un lenguaje secreto que se ocultaba debajo de su alemán anodino y ortopédico; se detenía varias veces sobre una palabra y la paladeaba, a punto de descubrir un nuevo sabor o de despertar un aroma, como si destapase un frasco de perfume. De vez en cuando dejaba la comisaría, y con la excusa de ir a informarse para un caso que nunca resolvía vagaba por Berlín, arrastrando los pies, deteniéndose frente a las vitrinas de los estancos, recalando intermitentemente en las confiterías para concederse un café o un vaso de schnapps. A pesar de todo, Andreas Menz tenía en el sótano del corazón una dignidad que a ratos pegaba gritos y daba patadas, lo que le movía a concebir breves planes de reforma. Sentado sobre su rígida silla del despacho o sobre un banco del Tiergarten, vaticinaba que en su próximo caso le aguardaría la consagración definitiva, la rescisión de tantos años de incuria, olvido y tedio. Pero la estupidez y las tinieblas de los expedientes que alcanzaban sus manos apagaban pronto ese entusiasmo, y de nuevo parecía más cómodo dejarse conducir, mirar la bombilla del flexo y espiar el cromado de los encendedores en los escaparates que iluminaban la Friedrichstrasse.

En otra clase de circunstancias, habría hecho ya tiempo que el puesto de Andreas Menz se hubiera encontrado vacante y que él engrosaría el inacabable catálogo de desempleados que arrastraba la República de Weimar. La dejación constante de sus obligaciones lo convertía en un candidato perfecto para el despido o el cese. Pero aquella medida drástica no podía tener lugar: Menz había logrado su plaza de *Krimminalinspektor* por méritos especiales. Rememorando aquellos días empañados de la Gran Guerra, los ojos azules de Menz se despejaban de nubes, el bigote de ceniza que esperaba sobre su labio superior parecía desentumecerse y prepararse para volar. La voluntad y la decisión eran ornamentos que su alma nunca había lucido, y por eso la hazaña de su pasado le resultaba todavía más insólita cuando reflexionaba sobre ella. Hay veces, se decía, en que un ángel toma una resolución por nosotros y nos azota con una vara para hacernos avanzar, lo que la pereza habitual de Menz consideraba de agradecer. Durante la Gran Guerra, Menz ocupaba el puesto de sargento de comunicaciones en el Segundo Ejército del general Georg von der Maritz, destinado en Cambrai, en el frente oeste. Oyó muchos disparos en las trincheras, pero pocas veces comprobó de dónde procedían: su cometido consistía en ir recorriendo los pasillos repletos de sacos de tierra, empalizadas y hombres heridos para entregar despachos o hacerse cargo de que los teléfonos de los puestos consiguiesen establecer contacto con el exterior. En aquella zona de la frontera, la línea de ocupación se había quebrado en varias ocasiones, avanzando y retrocediendo hasta dibujar un confuso zigzag en los mapas estratégicos del alto mando. Después de conquistar un pequeño bocado de territorio al precio de algunos cientos de bajas, el batallón fue obligado a recular, hasta hacerse fuerte en la falda de una colina. Allí, durante meses, Andreas Menz padeció el estruendo de las bombas, los alaridos de un compañero al que un obús había segado una pierna, las columnas de polvo y arena con que la metralla acosaba las paredes de los búnkers. Los franceses y los ingleses disparaban día y noche, con todo lo que tenían a su alcance: a Menz le parecía que el ejército aliado debía de haber agotado su provisión de metal en la lluvia continua a que los sometía. Los oficiales ordenaban diariamente a Menz que estableciera comunicación con la capitanía general de la zona y exigiera refuerzos, labor que al principio él acometió con energía pero cuya visible inutilidad volvió superflua al poco tiempo. Pronto se hizo patente que el batallón no soportaría mucho más: el ánimo de los soldados estaba alcanzando los mismos niveles de escasez que la munición en los fusiles.

Pero un día el timbre del teléfono despertó a Menz y una voz gangosa le informó de que el Estado Mayor preparaba un contraataque en el mismo punto. A un kilómetro de la trinchera comenzaron a derramarse camiones llenos de hombres, jóvenes frescos y limpios con cascos que olían a fábrica, y junto a ellos llegaban altas personalidades en coches con paragolpes cromados. Muchos de los soldados del Segundo Ejército no habían contemplado jamás una colección más completa de sobredorados, medallas, bandas honoríficas, cruces y galones. Se encontraban allí no sólo el príncipe heredero Rupert de Baviera, comandante de la zona, sino el vicecomandante del Estado Mayor, Erich von Ludendorff, y nada menos que su mismísima alteza imperial el káiser Guillermo. Al atardecer, en uno de los escasos paréntesis en que los ingleses y los franceses dejaban de jugar a la diana, se ordenó formar a las tropas para un pase de revista. El aspecto de los semidioses que componían el Estado Mayor contrastaba penosamente con el de los despojos que les rendían homenaje: apenas había un hombre entero, sin una mutilación, una venda o una salpicadura de sangre en la casaca que sostuviera la carabina al paso de la comitiva. La división de zapadores y comunicaciones se situó junto a los últimos restos de la infantería; Menz compartió fila, muy erguido y solemne, con un muchacho con la mandíbula azulada por la barba, que parecía apretar algo entre los dientes mientras aferraba con nerviosismo su arma. No había visto jamás al káiser: al principio le costó distinguirlo del resto de ancianos, entorchados y sables que lo circundaban, pero el imponente casco con el águila lo delató. Pasó muy rápido por delante de él, así que Menz sólo pudo comprobar que se trataba de la confusa mezcla de un bigote con loción, una catarata de medallas que hubiera envidiado un quincallero, el raso de una capa y un abanico de plumas sobre una cimera. La impresión que lo inundó fue la de que se hallaba sin duda frente a una criatura mestiza entre el hombre y la raza de los héroes fabricados con mármol, aunque tampoco dispuso de mucho tiempo para reflexionar sobre lo que tenía delante; y ello porque, apenas pasada la comitiva, el joven de la barba azul de su derecha había comenzado a hacer unos ruidos muy desagradables con la escopeta, como si estuviera descorriendo el pestillo y cebando el cargador. Si deseaba ser honesto consigo mismo, Andreas Menz no tenía más remedio que atribuir a la parte más instintiva y por tanto menos propia de sí mismo el gran triunfo que había jalonado su carrera. Sólo pudo volverse y ver que el joven se había colocado la culata del arma en el hombro y que su cañón apuntaba a la espalda del káiser. Por mucho que en los años siguientes examinó los rincones de su alma en busca del motivo preciso, nunca supo a ciencia cierta qué le hizo arrojarse sobre el muchacho, golpear el fusil y hacer que el disparo se perdiera en el aire. El traidor fue arrastrado por cuatro soldados hasta el calabozo, entre gritos en los que llenaba de mierda al káiser, a su familia, a la monarquía y a la guerra, y en que reclamaba la llegada de la revolución: lo fusilaron el mismo día, luego de que se reconociera su afiliación al partido comunista. En cuanto al káiser, se aproximó hasta donde estaba Menz, le preguntó su nombre y reconoció en voz baja que le había salvado la vida, motivo por el cual le daba las gracias.

Al caer la noche, antes de que el Estado Mayor regresara a Berlín, Menz fue informado de que se le había concedido una audiencia privada. Le condujeron hasta un pequeño caserón a la orilla de un jardín con templete y palomas, donde tenía lugar una fiesta. Después de aguardar en un recibidor y girar en un pasillo, se encontró de nuevo frente al káiser, que ocupaba una estrecha madriguera detrás de un escritorio. En ropa de calle, con un traje de color trigo y una corbata en forma de hinchazón bajo la garganta, parecía un ser más frágil, diminuto y banal que el titán que había revistado al regimiento. Usando la misma voz fría que debía de emplear para ratificar las sentencias de muerte o advertir a la camarera de que su café estaba escaso de azúcar, reiteró su agradecimiento a Menz y le comunicó que le había sido otorgada la Condecoración por el Mérito al Valor, la Blue Max. Era la más importante de las tres medallas que Menz había conseguido a lo largo de la guerra por sus molestias e incomodidades probando teléfonos en las trincheras, y hacía juego sobre su mesa del despacho de la Comisaría Central de Berlín con la Ehrenkreuz des Weltkrieges, la Cruz del Servicio Activo de Guerra, y la Fürstlich Hohenzollernesches Ehrenkreuz, la Alta Cruz de Honor de los Hohenzollern. Luego de ese trámite, el hombrecito del bigote cruzó los dedos sobre el escritorio y preguntó muy despacio a Menz qué empleo deseaba en los ministerios del Estado: él era un hombre agradecido y sabía recompensar a aquellos con quienes les unía una deuda. Al principio, Menz estuvo tentado de elegir un pacífico puesto de aduanero en la frontera con Austria, tal y como había desempeñado su tío Erwin años atrás, un hombre que no hizo en toda su larga existencia más que comer queso, fumar de su pipa y mirar los culos de las muchachas de los pueblos vecinos que cruzaban frente a su puesto; pero después recordó las novelas de medio marco que había devorado en las trincheras para combatir el acoso alternativo del insomnio y del tedio, y quiso emular a los héroes de Conan Doyle: pidió un puesto de inspector criminal en la policía de Berlín. El káiser no se inmutó más que si le hubiera pedido una cerilla para prender un cigarrillo; con voz marcial pronunció que así sería y despidió a Menz.

Durante un largo año, la promesa del hombrecito del bigote no tuvo efecto. Menz prosiguió con su rutina de teléfonos y mensajes, aunque asignado a la retaguardia, en el mismo caserón en que le había sido entregada la Blue Max, y que ahora ocupaban el general Von der Maritz, sus botas y sus perros. Cierta tarde de noviembre de 1918, una carta matasellada con el águila imperial le comunicó, mediante un laberinto de frases jurídicas, que quedaba relevado de su puesto en el Segundo Ejército y que debía incorporarse a la brigada de inspección criminal de la Comisaría Central de Berlín. Dos días después, la revolución comunista derrocó al káiser.

A un par de calles de la Comisaría Central, en la Alexanderplatz, existía un restaurante que ocupaba un entresuelo y en el que Andreas Menz solía practicar el riguroso ceremonial de sus almuerzos. El Polidor formaba parte de una cadena de establecimientos con sucursales en todo Berlín, cuyas comunes características eran la discreción, un aire de distinción ajada que los emparentaba con aquellos cafés aristocráticos y polvorientos de la época del Reich y, sobre todo, la ubicuidad de los espejos. Había espejos en todos los rincones, cubriendo cada una de las paredes del local; parecía que cada uno de sus clientes almorzaba, bebía y soltaba carcajadas muchas veces, en una multitud de estancias distintas y contiguas. Menz había visitado otro restaurante de la misma franquicia que se encontraba en la Bülowplatz y le había sorprendido la misma multiplicación: uno tenía la impresión de ser contemplado simultáneamente por una legión de duplicados, de empuñar la cuchara en el centro de un teatro de cristal y habitaciones infinitas. Aunque la cocina era la misma en todos los restaurantes de la firma, Menz se había habituado al Polidor porque los camareros conocían su nombre y no necesitaba pedir la carta para comer lo que le apetecía. Contaba también con un rincón particular, lo más parecido a la intimidad en aquel lugar lleno de vidrio y ojos: una discreta mesita en un rincón del fondo de la sala, tras un biombo japonés, frente a un espejo donde un hombre con bigote y pajarita comía a la vez que él lo hacía y podía espiarse con comodidad el movimiento en el resto de las mesas.

Su posición, entre la Comisaría Central y el Ministerio de Justicia, atraía al Polidor a los diversos pelajes de funcionarios con que contaba la administración de la República. Secretarios estirados y cenicientos con cuellos duros, que llevaban su puesto escrito en la frente, jóvenes aspirantes a notarios con los dedos manchados de tinta y el cabello endurecido con laca de mala calidad, señoritas que se dedicaban a la taquigrafía y que deseaban un matrimonio ante el que se interponían la miopía y unas lentes demasiado espesas, todos entraban y salían del Polidor por la puerta principal que Menz podía controlar desde detrás de su biombo, todos ocupaban y desocupaban las mesas del fondo a intervalos regulares, como formando parte de una marea que primero anegaba las sillas y los manteles y luego los abandonaba. En el desembarco también aparecían algunos de los compañeros de Menz, policías de los pisos superiores de la Comisaría Central con los que había compartido alguna investigación en el pasado y que no se molestaban en mantener la mirada si por casualidad sus ojos se enganchaban en su pajarita de lunares. Y una nueva especie que desde hacía poco se había sumado al zoológico del Polidor era la de los jóvenes con camisas negras y pardas, y de caballeros maduros con los mismos uniformes y unos complicados galones en los hombros y las charreteras, que el gerente saludaba con inclinaciones de cabeza. El ascenso de Hitler a la cancillería había aumentado muchas cosas: el número de botas militares que marchaban por las calles, el tono áspero de los hombres de la SA y las SS al dirigirse a los desconocidos, la prepotencia de inútiles que hasta entonces sólo habían servido para soportar órdenes, y, sobre todo, el miedo en muchos corazones que sospechaban que Alemania no se encontraba en las manos más adecuadas si no buscaba estrellarse en el suelo y terminar hecha añicos. Los nazis sorprendían a Menz por su desenvoltura; a él le habían hecho falta más de treinta años para sentarse detrás de aquel biombo, pero los hombres de las esvásticas llegaban al restaurante y se apropiaban de los mejores puestos devolviendo risotadas a las objeciones del gerente, como si sus solas insignias y sus cabezas cuadradas les otorgaran derecho a anteponer su comodidad a la del resto de los clientes. Por no hablar del tono de voz y del barro que dejaban sus suelas por todas partes luego de que se hubieran marchado.

Andreas Menz detestaba las estridencias: toda su vida transcurría en aquel perezoso desinterés con que observaba la bombilla de su despacho, el mismo que le guiaba diariamente hasta el mantel beige del Polidor para contemplar la pleamar de comensales que iban y venían en el espejo del fondo y saborear con lentitud su copa de Golka antes del primer plato. El vino de Golka quintaesenciaba las pocas alegrías y placeres con que contaba la vida para Menz después de que se apagasen los fuegos artificiales de su juventud: aquel color de oro nuevo, el sabor afrutado, fragante y ácido, similar al de la fresa sin madurar, la tierna aspereza con que arrasaba su paladar después del primer trago constituían un resumen de la felicidad perdida, el último refugio al que podía acudir cuando las tormentas estaban a punto de volcarle el cielo sobre la coronilla. Por una misteriosa combinación de azares, el Golka había trazado una dirección a su vida y le había marcado una meta. Después de la muerte de Elsbeth, pidió un permiso por enfermedad que sus jefes le concedieron con algo parecido al alivio; salió de su casa un jueves al atardecer, llevando una bolsa con algunas ropas y una revista en la mano, tomó un tren en la estación de Potsdam y allí comenzó una región de su pasado que todavía le resultaba difícil de cartografiar, plagada de puntos oscuros, marismas y arenas movedizas. Se dejó conducir por la voluntad de los trenes durante semanas, sin encontrar objeciones. Transbordaba a ciegas, luego de haber descendido en un apeadero en el que había entrevisto un rostro o un sombrero que le gustaba; era frecuente que deshiciese de noche el camino que había realizado durante el día, y que sin advertirlo descubriese varias veces la misma ciudad. Si el sueño era lo suficientemente benévolo como para acordarse de él, Menz se arrojaba en el suelo del vagón, en los bancos de las estaciones, incluso frente a las taquillas de los billetes, olvidado de asearse, con el rostro convertido en una invasión de malas hierbas a la que ningún afeitado ponía cerco. Había cantinas en las estaciones que le concedían la gracia de un bocadillo después de que el camarero reprobara con un parpadeo de repugnancia su aspecto de vagabundo, pero los vagones restaurante solían ser más selectos y siempre quedaban pocas mesas libres para él.

Era poco probable que, de habérsele preguntado qué pretendía con aquel juego de trenes traspapelados, Menz hubiese podido ofrecer una respuesta exacta: tal vez, y sólo eso, buscaba olvidar a Elsbeth, o buscaba olvidarse él mismo. Un día, el expreso en que viajaba penetró en una estación desconocida; el hangar era como la boca abierta de un gran cetáceo de metal, y arriba, en el lugar que deberían haber ocupado los incisivos, brillaba un extraño mapamundi de bronce con la superficie roturada por decenas de surcos perpendiculares. Un diminuto tren parecía renquear por el interior de los hilos del ovillo, ilustrando la leyenda que figuraba debajo de él en media docena de idiomas, también el alemán: *el viaje no termina*. Sólo por contradecir la afirmación, Menz decidió detenerse allí. La estación se hallaba construida con hierro y cristal, y transmitía la misma apariencia de fragilidad que una tela de araña. El encargado de la cantina no se inmutó ante el depósito de basuras que Menz transportaba en el interior de la barba, le sirvió sin mirarle a los ojos la copa de vino que le había pedido. Después de dejar la moneda con un golpe sobre el mostrador, Menz se llevó la copa a los labios y tuvo una revelación. Supo que había llegado a alguna parte, que había atravesado una baliza, que todo el tortuoso laberinto de vagones, rieles, pasajeros y salas de espera de las últimas semanas conducían a aquella copa de vino. El sabor que acababa de franquear su garganta era único, templado, acre, lo más parecido a tragar polvo de oro. Menz lo paladeó dos veces, y sólo entonces se detuvo a observar su color, a estudiarlo al trasluz del cristal para comprobar que su aspecto constituía una traducción cabal de la fragancia que acababa de embrujarle. Sintió algo parecido a sus amores de adolescencia: ese entrevero de tibieza, blandura, promesas que no compensaba la sucia prueba de ningún beso. Por primera vez desde que salió de Berlín, quiso saber dónde se encontraba, qué era aquella sustancia que le estaba bajando por el esófago y hacía magia. El encargado de la cantina inclinó su boca de sapo para oír las preguntas de Menz y contestó con la misma entonación que si acabara de brotar de una charca:

—Se encuentra usted en la estación Okrebuhr, en Kuràmil, Arnia. Ésta es la línea Belgrado-Bucarest.

El vino que Menz bebía procedía de Golka, un pequeño pueblecito escondido en el valle del Arèn, entre lechos de lavanda, romero y tomillo. Aquel día, por primera vez en su vida, Andreas Menz vio la imagen de Golka sobre una ladera, como en el interior de uno de esos pisapapeles turísticos que al volcarse derraman nieve y lentejuelas, y que guardan en su corazón de vidrio una diminuta ciudad. Así era Golka en la imaginación de Menz y así seguiría siéndolo en los años futuros: una esperanza incrustada sobre la ladera de una colina que se abría al río,

ráfagas de especias levantándose al comienzo de la mañana, y él, o un doble de él más tranquilo, pacífico y delgado,
empuñando un bastón bajo la luz del sol, paseando entre
los brezales mientras saludaba a los labriegos y sus mulas.
La epifanía de la estación de Kuràmil marcó el regreso de
Menz a las navajas de afeitar, Berlín y la rutina. Jamás se
le había ocurrido trasladarse hasta Golka, descartaba la
ruta en sus vacaciones y confinaba esa lejana felicidad en
los días dorados de su jubilación, dentro de unos pocos
años, cuando ya no tuviera más obligaciones que pasearse y
sonreír. Mientras tanto, contaba con el sucedáneo del vino blanco, que pedía indefectiblemente en cada mantel
en que se sentaba, sin reparar en el nombre del restaurante. Era un vino difícil de obtener, más por su rareza
que por su exquisitez, y la fidelidad a él fue lo que convenció a Menz para acampar día a día en el Polidor y dejarse arrastrar por la suave marea de los ensueños. Ingerir
aquel fluido aurífero, acariciar su paladar con el sabor levemente ácido de la fresa sin cuajar le hacía regresar una
y otra vez a la imagen del pueblecito de vidrio y el pisapapeles turístico, entre lluvias de romero y tomillo en vez
de nieve; y mientras bebía reflexionaba sobre la conveniencia de posponer su viaje, temeroso del choque con la realidad, como el adolescente que prefiere la soledad de la
mano y el dormitorio al encuentro con una joven que va-
cila en una cama ajena.
    Entre la neblina de ámbar con que le rodeaba el
Golka, Andreas Menz contemplaba las siluetas del biombo japonés, se miraba las puntas de los dedos, estudiaba el
gran espejo del fondo de la sala que tenía enfrente y comprobaba cómo los comensales habituales del Polidor res-
petaban su escrupulosa rutina de cada día: los funcionarios,
los militares, los secretarios repetían otra vez los mismos
gestos, como si el espejo reflejara el almuerzo del día an-

terior. En el resquicio entre la pared y el biombo, a la izquierda, se elevaba un pequeño entarimado que ocupaba otra mesa, de la que Menz sólo podía vislumbrar las cabezas de los ocupantes. Era habitual que aquel rincón estuviera reservado a un hombre que para Menz se resumía en unos hombros anchos, en forma de yugo, forrados por una tela de rayas negras y azules y una corbata prendida con solidez en la garganta; de los hombros brotaban el peñasco de un cráneo rapado, una mandíbula en ángulo recto y unas gafas de mica con cristales negros. Aquel desconocido volvía pocas veces la cara en su dirección: cuando lo hacía a Menz se le antojaba que tenía dos charcos de alquitrán en mitad de la frente. Por norma general comía solo, era atendido muy ceremoniosamente por los camareros y el gerente no escatimaba frente a su mantel las inclinaciones de cabeza; a veces, se sentaban a su lado caballeros con el cabello surcado de rayas o los bigotes bien recortados, ancianos de aspecto respetable que se camuflaban los labios con la servilleta a la hora de masticar, oficiales de las SS con el traje de gala y los cordones de la casaca recién cepillados.

Andreas Menz nunca había sentido una curiosidad especial por la identidad de aquel individuo, pero ella se encargó de hacerse manifiesta sin necesidad de que la reclamaran. Un día o dos después de que hubiera tenido el informe de la muerte del coronel Von Klankowström sobre la mesa del despacho, mientras concluía las últimas cucharadas de su postre, un camarero se acercó a él con una bandeja de plata. Sobre la bandeja, solitaria y desvalida, había una tarjeta plegada en dos: el camarero le informó de que se la enviaba el señor Eirescu, propietario del local. La nota le saludaba muy cortés y afectuosamente y le rogaba que tuviera la bondad de aceptar su invitación al almuerzo del día; el señor Eirescu sabía que el señor Menz era cliente habitual del Polidor y no debía darle las gracias por aquel detalle; también había sabido que ocupaba un puesto de inspector criminal en la Comisaría Central, por lo que se atrevía a pedirle un pequeño favor; le citaba la tarde del día siguiente, a las siete, en una dirección de Dahlem que Menz no conocía, la Tomasiusstrasse. Al dejar la tarjeta sobre el mantel, junto a su taza de flan, Menz comprobó que el cráneo pulido del desconocido emergía del listón superior del biombo, y que sus labios sonreían. Una mano amputada hizo compañía a la cabeza y le dedicó un saludo.

Un jardín de césped rasurado rodeaba la casa, protegida por un muro de ladrillo con puntas de lanza sobre el alero. El edificio transmitía esa mezcla de frialdad y aristocracia que suele asociarse al carácter británico: era grande, desproporcionado, desabrido, correcto hasta el aburrimiento; de haberse tratado de una persona, habría sido una de esas nobles damas blancas, lacias y silenciosas que tienen en los cadáveres su ideal de vida, o al menos aquel al que aspiran sus cosméticos. Del ala este brotaba un torreón hexagonal, de madera, que sobresalía como una chimenea del resto de la fachada y el tejado; frente al jardín, el torreón se abría en un abanico de hermosas cristaleras veladas con cortinajes. Un sirviente pequeño, con el pelo escarchado por las canas, recibió a Menz entre jadeos y le condujo hasta una salita interior. Era difícil determinar si el Polidor había servido de inspiración a la decoración de la casa o había sucedido a la inversa: en la sala en la que Menz tuvo que aguardar se repetían las ensaladeras doradas, los adornos dudosamente orientales, los profetas de jade, mesitas de bambú, lámparas y biombos de papel. El sirviente diminuto volvió al poco tiempo y Menz se liberó del pegajoso sofá de cuero que le había absorbido. El señor Eirescu iba a recibirle enseguida, informó el sirviente, pero debía respetar una serie de condiciones previas para su entrevista. A Menz le angustiaba el tono sibilante y desmayado del hombrecito de las canas: hablaba de una manera que parecía que cada una de sus palabras iba a ser la última, que el fuelle roto de sus pulmones no iba a permitirle añadir nada más.

—Le asombrará la falta de luz de la habitación, pero no debe encender ninguna cerilla ni linterna, no debe accionar los interruptores de las lámparas, no debe descorrer las cortinas —acezó el hombrecito—. El señor Eirescu padece una enfermedad en la vista que le hace perniciosa la luz.

El salón que aguardaba a Menz detrás de las puertas de doble batiente era una profunda piscina negra. No pudo calcular las distancias ni los tamaños en cuanto el sirviente desapareció tras el chasquido del picaporte; por un momento, Menz recordó la oscuridad de alquitrán de las gafas del señor Eirescu. Sus ojos necesitaron acostumbrarse para comprender que la penumbra no era total: había fantasmas azulados en los rincones, charcos que relumbraban desde lo que debían de ser las paredes como monedas en el fondo de un pozo. A veces, un huso de luz nacía de alguna parte y revelaba las lágrimas sólidas de una araña de techo, la posición de una ventana amordazada con cortinas de rejilla y paños. Después de un rato, Menz comprobó que la sala era bastante amplia, de forma alargada, y que junto a las paredes se alineaban grupos de mesas con objetos expuestos. Exponer enseres invisibles le pareció una divertida paradoja: se trataba de especies de cajas de hojalata, madera y papel, con cañones y ranuras, y placas de cristal lacado en las que figuraban siluetas. Más adelante, las mesas se convertían en vitrinas similares a los muestrarios de las joyerías; arrimando la nariz al cristal hasta hacer chocar una y otro, Menz descubrió que los pequeños discos plateados que brillaban en el fondo eran espejos. Espejos: entonces entendió también qué flotaba sobre las paredes con aquella extraña iridiscencia acuática; decenas de espejos le contemplaban desde las esquinas, o contemplaban cómo su sombra se movía con dificultad a través del espacio, esquivando otras sombras. De repente, uno de aquellos bultos habló y le dio las buenas tardes.

—Sea bienvenido, señor Menz —dijo.

Menz devolvió el saludo con aprensión. Ahora que lo pensaba, no había tantos objetos a su alrededor ni la estancia era tan grande: los espejos se encargaban de multiplicarlo todo creando tinieblas alternativas. No estaba tranquilo; la oscuridad le atosigaba como si la carencia de luz significara una falta de aire, y las mentiras de los espejos no le permitían pensar con claridad. Pero la voz cavernosa de Eirescu pretendía tranquilizarle:

—No tenga miedo. Sé que el lugar en que le recibo es algo enigmático, pero las circunstancias me obligan a que lo sea. Al fin y al cabo, es mi casa y me gusta estar cómodo. No se inquiete, pronto se acostumbrará: todos lo hacen. ¿Quiere un cigarrillo?

—No.

Algo crepitó en la oscuridad, a continuación hubo un breve fogonazo que embadurnó el salón con un tinte naranja; Eirescu estaba encendiendo su cigarrillo, pero no sólo delante de Menz: lo hacía en cada uno de los rincones, en decenas de posiciones diversas, desde todos los ángulos que mostraban los espejos. Antes de que Menz pudiese descifrar el rostro de su anfitrión, el encendedor se había apagado y el humo del cigarrillo volvía más densas las sombras.

—Ahora tendrá ocasión de contemplar con mayor detenimiento las piezas de mi colección —dijo Eirescu entre dos caladas—. ¿Ha adivinado de qué se trata?

—Espejos —replicó Menz.

—Y más cosas. Espejos de todas clases, sí, pero también praxinoscopios, linternas mágicas, teatros chinescos, sextantes, prismas, catalejos, telescopios, lentes, calidoscopios. Los artificios ópticos son para mí lo más parecido a una obsesión, si queremos usar esa palabra antipática. Seguramente se lo deba a mi dolencia, a la misma que me obliga a mantener las cortinas cerradas y recibirle en esta noche artificial.

Ion Eirescu era teniente de infantería durante la Gran Guerra y había participado en la ocupación de Transilvania. A pesar de sus méritos militares, o tal vez a causa de ellos, no tardó en regresar a casa, sin las medallas que había codiciado para decorar sus solapas: una bomba austriaca le estalló en las narices durante un avance y la metralla le destrozó los párpados. Más tarde incluso se alegraría de su desgracia: así no tuvo que ver desde la habitación de hospital en que vivía confinado cómo los alemanes entraban en Bucarest pocos meses después. Los médicos le diagnosticaron ceguera y dieron su caso unánimemente por irrecuperable. Eirescu estuvo aprisionado en el interior de un pantano negro como el que ahora mostraba a las visitas en lugar de su salón durante casi un año, resignándose a entender el mundo como una abstracta combinación de sonidos y aromas. Un día, un médico de Leipzig que había llegado con la ocupación se interesó por su caso y realizó diversas pruebas en sus ojos, excitando la pupila y alimentando la esclerótica con minerales y agua destilada; después de la guerra, Eirescu regresaría con él a su ciudad natal y se convertiría en su aprendiz por espacio de algunos años. Aquel médico le devolvió la vista: el único requisito necesario para emerger de la oscuridad era que debía llevar siempre sobre la frente unas gafas especiales, de un grosor que triplicaba el de unas lentes normales, y en cuyo interior se contenía una disolución de sales y yodo que suplían la función humidificadora de los párpados. No se trataba de un aderezo muy favorecedor; la espesura del cristal y el líquido agigantaban los ojos de Eirescu convirtiéndolo en un desagradable híbrido de pez y hombre, cuya mirada nunca cesaba. Los seres humanos cuentan con unos párpados que pueden protegerlos del horror y del tedio; Eirescu no tenía más remedio que ser el testigo obligatorio de la atrocidad, el sufrimiento y la madrugada: dormía sólo cuando sus pupilas se olvidaban de reconocer los colores. El pudor le impedía someter a la gente al espectáculo descarnado de su mirada, esa misma que Menz había entrevisto bajo las tinieblas de la sala con un sobresalto: por eso iba a todas partes con unas discretas gafas de mica de cristales negros, que también protegían sus órganos del fiero acoso del sol. Quizá por haber experimentado qué lacónica resulta la realidad cuando se apagan todas las luces, desde su regreso a la vista Eirescu coleccionaba aparatos ópticos, en especial aquellos que deformaban el mundo haciéndolo aparecer más vasto, misterioso o terrible. Dentro de su catálogo de rarezas, los espejos constituían todo un capítulo aparte.

Con un chasquido, Eirescu dio fuego a un pequeño candil de gas que sumió la sala en un atardecer lánguido. Menz giró sobre sus talones e inventarió en un momento todos los aparatos de que su anfitrión le había hablado: extrañas figuras de metal que parecían regaderas, cilindros engastados de marfil y nácar, cajas cuadrangulares sostenidas sobre trípodes. Los espejos abigarraban la pared, trepando unos sobre otros entre el espacio que les dejaban las ventanas, dispuestos en cascadas como las condecoraciones sobre el pecho de un general en traje de gala. Por primera vez, podía comprobar cuál era el tamaño real del señor Eirescu. Con un rápido examen que abarcó de los zapatos perdidos en las sombras hasta el lazo de la corbata, supo que se trataba de uno de esos supervivientes de la prehistoria cuyo esqueleto constaba de materiales más sólidos que el hueso: su caja torácica era una urna de mármol como las que se guardan en los museos de arqueología. En cuanto a la cara, Menz sólo pudo dedicarle una mirada oblicua que pronto detuvo con horror: dos cosas negras y vivas, como vísceras abiertas, le palpitaban encima de las mejillas.

—Entre los espejos se encuentran las piezas más sobresalientes de mi colección —dijo dedicando un gesto a los cristales que les espiaban desde los muros—. He necesitado muchos años para reunir un fondo como éste. Muchos años y muchos esfuerzos, téngalo por seguro, señor Menz.

Eirescu había desempeñado muchos oficios desde el final de la guerra: había sido ayudante del doctor Karl Furtwangen, charcutero en Lübeck, fotógrafo infantil, celador de un museo de cera, vendedor de juguetes y telefonista, antes de establecerse en Berlín y fundar el primero de su exitosa cadena de restaurantes. La bonanza del negocio necesitaba una mano serena sobre el timón, a la que no le arredrase el cabotaje, que supiera sortear los escollos y estuviera dispuesta a variar enérgicamente el rumbo si el viento lo hacía preciso. Aquellas dotes de navegante le habían hecho entender a Eirescu que el futuro de su empresa podía beneficiarse del trato que dispensara a los oficiales de las SS y la SA que acudían a sus locales, junto con toda la caterva de nuevos funcionarios y nombramientos que Hitler había arrastrado hasta las oficinas de los ministerios. En los tiempos que corrían, una oveja sólo podía estar segura en Alemania si se afiliaba al partido de los lobos: y su pasaporte rumano era para Eirescu mucho más oneroso que un vellón rizado y blanco. Precisamente maniobras de aquella clase le habían permitido conjuntar una colección como la que ahora mostraba a Menz mientras ambos paseaban por el salón, con el candil en alto; decenas de lámparas se desplazaban por las paredes siguiendo a la que el hombre de las gafas sostenía en la mano.

—Un Saint-Gobain —Eirescu señaló un espejo como cualquier otro—. No es el más interesante que hay, ni por antigüedad ni por tamaño. Más adelante tengo uno fabricado en la mismísima Rue de Reuilly, antes de 1830.

Después de unos pasos se detuvieron frente a un grupo de marcos cuadrados, rectangulares, ovalados: parecían las ilustraciones de un manual de geometría para niños. Menz eludía concentrarse en el fondo de la luna para no descubrir los ojos del hombre que le acompañaba reflejados en el vidrio.

—Éstos son espejos valiosos pero comunes —informó Eirescu en un tono rutinario—. La mayoría son del siglo XVIII, franceses y alemanes. En el siglo XVIII, un espejo ya no era un objeto curioso: todo el mundo adornaba sus casas con uno, y hasta en el campo no era infrecuente encontrar espejos de cristal. El último que acaba de ver es más notable. Un espejo de cristal colado de Bernard Perrot, fechado en Orleáns en 1690. Uno de los primeros espejos que se hicieron con cristal colado.

Alcanzaron una pequeña mesa de muestrario, protegida con una tapadera de cristal. La mano de Eirescu recorrió la superficie de la mesa como intentando retirar las tinieblas que dificultaban reconocer lo que se guardaba en el interior. Venciendo el reflejo del candil, Menz comprobó que un grupo de espejos minúsculos y turbios salpicaba un lecho de paño verdemar.

—Los espejos no siempre fueron de cristal —Eirescu inclinó la cabeza sobre la urna—. Hoy nos parece muy común, pero el espejo de cristal es producto de un largo y complicado proceso de evolución. Mire, esto es lo más antiguo de la colección: espejos pequeños, casi opacos, que apenas pueden ofrecer imágenes. Dos espejos corintios de cobre y estaño, siglo V antes de Cristo. Un espejo alejandrino de plata, levemente curvado, siglo II. Aquél es más curioso todavía, fíjese. Un espejo romano de obsidiana, Anatolia, siglo I.

Un temblor sacudió la tapadera cuando Eirescu la elevó con cuidado, introduciendo la mano derecha en el tapete. Entregó a Menz un disco plano y negro, en el que la luz de la lámpara dibujó una máscara. Aquél debía de ser él, o el desconocido que suplantaba sus rasgos mientras él dormía o dejaba de pensar, el que se apropiaría de ellos después de su muerte: sintió que aquella cara le era ajena y distante como la de otra persona.

—Las rocas volcánicas se usaron con frecuencia como espejos —prosiguió Eirescu moviendo el círculo negro—. Bien pulidas pueden conseguir un reflejo más o menos definido, como ve: contornos, brillos. Si uno pone el esfuerzo suficiente, puede reconocerse en el rostro que mira. Nerón, que adoraba los espejos, tenía un hermoso ejemplar de carbúnculo negro, y mandó adornar la *Domus Aurea* de piedras fengitas para distraerse con las perspectivas de los cuerpos y las caras. Domiciano hizo algo parecido, pero por un motivo bien práctico: quería prevenir posibles ataques observando desde cualquier punto quién accedía a sus habitaciones. La multiplicación de gentes y objetos debió de fascinarles. Séneca habla de un tal Hostius Quadra que forró sus alcobas de espejos para acrecentar los atributos de sus amantes; imagine infinitos sexos flotando a su alrededor como aves carnívoras.

Los antiguos reverenciaban y temían a los espejos. El reflejo les parecía algo mágico, supongo que prodigioso y siniestro a la vez. Plotino afirmaba que el universo era espejo de Dios, pero acuérdese del pobre Narciso. Un día vio su imagen en el agua y nunca más logró reponerse. ¿Otro cigarrillo?

—No, gracias.

—No me diga que no fuma —el encendedor volvió a chasquear frente a la cara de Eirescu, velando sus gafas con un barniz naranja—. No es usted un policía corriente, señor Menz.

—No, me temo que no.

Los listones del parqué se quejaron cuando se pusieron de nuevo en marcha. Menz no sabía cómo disimular la confusión de angustia, aburrimiento y prisa con que soportaba la perorata de aquel hombre: la penumbra del interior del salón le resultaba casi física, como un líquido, no le interesaban demasiado todos aquellos detalles sobre el mundo de los espejos y conocía poco a la colección de cadáveres griegos y romanos que había invocado. Sobre otra mesa, sin cristal, había dos o tres láminas de metal sucio, algunas con mangos. La mano con que Eirescu empuñaba el candil le servía también para sostener el cigarrillo encendido, entre los dedos índice y medio.

—Espejos de metal europeos de los siglos XIV y XV —Eirescu tosió—. Durante la Edad Media, ésta es la única variante conocida. Productos pequeños, siempre de estaño o cobre, útiles de tocador. Hasta el siglo XV nadie vería su rostro entero, y habría que esperar al XVIII para contemplar todo el cuerpo. Es cierto que el cristal proporcionaba una imagen mucho más nítida y definida, sobre todo si se le revestía con azogue, pero era difícil que resistiese el calor del horno. En aquellos tiempos el vidrio no era común.

El dedo de Eirescu señaló un punto a su derecha; Menz vio que su rostro se disolvía en el interior de un embudo. Un bargueño soportaba un espejo cóncavo, junto con restos de marcos de madera y marfil y el pedazo divorciado de algún espejo mayor.

—Lo más grande que puede hacerse con el vidrio hasta el siglo XV es lo que ve. Por aquel entonces, el espejo de cristal se había vuelto ya un objeto casi supersticioso, era como un talismán. Sólo alguien lo suficientemente rico o extravagante podía costearse uno. No se sabe a ciencia cierta cómo nació el espejo de cristal, de dónde procede. En ciertas tumbas de Antínoe se han encontrado pequeños espejos sidonios de época tardorromana, pero apenas del tamaño de dos dedos, nada relevante. El que usted ve ahora procede de Basilea, siglo XIII: una verdadera mercancía de lujo, como el que decora la casa de los Arnolfini. De las legendarias factorías de Banville-aux-Miroirs y Nicolas-Blamontois no ha quedado nada. Cifras, fechas, descripciones. Ninguna prueba. Nada hasta Murano.

El salón concluía en una hermosa puerta de dos hojas algo mayor que una persona, taraceada con escenas venatorias en las que el resplandor del candil dibujó un unicornio, una ballesta y una torre. A ambos lados del dintel se hallaban dos objetos delicados y traslúcidos: dos espejos que Menz sentía reparo de tocar por temor a ondular la superficie de la luna, como si fueran dos estanques excavados en el muro. Los marcos eran también de cristal biselado, y la luz les arrancaba acentos de arco iris.

—Murano —Eirescu alzó el candil hasta la cumbre de su cabeza—. Hay quien dice que los espejos de cristal de Bohemia fueron anteriores, pero no pueden competir en calidad y belleza con éstos. Fíjese qué hermosura, qué refinamiento. Un Berovieri de 1489, uno de los espejos de vidrio más antiguos que existen, y un Del Gallo. En Murano, la pequeña isla de la laguna veneciana, se inventó el vidrio más o menos como se lo conoce hoy. El gremio de cristaleros de Murano, protegido por la Serenísima República, exportó durante tres siglos espejos a toda Europa. Criaturas diáfanas, sin tacha, transparentes como el agua, de una gélida belleza. Los reyes de Francia, Alemania y España desangraron sus arcas para comprar espejos como éstos. En su tiempo, un espejo de Murano era de los objetos más caros que existían: ocho mil libras. Un cuadro de Rafael valía sólo tres mil.

En otra mesa apostada frente a una de las cortinas figuraban fragmentos de un espejo roto; habían sido distribuidos de manera que parecían un puzzle recién deshecho que podía regresar a su forma primera si se empleaba la paciencia necesaria. Ese espejismo era falso: faltaban grandes pedazos que volvían imposible la reunificación.

—Nadie se explicaba en qué residía el secreto del espejo de Murano, qué hacía su vidrio más transparente y perfecto que ninguno —los dedos de Eirescu juguetearon con uno de los pedazos—. Fue una fórmula que el gremio de vidrieros de Venecia protegió con absoluto celo, y para preservar la cual la Serenísima no dudó en recurrir a medidas drásticas y venenos. Muchos quisieron apoderarse ilícitamente de su receta o plagiarla por medios propios, pero hasta mediados del siglo XVIII la factoría francesa de Saint-Gobain no lograría un competidor de calidad. La *Piazza Universale* de Garzoni de Bagnacavallo asegura que el secreto de los espejos de Murano radicaba en la cantidad de cal y sosa que se aplicaba a la pasta, en la claridad de la llama que se usaba en el horno, en la salinidad del agua de la laguna empleada en la mezcla. Durante mucho tiempo se ha creído que el viejo Berovieri padre, patriarca de los vidrieros venecianos, había descubierto la fórmula por sí mismo después de años de experimentación solitaria. Pero hay quienes piensan de otro modo.

La excursión concluyó junto a una parcela de pared vacía. Debía de existir algún motivo por el que Eirescu había reservado aquel rincón entre un espejo oval y dos pequeños marcos en forma de herradura, con aspecto árabe, como si se tratase de un terreno en barbecho; pero el rumano sólo contemplaba el hueco con rostro de querer descifrar una imagen demasiado lejana, y Menz reprimía sus suspiros de cansancio.

—Aquí se encontraba el ejemplar más antiguo de mi colección —señaló al vacío—. Se trataba de una obra de Emmanuel Chrysoras, un orfebre bizantino que trabajaba en Italia desde 1459. Aunque no han quedado vestigios materiales, hay ciertos testimonios que han hecho pensar a algunos estudiosos que Chrysoras fue el auténtico inventor de la fórmula del espejo de vidrio, que comunicó a los artesanos de Venecia. El primer espejo de cristal salido de las factorías de Murano, fabricado por Berovieri padre, se fecha en 1463. Chrysoras había diseñado un espejo rectangular para el conde arzobispo Tiberio Maratea de Castrovalva, que lo había traído desde Constantinopla, al menos dos años antes. Sobre esa pared pendía hasta hace dos noches uno de los primeros espejos de vidrio de la historia. Pero alguien penetró por la ventana y se lo llevó.

Aquella noche el señor Eirescu había salido a celebrar una cena de negocios con unos clientes en uno de sus restaurantes. La casa se encontraba vacía y todos los pestillos echados: su compatriota Luciu, que le servía de mayordomo, Krebs, la camarera, y la cocinera señora Meyer tenían permiso. El ladrón partió la ventana contigua al espejo con una piedra u otro objeto contundente, se introdujo en el salón, seleccionó con cuidado su botín entre todo el prolijo muestrario que figuraba en las paredes. Por lo que parecía, habían ido a llevarse aquel espejo en concreto: sabían que constituía la pieza de mayor valor de todas las expuestas, porque ninguna de las otras fue tocada. Y a decir verdad, la pieza era realmente valiosa; Eirescu la había adquirido por una gruesa suma apenas un mes antes, en una subasta en Suiza. Recordar aquella catástrofe le amargaba el paladar: chasqueó dos veces la lengua como buscando desprenderse de un mal sabor y encendió otro cigarrillo.

—Quiero que usted se encargue de la investigación, señor Menz —dijo mientras apretaba las mandíbulas—. Supongo que debería haber ido a denunciar el caso a la policía y dejar que ellos designaran a la persona más oportuna, pero yo me inclino por usted. Le veo todos los días en el Polidor, observo con qué placer bebe usted su vino de Golka y con qué delicadeza sostiene los cubiertos. Llevo muchos años en la profesión y créame si le digo algo: el alma de un individuo se lee en la manera que tiene de empuñar el cuchillo y el tenedor. Su alma me gusta, Menz. Quiero que busque mi espejo. Extraoficialmente, si así lo desea. Por supuesto, tiene una recompensa a su disposición: y mientras dure la búsqueda, no será necesario que pague un solo almuerzo más en mi restaurante.

La cabeza de Andreas Menz aceptó la rápida salva de elogios con una inclinación; todo había sucedido demasiado deprisa, casi no habían existido puentes entre la farragosa descripción de la historia de los espejos, el ruego y la oferta, y Menz tenía dificultades para expulsar de su mente el tedio para sustituirlo por la satisfacción.

—Gracias, muchas gracias —balbuceó, abrumado, y se calló. Luego, entendiendo que debía preguntar algo, dijo—: ¿Cómo se llamaba la casa de subastas en que adquirió la pieza?

La mano de Eirescu condujo el cigarrillo hasta su boca antes de que él respondiera.

—Se trataba de la Casa de Antigüedades Helvetia, en Zúrich —dijo después de sorber el humo—. Es una casa de gran prestigio, especializada en la venta de artículos suntuarios. ¿Sugiere usted que podrían buscar recuperar una de las piezas más valiosas que habían poseído para volver a venderla bajo cuerda? Esa clase de negocios se efectúan en el mundo de las antigüedades, pero no es el estilo de Helvetia. Tienen una reputación que cuidar, y yo confío en ella. Helvetia se limitó a liquidar las pertenencias del último conde de Castrovalva, precisamente el descendiente del arzobispo que mandó a Chrysoras construir el espejo de que le he hablado. El viejo necesitaba el dinero para retirarse a una residencia y vendió el escaso patrimonio que le restaba. Helvetia lo dividió en tres lotes. Yo adquirí el primero, bajo seudónimo.

—¿Por qué bajo seudónimo?

—No es necesario que Hacienda se entere de todo —Eirescu rió, y su risa era dura y seca como su anatomía—. Los particulares debemos tener cuidado con lo que pagamos, no somos igual que las multinacionales. Es una práctica habitual en el mercado de arte y antigüedades.

Menz no podía estar esquivando perpetuamente los ojos de su anfitrión si no quería ofenderle; así que respondió a su última insinuación con un rápido intercambio de miradas que le introdujo un clavo de aluminio en el espinazo. El señor Eirescu parecía poder leer en su piel al trasluz.

El camarero acababa de retirar las migas y los restos de comida con un pequeño cepillo en forma de semicírculo, y el mantel volvía a estar vacío, en espera del postre.

El dedo índice de Menz se paseó por el filo de la copa, en cuyo fondo todavía brillaba un resto de Golka, mientras su cerebro repasaba la entrevista que había mantenido la tarde anterior con aquel enigmático personaje, el señor Ion Eirescu. Los ojos de Menz comprobaron en el espejo de la pared que la pajarita se encontraba correctamente engarzada en el cuello de su camisa e iniciaron una tímida exploración sobre el listón superior del biombo japonés: no había nadie en la mesa del entarimado, el dueño del local no había asistido a almorzar hoy allí. Menz frunció los labios, como si fuera a besar la mejilla de una niña, gesto que indicaba que en el interior de su cráneo tenían lugar reflexiones trabajosas. La primera evidencia consistía, según él, en el hecho de que el robo en casa de Eirescu y la desaparición de un espejo en la mansión del coronel Von Klankowström, fallecido por suicidio apenas una semana atrás, estaban conectados de alguna manera. Cuál era el hilo que imbricaba uno y otra, eso ya parecía más difícil de precisar. Pero sí, sí, no había más remedio, se trataba de un criminal que se dedicaba a saquear los salones de los coleccionistas, que conjuntaba espejos antiguos por algún motivo que no resultaba evidente. Aquello era todo: en la escueta certeza que acababa de subrayar se hallaba todo lo que de cierto sabía Menz sobre el caso. Tenía que comenzar por alguna parte, abrir alguna puerta, pulsar algún interruptor que pusiera la máquina de la investigación en marcha, pero se sentía como un absoluto profano frente al panel de mandos de la turbina de una fábrica; ignoraba completamente qué botón debía apretar. Varios años de ostracismo y la muerte de Elsbeth se interponían en el desempeño de su labor de detección, haciéndole el intento de atar cabos tan penoso como tratar de caminar sobre el lodo de una ciénaga. Bien, al menos sabía que Eirescu había adquirido su espejo en la Casa de Antigüedades

Helvetia, de Zúrich, de algo tenía que servirle aquella pregunta que había brotado obligada como el hipo del fondo de sus pulmones. Lo más inteligente, concluía Menz mientras pensaba que el camarero y sus natillas se retrasaban demasiado, era telefonear a la Casa Helvetia para comprobar si también ellos habían sufrido un intento de robo, o si había existido alguna persona interesada con especial vehemencia en el espejo de Chrysoras que no había podido pujar hasta su precio final. Satisfecho por haber encontrado un aplazamiento del problema, decidió olvidarse de él.

El espejo del fondo, que Menz se distraía en observar a la vez que ponía orden en sus cálculos, le mostraba a la inversa el largo pasillo que conducía desde aquel rincón hasta la entrada del restaurante, el bosque blanco y negro de patas de mesas y manteles que se extendía a ambos lados, y las siluetas de los comensales que se inclinaban para doblar sus servilletas antes de introducir la cuchara en la sopa. Al final, que en realidad era el principio, se divisaba el mostrador del gerente, con el escrupuloso casillero donde se consignaban las reservas, las pilas de los libros de cartas, una maceta con violetas y el cabello milimétricamente rayado del encargado, cuya mano estaba ocupada en anotar algo. Por el pasillo, entre las mesas, avanzaba (en realidad retrocedía) ahora el camarero, sosteniendo una bandeja entre cuyas tazas y vasos podía reconocerse el cuenco de natillas de Menz, pero su atención había sido desviada hacia otro objeto. Justo detrás de él, en lo que en el espejo era delante, ocupando la mesa contigua, se sentaba un joven bien vestido, dotado de esa corrección de maneras de quien disfraza una procedencia poco habituada al protocolo, dentro de un traje negro que le sentaba tan holgado como un uniforme de buzo. Una especie de lágrima plateada y roja relucía en medio de su

solapa: Menz tuvo que entornar mucho los pá[...]
ra reconocer que se trataba de la insignia del par[...]
No era capaz de desentrañar el motivo, pero desde el principio, desde que había descubierto a aquel joven escol-
tando su mesa por ambos lados, delante y detrás, Menz
había experimentado una oscura simpatía hacia él, como
ese vínculo débil y suave que nos une a los desconocidos
que comparten nuestro mismo nombre o fuman la misma marca de cigarrillos. Dos golfos penetraban con violencia en el cabello del joven por la frente, anticipando
una próxima calvicie, sus piernas oscilaban sobre la silla
algo desorientadas, tal vez inseguras de estar adoptando
la posición correcta. De pronto, Menz creyó entender de
dónde procedía aquella inexplicable sensación de familiaridad que lo ligaba al extraño del espejo. El joven recorría el listado de platos mientras sostenía la carta con la
mano izquierda; el nombre del restaurante se convertía
para Menz en una decena de signos abstrusos, en una especie de palabra rusa o griega, pero a él le interesaba la
mano: una vieja cicatriz recorría el dorso de la mano del
joven, desembocando en su muñeca. Menz clavó sus ojos
en su propio brazo izquierdo, tendido sobre el mantel, y
retiró la manga de la chaqueta. Otra cicatriz dividía su
mano en dos orillas, igual que la del joven. Era una efe
con la cola muy larga que se extendía desde el nudillo del
anular hasta el comienzo del antebrazo; siempre que recordaba cómo había quedado grabada en su piel una sonrisa de nostalgia asomaba a sus labios.

Debía de tener diez u once años cuando su madre,
haciendo oscilar el dedo índice, le prohibía aproximarse a
la casa en construcción situada al final de la calle del co-
legio: detrás de una alambrada, entre montículos de arena y cemento, una hormigonera que bostezaba y dos o tres
pilares, un mastín con dientes en forma de cepo ladraba

hasta asfixiarse en cuanto los niños se acercaban a lanzarle pedradas. A veces, rondando el alpende del guardia, vagaba por la obra un sujeto escuálido con un tatuaje en el brazo que sujetaba la débil correa del perro al poste y ordenaba huir a los niños entre blasfemias. Pero el animal enloquecía siempre que veía aparecer a Andreas y a sus amigos, tensaba la correa, el dogal se cerraba sobre su garganta hasta alcanzar el límite de sus fuerzas. No era prudente seguir incordiando al mastín, mamá se lo repetía cada mañana mientras elevaba el dedo después de secarse las manos en el delantal, cualquier día la correa cedería y sucedería una desgracia, pero la infancia ama el riesgo porque vuelve los juegos mucho más serios y apasionantes. Aquella tarde, igual que tantas otras en que salía de la escuela, bajaron todos la calle hasta el edificio en construcción; los demás tuvieron ocasión de huir luego de arrojar los guijarros y el puñado de arena obligatorios, Menz tropezó en un adoquín. Aunque no llegó a soltarse, el palo que sostenía la correa del mastín cedió un poco y cuando pudo darse cuenta Andreas tenía la mano dentro del cepo. Todo fue demasiado deprisa y ahora ya le costaba reconstruirlo: tal vez su propio miedo le proporcionó la energía precisa para escapar, liberar la mano de los dientes historiándola con aquella cicatriz sinuosa y regresar a casa. Estuvo tres semanas sin probar el postre después de la cena, acostándose a las ocho. A pesar de la angustia, aquel suceso estúpido de su niñez le traía todavía la fragancia a libertad, sorpresa y cosas grandes que era su vida en pantalón corto; una parte de aquella felicidad le había salpicado al ver la marca en la mano izquierda del joven (o la derecha), como cuando una mascota mojada agita la pelambrera para desprenderse del agua acumulada.

Sabía que no era correcto del todo, y aun así Andreas Menz no podía apartar su vista de la imagen apocada del desconocido, refugiado en el interior de je demasiado grande que no le proporcionaba t͜ tura que precisaban sus movimientos. Tenía que disimular su atención, a nadie le agrada que le claven los ojos en el cogote mientras se mete la cuchara en la boca, ni siquiera si ese espionaje se produce a través del filtro atenuante de un espejo: Menz asediaba estratégicamente los bordes de su cuenco de natillas, sin prisa, de vez en cuando volvía a fijarse en el cristal y veía que el camarero recogía la carta y sacaba su libreta del mandil. Lo tenía detrás, resultaba inevitable enterarse de qué iba a pedir. Igual que en el cinematógrafo, Menz observó que el joven movía los labios delante de su mantel pero su voz sonaba a sus espaldas. Con un tono algo atropellado, que hizo al camarero inclinarse para oír mejor, pidió un gulash, esperó a que el plato fuera anotado en la libreta, a continuación una ensalada de puerros.

—¿Y de beber? —inquirió el camarero.

—Me ha parecido ver en la carta vino de Golka —replicó el desconocido—. ¿Es posible?

—Sí, señor.

—Una botella de Golka, entonces. Es tan difícil de encontrar.

Al principio, Menz creyó que sus oídos le habían tendido una trampa: a veces uno no oye lo que figura en el aire, sino lo que teme o desea. Pero cuando vio al camarero llegar con la copa y la botella del inconfundible suero ambarino, la sensación de irrealidad le aturdió. El testimonio del espejo no le pareció lo suficientemente fidedigno y tuvo que volverse para contemplar que era cierto. Después del asombro compareció la indignación: aquel joven estaba desvalijando una sección de la bodega del Polidor que le pertenecía de manera exclusiva. Aunque no, no le pertenecía, aquello era un establecimiento público, lo que ocurría era que Menz era imbécil y se había creído que en aquel rincón entre el biombo y el espejo tenía su nido particular, un refugio a salvo del mundo y los hombres que no se atrevería a franquear ningún extraño. Y se había equivocado. Primero la cicatriz, luego el Golka, sin contar el misterioso magnetismo que le atraía hacia su figura y le hacía compadecerse de ese pobre aspecto de estudiante recién salido del pueblo: Menz casi abandonó las natillas para concentrarse en escrutar la cabeza del joven, las salvajes incursiones de la calvicie en su cráneo, al tiempo que él daba cuenta del gulash y los puerros. La mirada es una especie de alfiler que todos reconocemos cuando nos perfora la piel o las solapas; había ocasiones en que el joven advertía el interés de Menz, levantaba el rostro del plato y lo hacía rebotar sobre el espejo del fondo, para que se pudieran leer bien su confusión y su desconfianza. En esos momentos, Menz regresaba a las natillas con fuerza encarnizada, y tanta que el cuenco no tardó en hallarse vacío.

—¿Ha terminado? —le dijo el camarero, recogiendo la vajilla.

—Un café, por favor —murmuró Menz.

El camarero arqueó las cejas, sorprendido de la petición: el inspector Menz solía concluir la estricta ceremonia del almuerzo con el postre, luego del cual regresaba a la calle arrastrando somnoliento los zapatos por el pasillo de mesas. Seguramente quería sacar máximo partido a la invitación del señor Eirescu, que había ordenado no aceptar el dinero del inspector hasta nuevas órdenes, y es que el dueño del local era un individuo excéntrico. Con el fin de refrenar su impaciencia, Menz se dedicó a retorcer la punta de la servilleta entre los dedos. Debía ser más cauto; jugaba a descifrar los dibujos del biombo japonés y a veces arrojaba miradas de soslayo contra el espejo, como quien tiene cuidado de evitar la picadura de un alacrán. El joven acababa de sacar un periódico plegado del bolsillo de la chaqueta, junto con unos papeles de color rosa que había colocado frente a él. Se llevaba los pedazos de gulash a la boca y al mismo tiempo recorría un titular que Menz no podía ver: las noticias le interesaban más que la comida, porque había veces en que la carne oscilaba en la punta del tenedor y terminaba por estrellarse sobre el mantel, sin que el desconocido pareciera importunarse mucho. El café resultaba demasiado amargo y áspero para Menz, por no contar los sobresaltos con los que injuriaba su corazón; concedió un breve sorbo a la taza que le había puesto delante el camarero, antes de advertir con una sonrisa que el joven se levantaba de su mesa y corría al lavabo un momento. No era para menos: aún no había concluido el primer plato y ya faltaba media botella de Golka. Sabía de sobra que aquel tipo de comportamiento no estaba bien, que no iba a resultarle fácil encontrar excusas adecuadas si se internaba en un aprieto, pero las objeciones son asuntos de la razón y Andreas Menz era un juguete del instinto. Se puso rápidamente en pie, dio la vuelta, corrió hacia la mesa que el desconocido acababa de abandonar. El periódico se apoyaba sobre la botella de vino a modo de atril; en el encabezamiento figuraba una fotografía con una mansión de estilo guillermino y un lema en letras aparatosas: *El coronel que perdió la cabeza*. Apenas tuvo tiempo de examinar el subtítulo y comprobar que se trataba de *Der Vorfall,* el semanario sensacionalista que sólo disfrutaba acumulando crímenes, sangre y cadáveres; Menz leyó: *Se suicida disparándose en el ojo izquierdo.* De los documentos de color rosa que acompañaban a la servilleta al otro lado de la mesa, sólo pudo entrever que se encontraban rubricados con la cruz gamada, porque antes de que se diera cuenta el joven estaba de regreso y se sentaba a la mesa de nuevo: no había salido a los servicios, sólo a tomar una pluma del abrigo que tenía en el guardarropa. Durante unos segundos, el joven mantuvo la pluma desenroscada en la mano derecha, sin volver al gulash ni al titular que le había interesado y que quería subrayar, cerciorándose con gesto de indignación de que Menz se alejaba el número de mesas necesario. Y en efecto, Menz retrocedía por el pasillo, en dirección a la salida, con una nuez atravesada en la garganta que le hacía muy doloroso el esfuerzo de tragar saliva: a veces hasta él mismo se sorprendía de su propia estupidez. Qué buscaba espiando los papeles de aquel individuo que acabaría de caerse del estribo de un vagón de tercera clase, qué le forzaba a incomodar a un pobre funcionario de provincias metiéndole los ojos por la coronilla hasta hacerle indigestarse con su plato de gulash. Bueno, su razón no contaba con respuestas a aquellas preguntas, pero sí el órgano que alojaba en el interior de su tórax, aquella cosa atrofiada que tan pocas ocasiones tenía de exponer sus opiniones, al menos desde la desaparición de Elsbeth. El joven llamaba a Menz de una manera oblicua y oscura, sentía como cuando las tormentas de marzo chocaban contra la ventana de su dormitorio y entre las ráfagas de viento reconocía su nombre. Frente a él, frente a su imagen contenida en el espejo había tenido la misma sensación de necesitar una palabra, el conjunto preciso de letras que podía redondear un crucigrama, el nombre de una calle necesario para cumplir un recado que se resiste a acudir a la lengua.

Ahora el desconocido se resumía en una espalda negra y un diminuto rostro engastado en el espejo del fondo de la sala, dos mesas más allá de su periódico y el plato de gulash. Menz lo observaba desde el mostrador del gerente, en el que había tenido que refugiarse acosado por la mirada cargada de amenazas que había puesto fin a su examen de los documentos de color rosa. El gerente había colocado junto a él el teléfono de baquelita, pesado como un ladrillo; Menz discó un número y aguardó la comunicación sin retirar los ojos del joven. En la sección de información internacional, comunicó a una voz de cacatúa que era el inspector Andreas Menz, de la policía criminal de Berlín, y que necesitaba el número de un negocio de subastas de Zúrich, la Casa de Antigüedades Helvetia. Para anotar las seis cifras que la cacatúa le suministró después de cinco minutos de silencio, Menz debió arrebatar al gerente un lápiz y ensuciar la esquina de la primera página de una de las cartas. El gerente era un hombre delgado, con aspecto de cansancio, que tenía encima del cráneo una maravilla de la arquitectura a la que dedicaba todos los días una hora de peinado y lociones; sus ojos, que brotaban de dos cuencas tenebrosas, contemplaron la maniobra de Menz con un horror apagado y luego asintieron: sí, sabía que el señor Eirescu había puesto a su disposición el teléfono del local para lo que fuera necesario, como el resto de las instalaciones. Al pulsar el número de la Casa Helvetia, Menz fue recibido por una voz que ablandó algo en el interior de su esófago: de repente el pedrusco que le había atragantado quedó hecho gravilla. Era una voz dulce, dorada, con el mismo sabor a fruta joven del Golka, una voz que sólo podía pertenecer a una muchacha con los ojos de un color que él conocía. Buenas tardes, sí, era la Casa de Antigüedades Helvetia. En efecto, según se desprendía de las actas, recientemente habían subastado tres lotes de una colección perteneciente al señor Ercole Arimalfi de Castrovalva; por desgracia le resultaba imposible comunicarle qué personas habían pujado por la mercancía, ni siquiera estaba autorizada a proporcionar los nombres de quienes la habían adquirido: normas de la empresa.

—Nada más lejos de mi intención que molestarla —repuso Menz con empalago—, créame, señorita, no querría importunarla en lo más mínimo, pero soy inspector de policía y me hallo realizando una investigación criminal.

—No puedo proporcionarle ninguna clase de información sobre nuestros clientes —replicó la voz con la misma dulzura—: Le repito que son normas de la empresa. A menos que cuente usted con una orden judicial, claro está, que naturalmente no aceptaré por teléfono. No tendría inconveniente, si le sirve de algo, en indicarle las señas del vendedor, el señor Ercole Arimalfi.

El lápiz volvió a manchar la esquina de la primera página de la carta, encima de los entremeses: Residencia Türkel, en la carretera entre Zúrich y Winterthur. Antes de colgar, Menz sintió la tentación de preguntar a la voz de qué color eran sus ojos, pero la comunicación se interrumpió antes de darle la ocasión. Elsbeth los tenía del color de las manzanas.

2. Una fotografía con el Führer

La Residencia Türkel era un hotel para convalecientes sin ahogos, erigido en lo alto del pedestal de un risco desde el que dominaba la carretera con su arquitectura plagiada de los relojes de cuco. Así al menos lo reconoció Menz mientras iba aproximándose a él desde el asiento trasero del taxi con la nariz pegada a la ventanilla, vigilando cómo el ángulo agudo sobre el que se asentaba el edificio brotaba lentamente de la línea del horizonte. Jamás había estado en Zúrich, razón en la que encontró un aliciente suplementario para plantear al comisario Blumenkohl la necesidad absoluta de viajar hasta Suiza por cuenta del departamento si quería esclarecer ciertos aspectos oscuros del caso Von Klankowström. Resultaba dudoso que el comisario le hubiera escuchado, tal y como ocurría siempre, y por eso Menz tampoco se había esmerado en sus explicaciones. El comisario se hallaba igual que de costumbre en un confín de su mesa, rodeado por los teléfonos como por una manada de alimañas que le amenazaban, descolgando uno y soltando otro, al tiempo que hacía gesto de atender a quien le visitaba con la oreja libre. En una esquina, habían quedado arrumbados los retratos oficiales de los seis o siete jefes de Gobierno que Alemania había conocido en los últimos meses, y que nadie se preocupaba ya de honrar con un puesto en la pared. Durante un rato el comisario Blumenkohl asintió con el rostro fruncido, no se sabía si aprobando las palabras de Menz o las que le llegaban por el auricular que mantenía pegado al cráneo; luego extrajo un talonario de la gaveta del escritorio, firmó un papel y se lo entregó a Menz, sin revisar los documentos que él había llevado consigo para describirle qué pensaba hacer en Suiza: seguramente encontró alivio en sacárselo por unos días de la comisaría. Hasta la hora del almuerzo Andreas Menz estuvo realizando un descuidado turismo por las calles de Zúrich, deteniéndose en los puentes a ver cómo las aguas del Limmat se precipitaban en el lago, observando la torre de la Fraumünsterkirche elevarse sobre la Ciudad Vieja como una herramienta oxidada y antigua. Incluso hizo escala en la Bahnhofstrasse y pidió en una confitería los famosos pastelillos rellenos llamados *luxemburgerli*. La nieve había deformado un poco las casas haciéndolas más vagas y lejanas, igual que la carretera, que había quedado reducida a una borrosa mancha de carbón en mitad de un papel blanco. Desde el taxi que había tomado después de comer, Menz vio aparecer la Residencia Türkel sobre las montañas, y supo de inmediato que debía de ser un lugar extraordinario. Había algo mágico en la silueta de la construcción que le saludaba entre los recodos de la carretera, aunque no podía precisar de qué clase de magia se trataba: como la casa de chocolate de los cuentos, la residencia se encontraba circundada por un aura de irrealidad que hacía pensar que en su interior sólo podían vivir muñecas, autómatas o figuritas de bizcocho.

Fue recibido en el vestíbulo por la enfermera jefe Goldschmidt, una mujer gruesa y sanguínea que tenía los ojos encenagados por unas gafas de fondo de botella; sus dientes nunca le habían exigido demasiada higiene y el color arena que exhibía cuando abría la boca para pronunciar una vocal hacía juego con la tonalidad de las lentes. Para compensar su fealdad, había esmerado la amabilidad y la dulzura. Antes de nada, sonrió maternalmente a Menz y le indicó que por desgracia la visita al señor Arimalfi era imposible de momento: el señor se encontraba meditando mientras paseaba por el jardín, según solía hacer todos los días a la misma hora, y no le gustaba que le molestasen. Si el señor inspector no tenía inconveniente (Menz confesó que no lo tenía), ella misma le mostraría las instalaciones hasta que el señor Arimalfi quedara disponible. Atravesaron la biblioteca, el solárium, el gimnasio, la piscina climatizada, el invernadero; en todas partes la enfermera jefe Goldschmidt se detenía, sonreía hasta que las mejillas debían de hacerle daño y practicaba un gesto ampuloso de la mano dirigido al universo en general, como si Dios le hubiese encargado mostrar la obra de la creación a una visita. Por el lado posterior a la carretera, el edificio daba a un extenso mirador y una balconada desde la que los internos podían sentirse pájaros: allí presenció Menz más montañas, ríos, poblaciones y líneas ferroviarias que en un mapa. Los inquilinos de la Residencia Türkel parecían figurantes en una costosa película de esquiadores; por un lado y por otro renqueaban ancianos elegantemente vestidos, en bombachos y chaqueta de deporte, a los que a veces conducían muchachas de hermosas pantorrillas. Terminaron el recorrido en la cafetería, donde Menz tuvo que resignarse a una taza de té porque se hallaban proscritos el alcohol y la cafeína. No se había equivocado: aquel reino de aparatosa tranquilidad tenía muy poco en común con el mundo real.

Cuando el reloj de la cafetería dio las cuatro la enfermera jefe Goldschmidt volvió a sonreír y reveló que el señor Arimalfi estaba en disposición de recibirle. Ascendieron unas escaleras, giraron en un pasillo, salieron al jardín. Un empleado con bata estaba apartando la nieve de los adoquines que se utilizaban para franquear el terreno sin estropear el césped. Diariamente el señor Arimalfi vaga-

ba por los alrededores, oscilando entre el jardín botánico
y el invernadero, ensimismado en sus pensamientos, si es
que las densas ensoñaciones en que se extraviaba merecían
ese nombre.

—Es un hombre extraño, quizá le sorprenda
—aventuró la enfermera Goldschmidt, moviéndose entre
los adoquines como si jugase a la rayuela—. Pasa todo
el día con la cabeza en las nubes, meditando, dice él. Su
gran pasión es la papiroflexia; su única pasión, me parece a mí. Yo creo que piensa en la papiroflexia mientras da
esos interminables paseos. Seguro que le habla de ello.

—¿No tiene familia que le visite? —inquirió Menz,
mientras seguía a duras penas la marcha de la enfermera.

—Tenía una hija, pero no suele venir. Bueno, no
ha venido nunca, en realidad. Al señor Arimalfi no le gusta hablar de ella, al parecer se pelearon hace mucho tiempo. No me pregunte por qué, él no da muchas explicaciones. Lo único cierto es que cuando se la menciona por
uno u otro motivo, estalla en insultos, palabrotas y expre-
siones que suenan igual que bofetadas en la boca de un caballero como él. Es conde, ¿sabe usted? Dice que su hija
es una traidora. Al parecer, realizó un fraude o algo así para
arrebatarle el patrimonio a su padre, no sé bien. Pero no
se le ocurra mencionársela.

—Entonces no le visita nadie —Menz tropezó.

—A veces se ve con un oriental, el jardinero de
un abogado que vive abajo, cerca del pueblo. Me parece que
hablan de papiroflexia, no sé qué más puede tener que ver
el señor Arimalfi con un individuo así. Es un auténtico caballero, ya se lo he dicho, y ahora lo verá por usted mismo.
Bueno, a veces llegan desconocidos, como usted, que vie-
nen a hablarle de sus finanzas, o de su pasado en Italia. El
otro día estuvo aquí un hombre corpulento, con gafas ne-

gras, que no dio su nombre. Conversó un rato con él y luego se marchó.

Acababan de describir una curva siguiendo la línea de adoquines, el invernadero se insinuó sobre los macizos de tulipanes como un cofre de cristal, y la enfermera Goldschmidt se detuvo. Una figura alta y aristocrática llegaba por el sendero, en el interior de un traje pálido contra el que chocaba la luz del sol que devolvía la nieve. El rostro era difícil de interpretar por debajo del ala del sombrero de paja, pero se entreveía el contorno de las canas; grandes manchas rosas historiaban la piel de las manos, que parecía una pared desconchada. Era el señor Arimalfi: cuando la enfermera Goldschmidt los presentó y Menz tuvo que estrecharle la mano, temió que si la apretaba mucho se le desmoronase entre los dedos. La enfermera se marchó enseguida porque tenía otros asuntos que atender, Arimalfi sugirió con una voz melodiosa que pasearan hasta su habitación: darían la vuelta al edificio y ascenderían a la tercera planta, si le parecía bien al señor inspector. Probablemente el conde se encontraba tan poco habituado a conversar con otras personas que no consideraba necesario emplear un tono de voz más elevado que el del rezo.

—¿Le interesa la papiroflexia? —dijo.

—Es hermosa —replicó Menz, al tiempo que recordaba que fue la única cosa que aprendió de verdad en la escuela.

—La meditación es muy importante para la papiroflexia —Arimalfi parecía explicarle aquello a los adoquines o a las puntas de sus zapatos—. Se trata de un arte oriental, aquí en Occidente todavía somos niños de teta. En realidad, somos niños de teta para todo, y andamos aquí y allá por el mundo pretendiendo dar clases de civilización. Si usted estudia con atención la historia de la papiroflexia en Oriente, descubrirá cosas curiosas. A lo largo de los siglos, han existido dos escuelas, dos métodos: la escuela china clásica y la japonesa. La china es materialista; la obra constituye lo único importante, el resultado explica el proceso, el objetivo es una figura perfecta. Pero para la japonesa, el resultado no supone más que una excusa o un medio. Hay algo más importante que la figura: el camino por el que llegamos a ella. Lo verdaderamente capital son los gestos, la posición de los dedos, el orden de los pliegues, los movimientos, como si se tratase de realizar una danza. El fin último de la papiroflexia, según la escuela japonesa, consiste en conseguir una sucesión de movimientos lo más elegantes y económicos que se pueda. Es un lenguaje abstracto, como la música o la coreografía.

—Muy interesante —a Menz le resultaba perfectamente indiferente.

—¿Verdad que lo es? —los ojos del conde Arimalfi destellaron bajo el ala del sombrero—. Pero nadie se deja seducir por estas cosas, el mundo es un lugar demasiado ocupado. Si le digo la verdad, a veces he intentado despertar a la gente de su letargo y hacer que se fije en la papiroflexia. He pensado en recoger mis conocimientos en un libro, pero soy incapaz de escribir: apenas tengo el papel frente a mí, empiezo a doblarlo para construir figuras.

Tras pasar el vestíbulo remontaron dos tramos de escaleras y penetraron en un corredor. Había mesillas con jarrones y flores junto a las puertas de las habitaciones; no olía a medicinas como en los otros sanatorios que Menz conocía, no se veían camillas, médicos ni rótulos alarmantes: la felicidad que imperaba en la Residencia Türkel consistía en desmentir la existencia de la enfermedad, pero era una felicidad pesada, amenazadora, como un aire que trae tormenta. El conde tenía asignada una habitación del tamaño de un comedor, que amplificaban la claridad de la ventana y el color blanco de las paredes. Todo era blanco en el interior de aquel cuarto, como si Menz hubiese ingresado en un papel; pero el resplandor del crepúsculo comenzaba a desangrar la jofaina, los hierros de la cama, el escritorio y las sábanas, dando la impresión de que arrancaba un disfraz que ocultaba el rostro verdadero de los objetos. Menz esperaba encontrar un almacén de pajaritas de papel en la habitación: le decepcionó la limpieza del suelo y los muebles. Después de ofrecerle un taburete, Arimalfi dejó el sombrero en el cabezal de la cama y se sentó pudorosamente encima de la colcha, de modo que el sol se ponía sobre su cráneo. Para mirarle, Menz tenía que entrecerrar los ojos: no veía más que la sombra de una cabeza y el plato de una aureola, como si contemplase a un santo. Se le antojó que el conde tenía escondidos licores y cigarrillos en el dormitorio, y que se los hubiera ofrecido de haber mediado mayor confianza.

—Pero usted no ha venido a hablar de papiroflexia, me parece —dijo la sombra.

Menz vaciló por un instante, en busca de las palabras más apropiadas.

—Tengo entendido que usted ha subastado últimamente ciertos objetos de su patrimonio en Italia —decidió por fin.

—Sí, claro, se trata de eso —suspiró el conde.

En el alemán de manual que dominaba, contaminado de giros suizos, Arimalfi explicó que pertenecía a una antigua familia veneciana cuyos ancestros se remontaban hasta el siglo XIII. No existía orgullo en aquella apreciación: era tan sólo un dato objetivo que el conde anotaba, después de vencer una contumaz resistencia a hablar de la sangre que le viajaba por las venas. A pesar de haber constituido uno de los clanes más influyentes de Venecia, con ramificaciones en la política, el arte y la industria, los Castrovalva habían sido estigmatizados a lo largo de sus muchos siglos de prosapia por el despilfarro: cada heredero se limitaba a añadir un edificio o una parcela de terreno a la hacienda familiar y a continuación saqueaba cofres y más cofres en diversiones peregrinas. Si alguna traza podía invocarse para definir a su raza, era aquélla: el gusto por los placeres caros, por el lado más esplendoroso de la vida. Él, Ercole Arimalfi, no tenía pudor en reconocer que no era una excepción. Como Menz podía muy bien imaginar, el patrimonio condal había llegado bastante mermado hasta él después de ocho siglos de expolios; él no quiso faltar a aquella ancestral tradición de sus antepasados. Carecía de madera de administrador, cierto, muchas de sus propiedades (obras de arte, latifundios, edificios) exigían atenciones que Arimalfi no podía otorgarles; si a eso se añadía que sus descendientes le parecían los epígonos más degenerados y estólidos de su apellido, tenía que desembocar necesariamente en la conclusión a la que arribó: vender, vender y vender. Con la entrega de cada título de propiedad deslustraba un poco más la antigua gloria dorada de los Castrovalva, pero también se desprendía de una obligación enojosa que dejaba su cuerpo ligero y flexible, como el de un chiquillo.

Primero se deshizo del viejo palacio que la familia tenía en San Polo, que terminó convertido en un teatro, y después de un año deambulando por los casinos de Montecarlo y los hoteles de Niza se retiró a un discreto apartamento de la Lista di Spagna desde el que se divisaba la fachada de San Simeone. Poco a poco, con cuidado de no apurar de un golpe el entusiasmo, sacrificó a sus diversiones cuadros, muebles, adornos varios. Sacó una buena tajada por un Carpaccio auténtico, en el que se retrataba a uno de sus antepasados más imponentes, el arzobispo Tiberio Maratea, y que subastó una casa inglesa llamada Mortlake. Por último, se vio tan sólo con la isla de la laguna llamada Sant'Antioco, que tradicionalmente pertenecía a los Castrovalva y en la que un viejo conde había mandado erigir una ermita: los artículos que se hacinaban en la cripta de la ermita a modo de trastero fue lo que ordenó subastar a la Casa Helvetia, además de algunas chucherías supervivientes de saqueos pasados que todavía guardaba en su apartamento de San Simeone. Aquel último lance le había permitido retirarse a la Residencia Türkel, donde había cambiado la fatuidad de sus correrías de juventud por las enseñanzas serenas de la papiroflexia.

—¿Sabe usted quién adquirió sus propiedades en la subasta? —dijo Menz después del relato.

La cabeza del conde se inclinó un par de veces, se puso en pie y a Menz le pareció todavía más elevado que cuando se había dejado caer sobre la cama. De lo alto del armario, blanco también, tomó una maleta de cartón que desplomó en el mismo lugar en que había estado sentado. Los broches crujieron al destrabarse.

—Debe de haber algo valioso en lo que vendí, ¿no es cierto? —Arimalfi parecía dirigirse al crepúsculo que tenía lugar en la ventana—. Es usted la segunda persona que viene a interrogarme por el asunto de la subasta, y una persistente punzada en el corazón me dice que no va a ser la última.

—¿Quién era la otra?

—Un individuo enorme, de la hechura de este armario —el conde señaló el vasto monolito blanco—. Llevaba unas gafas negras que no se quitó en toda la conversación. Era un hombre educado, cortés, de los que no quedan muchos en los tiempos que corren. Dijo llamarse Zadík, y me pidió la lista de compradores. Pretendía pagarme la información con una pitillera de plata, que yo rechacé naturalmente. Bueno, no era tan educado después de todo.

—Yo no le ofreceré ninguna pitillera.

El último comentario hizo sonreír a Arimalfi con algo parecido a la complicidad, pero nada más lejos de la intención de Menz que acuñar una ironía: se había limitado a anotar un dato objetivo. La noche se había echado pesadamente sobre la ventana y el conde necesitó encender la lámpara de la mesilla para desentrañar el contenido de la maleta. Con mucho placer, Menz comprobó que se encontraba atestada de figuritas de papel: había todo un zoológico de colores, con cigarras, saltamontes, libélulas, moscas, jirafas y tigres. A veces, entre el mar de criaturas flotaba una fotografía enmarcada o mazos de documentos de los que Arimalfi separó media docena. Los puso en las manos de Menz.

—Lléveselos —dijo—. De lo contrario acabarán convertidos también en insectos.

Antes de que se marchara, Arimalfi le hizo entrega de una de las figuras: era un extraño acordeón gris, en el que se reconocían cuatro patas y un cuerno. Se trataba de un regalo.

—Es un rinoceronte, para usted —el conde cerró la maleta—. Le ayudará, en lo que sea que busque. Es el símbolo de la constancia.

Cada diez segundos, una farola atravesaba la ventanilla trasera del taxi y concedía a Andreas Menz la breve ráfaga de luz que necesitaba para estudiar los pliegos extendidos sobre sus rodillas. La carretera había quedado absolutamente anulada por la noche, sólo el resplandor fatuo de la nieve permitía adivinar dónde existían campos que tomaban el relevo al asfalto; lejos, convertido en una bruma rojiza que coloreaba el parabrisas, se divisaba Zúrich. La boca de Menz se retorció como si fuera a otorgar un beso a una muchacha invisible, lo cual solía constituir un signo de que se hallaba concentrado. Repasaba el documento que el conde Arimalfi acababa de entregarle, siguiendo las líneas con la punta del dedo para que el abandono intermitente de las farolas no desviara el curso de su lectura. A la izquierda del primer papel, en la parte de arriba, figuraba un ostentoso encabezamiento con cornucopias y grutescos en el que se leía *Casa de Antigüedades Helvetia, fundada en 1879, Bahnhofstrasse nº 231/3, Zúrich, Suiza.* La subasta número 426, con fecha de 20 de junio de 1932, constaba de tres lotes. Menz estudió el contenido de cada uno con escrupulosidad, como si ese detalle pudiera aportar alguna luz especial sobre la identidad del sujeto que buscaba.

El primer lote constaba de un barqueño y una consola en estado aceptable, ambos del siglo XVIII; un retrato de maestro anónimo veneciano, siglo XVIII; un Canaletto, que representaba una vista del Gran Canal; un espejo veneciano del siglo XVI; una maqueta antigua de la iglesia de Santi Giovanni e Paolo, del siglo XVIII: adquirido por 291.060 francos por parte del señor Harald Schrum, con domicilio en Berlín, sin más precisiones. En el segundo lote se hallaban cuatro pastilleros de marfil y nácar, de los siglos XVII y XVIII; un servicio de té de plata repujada, compuesto de cinco tazas, platos y una bandeja, y otro servicio de café de porcelana con cinco tazas, platos y bandeja, ambos del siglo XIX; una maqueta de la iglesia de Santa Maria della Salute, siglo XVIII; cuatro espejos de tocador y otro de medio cuerpo, todos manufactura veneciana, de entre los siglos XVII y XVIII; un lote de fotografías y retratos del siglo XIX, algunos de tema erótico: adquirido por 123.120 francos por parte de Viuda de W. Beyschlag Anticuarios, con domicilio en Nuremberg, Baviera. La ignorancia de Menz apenas era capaz de diferenciar una escupidera Pompadour de un cenicero comprado por diez pfennigs en los Almacenes Wertheim, pero continuó enfrentándose al prolijo listado de antigüedades entendiendo que aquello entrañaba un trámite necesario de su investigación que no podía dejar de lado. El tercer lote era el más modesto de todos. Figuraban en él un pequeño espejo de tocador del siglo XVII y un espejo de pared abombado del XVI; un daguerrotipo de mediados del siglo XIX, con trípode y fuelle; una caja de manuscritos antiguos en griego, latín e italiano, de entre los siglos XVI y XVIII: había sido adquirido por 84.600 francos por parte de Antigüedades Cappadocia & Reizenbaum, con sede en Berlín.

La noche se encontraba bastante avanzada cuando Menz volvió a atravesar los puentes sobre el Limmat en dirección a la Estación Central de Zúrich. El río, el lago, el campanario de la iglesia habían desaparecido para dejar lugar a una procesión de luces indecisas que titilaban sobre las aguas. Hacía frío: la nieve resistía en los zócalos de las aceras y Menz se introdujo en la cantina de la estación, donde ocupó una mesa bajo la protección de la estufa. El tren que conectaba Berlín con Zúrich a través de Frankfurt y Stuttgart llegaba a las once, realizaba una parada técnica de una hora y deshacía luego su camino en dirección al noreste, hasta la capital: Menz tenía dos horas por delante para cenar e hilvanar pensamientos. Mientras se concedía un frugal tentempié compuesto de patés y queso, contemplaba a través de la cristalera empañada los recios pilares de mármol de la estación y el tránsito de los trenes en las dársenas. El coñac del postre le hizo reflexionar sobre su conversación con el conde Arimalfi y los detalles inextricables que había leído en los documentos que le había entregado. Aparte de haberle servido para ampliar sus conocimientos geográficos y probar los pastelillos típicos, lo cierto era que el viaje a Zúrich no había aportado revelaciones sensacionales. Sabía quiénes habían adquirido los restos de la herencia del conde en la subasta de la Casa Helvetia además de Eirescu, que con toda seguridad se ocultaba detrás del seudónimo de Harald Schrum. No era mucho: el único movimiento que se le ocurría efectuar a continuación consistía en telefonear a los otros dos compradores para saber si ellos habían sufrido algún ataque.

Menz deseaba que aquél fuese el caso de su consagración, se interesaba por él de veras, quería dedicarle toda su perspicacia y sus desvelos: pero se sentía igual que un aficionado a la navegación que había elegido para estrenar su balandro un día de marejada. De repente, a la vez que removía el coñac en el fondo de la copa y le daba un trago, se descubrió murmurando el nombre de Harald Schrum. Harald Schrum, Harald Schrum, ese desconocido le resultaba familiar por algún motivo que no lograba concretar. La memoria es como un animal travieso al que le gusta jugar a las persecuciones: Menz corrió detrás de ella por los pasillos de su cerebro, exigiendo que le devolviera la identidad de Schrum, pero no lo consiguió. Forcejeaba consigo mismo para extraer el dato que se hallaba enquistado en algún pliegue de su conciencia, cuando una voz terrible le interrumpió con un exabrupto. El barman acababa de conectar la radio que vigilaba desde lo alto de una repisa todo el botellero y el mostrador de la cantina, y ahora regulaba el dial más pequeño con el fin de moderar las imprecaciones de la voz. Un hombre furioso, sacudido por el odio, histérico casi, brotaba de aquel aparato: los esputos de saliva que debía de arrojar al hablar casi podían adivinarse en las rejillas del altavoz. Después de un rato de escuchar con atención, Menz comprendió que se trataba del nuevo canciller, Adolf Hitler. A través de una pesada artillería de insultos y descalificaciones, se dirigía a los traidores, a los sediciosos, a los que habían vendido a Alemania en aquel noviembre vergonzoso que había epilogado la Gran Guerra; acusaba a socialistas y comunistas de haber dado la espalda otra vez a la nación, de entregarla al terror rojo, decretaba para ellos la aniquilación y la muerte. La deformidad de la voz, la ansiedad que la retorcía, los adjetivos que empleaba para dirigirse a los apóstatas de la patria hubieran resultado casi cómicos si Menz no hubiera detectado un viento de desastre en ellos, como el anticipo de una tormenta de granizo. Detuvo a uno de los camareros con el brazo, señaló la radio sobre el botellero y le preguntó qué había sucedido.

—¿No se ha enterado? —dijo el camarero, sosteniendo la bandeja con una botella de ginebra—. Han quemado el Reichstag de Berlín.

Menz pagó su cuenta apresuradamente y huyó hacia los andenes, como queriendo desprenderse del acoso de un recuerdo demasiado lacerante. Anduvo arriba y abajo, de la sala de espera a las dársenas, del estanco a las taquillas, intentó distraerse con los relojes de las paredes, los paneles de llegadas y salidas, los rostros de la gente que trasladaba maletas, pero no obtuvo mucho éxito. A las diez y siete minutos, una locomotora bronca y pesada, con el metal empapado por la nieve, penetró resollando en el andén cuatro: era el expreso de Berlín. Contaba todavía con tiempo de sobra para ocupar su asiento, en el que proyectaba descabezar un sueñecito, así que se limitó a contemplar el tumulto que cubría la dársena con un sentimiento muy parecido a la resignación o al tedio. Media docena de transportistas trataba de arrostrar la marea contraria de los viajeros que brotaban de los vagones, para alcanzar los coches de mercancías con sus carretillas; hombres, mujeres, ancianos descendían los estribos entre la niebla del vapor que la locomotora exhalaba por la chimenea y las junturas, igual que una olla a presión dejada durante un tiempo excesivo al fuego. Era difícil reconocer un rostro entre toda aquella barahúnda de sombras, bufandas y abrigos, pero Menz enarcó las cejas con sorpresa cuando creyó descubrir a alguien que le resultaba familiar. Aguardó a que el sujeto se liberara de la masa que le escoltaba hasta la sala de espera, corrió tras él y le vio calarse el sombrero sobre las sienes y sostener con fuerza el abrigo en el brazo mientras atravesaba el vestíbulo. Fuera, en la acera del exterior de la estación, el individuo tuvo que girar el rostro a izquierda y derecha con el fin de localizar un taxi y Menz le otorgó la etiqueta que necesitaba: era el joven del Polidor, el que había pedido Golka y llevaba una cicatriz en la mano izquierda. Entonces, de repente, recordó quién era Harald Schrum.

A pesar de que se asomaba de manera intermitente por encima del biombo japonés, en espera de sorprender alguna cabeza conocida alrededor de la mesa que ocupaba el entarimado, ni el señor Eirescu ni sus habituales invitados con uniforme se dejaban ver aquel día por el Polidor. El camarero se lo confirmó: el señor Eirescu tenía urgentes gestiones que realizar y durante toda la semana se encontraría fuera. Menz no supo exactamente qué quería decir el camarero con aquel adverbio, fuera, si el dueño iba a estar fuera del restaurante, de Berlín o del país, pero prefirió guardarse la duda para circunvalarla mientras concluía su plato de arroz con leche. Dio una cucharada, sintió la sustancia gelatinosa y dulce cimbrearse en su lengua, observó cómo el hombre del fondo del salón, el que se sentaba al otro lado del espejo, comía también su postre y había elegido para aquel día la misma pajarita violeta con estrías que él lucía. Le costaba cierto esfuerzo, vencer cierta inercia, constatar que el hombre espigado con bigote que se hallaba frente a su mantel era él mismo, Andreas Menz, que el restaurante que ocupaba el otro lado era también el Polidor al que él acudía diariamente. Porque en realidad el universo que comenzaba tras el marco le parecía un orbe ajeno y distinto, y el restaurante una enorme habitación de cristal donde tenían lugar unos almuerzos que no eran los suyos. El señor Eirescu está muy ocupado, se volvió a decir, antes de saborear otra cucharada. Sí, últimamente todo el mundo estaba muy ocupado, todos tenían muchas cosas que hacer y muchos asuntos que tratar: el incendio del Reichstag había sesgado la tranquilidad de mucha gente y parecía conveniente arreglar ciertos trámites lo más deprisa posible.

Desde la promulgación de aquella ley altisonante y lastrada de mayúsculas, la Ley de Protección para el Pueblo y el Reich, que el canciller había hecho triunfar en el Parlamento, estaba tentado de decir que el Reich vivía mucho más seguro de lo que lo hacían sus súbditos: no resultaba recomendable pasear por las calles a deshora, dejarse ver por ciertas esquinas ni tomar café con ciertas amistades. Las bandas de la SA y las SS habían respetado a pies juntillas la siniestra profecía que el ministro del Interior, Hermann Göring, había formulado a través de los boletines de noticias; Alemania iba a ser purgada de traidores, no volverían a producirse ataques como los que habían estremecido a la nación entera, los comunistas serían erradicados igual que bacilos de un cuerpo enfermo. La policía y los paramilitares se aplicaban a cumplir su trabajo con profesionalidad. El Spree y el canal Landwehr veían aumentar cada noche el número de sus inquilinos, cada amanecer los peces tenían con ellos nuevos cuerpos que les hicieran compañía. La regeneración de Alemania necesitaba fuerzas renovadas: en cuanto conquistó el Ministerio del Interior de Prusia, el partido nazi se había dedicado a rectificar los cuadros de la policía y a colocar a sus acólitos en los puestos más relevantes. Muchos de los rostros que Menz vigilaba desde el espejo del fondo del Polidor pertenecían a los nuevos cachorros de Göring; jóvenes fieles como sarpullidos, perros de presa adiestrados para olfatear el rastro de los traidores a la patria y conducirlos a la Comisaría Central asidos entre los dientes. Los inspectores y agentes más recientes llevaban su procedencia escrita en la piel como una delación: individuos torpes y engallados, con las mejillas salpicadas de viruela, de ojos nerviosos, arrastrando trajes demasiado grandes para ellos por las estrecheces de las oficinas, ansiosos por entrar en acción y usar las armas que escondían en las sobaqueras. Todos habían llegado hasta allí auspiciados por su fidelidad al canciller y a la esvástica. Ese mismo signo en forma de araña que veneraba el muchacho desconocido que se sentaba a beber Golka detrás de Menz mientras leía el periódico, también aquel mediodía: el muchacho con que se había cruzado sin creérselo del todo en la Estación Central de Zúrich.

En su primer encuentro, Menz se había visto impelido a espiarle a causa de una turbia curiosidad que no podía definir; aquel día, luego del choque en Suiza, esa curiosidad se había transformado en angustia. No se preocupaba de disimular la mirada que arrojaba contra la lámina del espejo, que después de rebotar iba a estrellarse directamente en el plato del joven o su cabello asediado por las entradas prematuras. En algún momento el joven intercambió unas palabras con el camarero, recibió un papel, colocó unos billetes sobre la mesa y se marchó con el abrigo en el brazo, en la misma posición con que lo transportaba en la estación de Zúrich. Menz dejó pasar unos minutos, se limpió el bigote con la servilleta y salió también. Nevaba; el cielo era una placa gris y negra que parecía haber acumulado toda la suciedad de las chimeneas de Berlín. El desconocido no resultaba difícil de seguir: practicaba un paso corto a través de las aceras sorteando a los vendedores de cerillas, preocupándose de pisar con cuidado los tramos de asfalto en que se habían formado películas de hielo. Detrás de él, Menz ascendió la Dircksenstrasse hasta una esquina que ocupaba un despacho de lotería; giró hacia el suroeste a la altura del Mercado Central y se introdujo en la Kaiser Wilhelm Strasse. Aquí una mujer enterrada debajo de un montículo de harapos le hizo detenerse y estuvo luchando por venderle una flor: faltó poco para que Menz perdiese a su hombre. Se llevó una rosa que sostuvo en la mano a lo largo de la Spandauerstrasse hasta el Molkermarkt, donde el joven tomó el U-Bahn frente a la iglesia de San Nicolás. A la distancia de un vagón, entre una empalizada de cabezas que intercambiaban posiciones en las distintas paradas, Menz lo observó con mayor detenimiento. Algo le atraía en aquel desconocido, algo que él no podía nombrar, que no lograba definir con exactitud porque el término se encontraba ausente del diccionario de su alma: sentía como si estuviese afinando un instrumento musical, como si hiciese girar las clavijas del violín en busca de la tonalidad correcta sin encontrarla. La presencia de aquel individuo, su mera existencia, eran un enchufe poco corriente que buscaba el orificio apropiado en el aplique de la pared; Menz estaba seguro de que no tenía más que conectarlo a la corriente eléctrica para saber quién o qué era, por qué le arrastraba de aquel modo.

Descendieron en la otra punta de la ciudad, junto al Tiergarten. Anochecía. El joven bajó las aceras tapizadas de nieve por la Hohenzollernstrasse, hacia el sur. Apenas quedaban transeúntes; una sombra refugiada en una capa atravesaba un breve tramo entre portales, un hombre con sombrero se inclinaba para resistir el ímpetu de la nevada. Cada dos pasos, en los quioscos de publicidad y las tapias, los rostros colosales de Hindenburg y Hitler contemplaban a los berlineses desde el interior de los carteles electorales. Por si fallaban las heroicas letras góticas con que apelaban a la ciudadanía, cuadrillas de la SA corrían por las esquinas arrancando la publicidad del KPD y del PSD, para evitar toda confusión a los votantes. En la esquina entre la Steiglitzerstrasse y la Potsdamer Strasse, el joven penetró en un portal, junto a un colmado. Menz aguardó: las plantas de sus pies chocaban contra los adoquines para facilitar la circulación y vencer el frío. Era un edificio discreto, de cuatro o cinco pisos, no muy antiguo, que podría haber servido de nido a una colonia de funcionarios. Durante un segundo la nieve interrumpió su acoso, como si reuniera fuerzas, luego volvió a arreciar. No había nadie en la calle, salvo el gabán del sereno, que se arrastraba con esfuerzo a través de los taludes de color blanco. Menz suspiró, se estrujó el sombrero, introdujo las manos en los bolsillos del abrigo, vaciló, miró dos veces la entrada del edificio, volvió a vacilar, corrió. El portal no estaba cerrado. Cuando una voz interior le preguntó por qué estaba franqueando aquel umbral, no tuvo dificultades en responder: sólo quería saber en qué piso y en qué puerta vivía el desconocido. Atravesó el patio, donde unos aligustres resistían la nevada entre las junturas de los adoquines. No había luz en el rellano, no había portero que pudiera orientarle; le había parecido reconocer el interruptor de una bombilla eléctrica sobre el muro, pero temió que el resplandor le delatase. Dos sensaciones le acosaban haciéndole doloroso el apremio de tomar una resolución: el hedor a lejía, el frío. Tanteó en la oscuridad hasta que su mano chocó con el pasamanos de la escalera, posó el pie en una elevación que debía de corresponder al primer peldaño. Al principio no le alarmó el leve susurro que tuvo lugar a sus espaldas, como el de una alfombra que se arrastra para ser colocada en el otro extremo del salón: pensó que era el portero. Pero luego recordó que no había visto a ningún portero por ninguna parte y que el patio interior se hallaba vacío igual que un museo a medianoche. Se puso en guardia demasiado tarde, porque el golpe en el cráneo no tardó en extender su descarga al cerebro y el resto de los músculos del cuerpo. La oscuridad que le aguardaba en el fondo de su caída no era muy distinta de la que reinaba en el rellano del edificio, tal vez más suave.

El despertar tuvo lugar entre un carrusel de náuseas, vértigo, chispas de colores en el interior de los párpados, cierta blandura en los dedos que le hizo creer por un instante que se hallaba prisionero en una tela de araña. La lengua se movió con dificultad en el paladar cuando intentó articular el nombre de Elsbeth. Su primer pensamiento consciente había sido para ella: dónde estaba Elsbeth, cuál era su posición en aquel crepúsculo de ceniza, tenía que comprobar si Elsbeth estaba a salvo. Percibió el pálpito de la sangre aglomerada en la base del cráneo, allí donde le habían golpeado: pero el dolor de la contusión no fue nada comparado con el de hacerse cargo de que Elsbeth ya no existía, de que estaba muerta. Poco a poco, fue entendiendo que su cuerpo se encontraba reclinado en un sillón, que el sillón estaba forrado de pana, que la pana era de color burdeos. Delante de él halló la fotografía de un adolescente con camisa militar y un brazalete con la cruz gamada; miraba al infinito a través de dos transparentes iris azules. En el mismo mueble, sobre estanterías a alturas variables, formaban el retrato de una mujer mayor, el de un hombre con bigote y ojos de besugo, una radio apagada. La lámpara del techo derramaba un resplandor hiriente sobre las pestañas de Menz, que tuvo que recurrir a su brazo para protegerse. Entonces se dio cuenta de que llevaba una rosa en la mano.

—Buenas noches, señor Menz —oyó junto a él.

Las vértebras superiores se quejaron cuando torció la cabeza para estudiar la figura que se sentaba a su lado. El joven de la cicatriz en la mano le observaba con suspicacia, inclinado sobre sus rodillas, como intentando captar una palabra que Menz pudiera haber pronunciado en voz demasiado baja. Detrás del muchacho, una inmensa cristalera mostraba la maqueta de Berlín bajo la gasa de la noche; había dejado de nevar, y dos o tres ventanas encendidas perforaban los bloques de edificios con sus colores amarillos. A lo lejos, se divisaban el esqueleto de la cúpula del Reichstag, los halos de varios reflectores que examinaban el cielo. A Menz le pareció que el joven sonreía: tal vez se fijaba en la flor que él sostenía entre los dedos. A un flanco del balcón, en un marco plateado con volutas, el mismo adolescente de la fotografía del mueble estrechaba la mano del Führer, también en uniforme de campaña. El dolorido cerebro de Menz necesitó un rato para entender que los muchachos de las fotografías eran el mismo que le contemplaba desde la silla contigua a su cabeza.

—¿Con qué me ha golpeado? —logró balbucir.

El joven se sobresaltó: quizá no esperaba que Menz estuviese dotado del don de la palabra.

—¿Quién le ha ordenado que me siga, señor Menz? —replicó.

Esperaba la respuesta al tiempo que balanceaba las manos sobre el lado interior de sus rodillas. La cicatriz seguía allí, en la extremidad izquierda, mostrándose a los ojos de Menz casi obscenamente: era profunda y elegante, igual que una caligrafía, y recorría el camino del nudillo del anular a la muñeca.

—Dígame cómo se hizo esa cicatriz —rogó Menz, fascinado.

El joven estudió alternativamente su mano y al hombre que tenía desplomado en el salón de su casa, al que acababa de sorprender ejerciendo de espía. No había por qué responderle, en realidad era él y sólo él quien contaba con autoridad para formular las preguntas en aquella situación; pero aquel hombre con bigote miraba el rastro de su vieja herida con una combinación tal de admiración y terror que le convenció para mostrarse compasivo.

—Una trastada de niño sin importancia —dijo el joven, agitando la mano como para apagar una cerilla—. Cerca de la casa en que vivía con mis padres había un edificio en obras al que iba a jugar con mis compañeros de clase. A mi madre, claro está, no le hacía mucha gracia aquello y me prohibió terminantemente que regresara allí: podía caerme por un terraplén o causarme una herida con alguna herramienta. Mi madre es tan protectora o más que el resto de las madres —señaló el rostro de una mujer remota que encerraba un marco de pie, sobre un estante—. No le hice caso. Para acceder a la obra, debía saltar una alambrada. En una ocasión, se me quedó la mano enganchada en el espino y me rasgué toda la piel. Es prodigioso, ¿verdad? ¿Es por eso por lo que me ha traído la flor, para consolarme?

—¿Qué edad tenía?

Al joven estaba comenzando a desagradarle la actitud del hombre del bigote: no se adecuaba al papel asignado para él en la comedia. Se echó hacia atrás en la silla, hasta que sus omóplatos chocaron con el respaldo.

—Qué más da eso —zanjó con desabrimiento—. Es usted quien tiene que hablar. ¿Quién le ha ordenado seguirme? ¿Es cierto que es usted inspector criminal o la credencial que figura en su cartera es una falsificación? La cartera de Menz colgaba fláccida de la mano del joven, mostrando su placa y su identificación policial. Sin preocuparse demasiado por ello, Menz trató de incorporarse sobre los codos y el universo giró fatigosamente alrededor de su cráneo, con un movimiento similar al de un barco a la deriva. Aguardó a que las cosas se detuvieran para escudriñar el espacio: en torno del sillón que ocupaba descubrió un apartamento decorado con un gusto algo lacónico, con cuatro muebles frugales distribuidos por el salón. Sillas, mesas y estantes modernos, híbridos de metal y madera, jugaban a ser elementos más elegantes y sorprendentes que meros auxiliares para comer y sentarse: en realidad, más que mesas y sillas parecían sus esqueletos, sus esbozos inacabados. Las paredes habían sido pintadas recientemente de un pacífico color salmón, los vanos de las puertas relucían: la suciedad no había tenido tiempo todavía de acampar sobre las superficies, hacía poco que el apartamento estaba habitado.

—¿Cómo se llama? —inquirió Menz.

El joven suspiró.

—Mi nombre es Gustav Wahlberg —dijo con hastío—, pero es usted quien tiene que responder. Está haciéndome perder la paciencia. Qué pretendía siguiéndome, hable: fue usted quien me obligó a golpearle con la barra del sereno.

Aquellas palabras despertaron un punzante recuerdo en la base del cráneo de Menz, que usó las yemas de los dedos para comprobar su estado: había un bulto que respondía con una furiosa descarga si se atrevía a apretar, pero ni rastro de sangre.

—Contestaré a todo lo que usted quiera —prometió—, pero dígame antes: ¿cómo conoció el vino de Golka? ¿Es su vino favorito?

La espalda de Gustav Wahlberg había quedado engarrotada sobre su asiento, como si el hueso de su columna vertebral hubiera pasado a transformarse en una cosa mineral y rígida. Sus ojos escrutaron severamente a Menz durante unos instantes, en busca de la confirmación de que estaba siendo víctima de una broma demasiado pesada que no necesitaba ser llevada adelante. No sabía qué hacer con sus manos, tampoco con la de la cicatriz, jugaba a mezclar una con otra sobre el ángulo agudo de sus muslos. Tenía los mismos ojos del individuo en blanco y negro atrapado en el retrato del mueble: dos esferas sin profundidad ni color, como si le sirvieran para mirar debajo del agua.

—Fui a Yugoslavia con el Partido —relató, con un resto de rabia en la voz—. Se trataba de uno de los encuentros anuales con nuestros filiales serbios, húngaros y rumanos, que en aquella ocasión tenía lugar en Lenau, en la frontera con Rumania. Nos sirvieron Golka durante la comida, y ésa fue la primera vez que lo probé. Me contaron que a algunos kilómetros de Lenau, cerca del nacimiento del Arèn, existía un pequeño pueblo de donde procedía el vino. Al parecer era un lugar idílico, al principio del valle, un lugar no profanado por el progreso, donde se conservaban las tradiciones ancestrales de siglos atrás: la uva se sigue prensando con los pies. Desde entonces siempre he soñado con visitar aquel pueblo. ¿He aprobado el examen?

Hubo un silencio. Wahlberg siguió la trayectoria de la mirada de Menz y comprobó que observaba la fotografía colgada de la pared junto al balcón, donde aparecía él estrechando la mano del Führer. A Hitler no le sentaba bien la sonrisa: le trazaba unas arrugas concéntricas alrededor de la boca que hacían parecer que no consistía en carne y hueso, sino en una cosa blanda como el bizcocho.

—¿Pertenece usted a la Comisaría Central de la Alexanderplatz? —preguntó por fin, sin ambages.

—Sí —respondió Menz—. Parece que es usted muy amigo del canciller Hitler —y señaló la pared.

Era evidente que Wahlberg había efectuado el mismo ritual muchas veces. Se volvió en la silla con estudiada lentitud, parpadeó, movió suavemente la cabeza arriba y abajo; un gesto de satisfacción fue alboreando sobre sus labios a medida que examinaba la fotografía y las dos figuras contenidas en el interior del marco. Su espinazo se enderezó de súbito, como si un superior le fuese a pasar revista. La voz que empleó para referirse a aquel retrato era meliflua, casi pegajosa, llena de azúcar.

—Tampoco tiene tanta importancia, después de todo —mintió—. Fue tan sólo un golpe de suerte. Va a creer que le engaño, pero yo salvé la vida al Führer. Fue en Passewalk, en Franconia. Hitler celebraba un mitin allí el 15 de octubre del año pasado, para las elecciones al Reichstag. ¿Ha estado alguna vez en un mitin del Partido? No, no me diga nada, usted pertenece a una de esas élites que piensan que los nazis son todos unos borregos y que esas reuniones no consisten más que en un desembarco de ganado. Pero luego se trata del partido más votado de Alemania, y hoy es el que detenta el poder. Creo, señor Menz, que usted y todas las personas de este país deberían acudir alguna vez a uno de esos encuentros. Comprobarían que su miserable existencia personal puede tener una meta superior, que toda vida por estúpida que sea puede alcanzar su redención en una tarea grande. Allí, entre los estandartes, las proclamas, los himnos, el alma se diluye y el cuerpo pertenece a otra cosa.

—Creí que iba a contarme usted una historia —atajó Menz.

—Ustedes desprecian a los nazis, pero sólo ellos pueden salvar a Alemania —Wahlberg parecía colocarse momentáneamente aparte de la cruz gamada que destellaba en su solapa—. Son muchos, y fuertes. Aquel día yo estaba allí, en Passewalk, entre la multitud, vitoreando y aplaudiendo hasta destrozarme las manos los discursos del Führer. Él se deja la piel en cada aparición. ¿Lo ha visto alguna vez? Pone toda su sangre, todo su sudor, toda la energía que le anima en traducir a palabras su ideal. Es pequeño, pero un gran espíritu lo sostiene. Lo cierto es que salió agotado del estadio, después de varias horas de hablar ininterrumpidamente sobre los micrófonos. Su escolta personal lo condujo a la salida trasera, con el fin de protegerlo del entusiasmo de sus seguidores, pero uno de los celadores era compañero mío y me permitió aproximarme a él. Yo quería ofrecerle mi ejemplar de *Mein Kampf* para que me lo firmase —practicó una interrogación con el dedo índice.

—No, no lo he leído —la mano de Menz apartó algo.

—A pesar de su estado, el Führer nunca niega nada a sus discípulos. Él entiende que tampoco es más que otro eslabón en la cadena que debe llevar al país de la miseria a la gloria, aunque bien es cierto que un eslabón imprescindible. El cansancio le hacía torpe, apenas lograba caminar con soltura a través de la calle que conducía desde el estadio al coche que debía transportarle de vuelta a su cuartel general, pero tuvo tiempo para detenerse un instante. Aceptó la pluma que le tendía un auxiliar, abrió la primera página de mi libro y todo se precipitó. Sin darnos cuenta, nos habíamos situado en mitad de la calle, justo encima de los rieles del tranvía. Sólo yo advertí que un tren doblaba la esquina y se dirigía hacia el grupo plantado sobre el asfalto a toda velocidad. Actué deprisa: empujé al Führer, me arrojé yo mismo al suelo y las ruedas trituraron nuestras gorras dejándolas hechas jirones. Hitler estuvo soltando insultos y jaculatorias durante media hora, nombrando responsables del incidente a todos y cada uno de los miembros de su séquito. Luego se serenó repentinamente, me estrechó la mano y me dijo que le había salvado la vida. Me estaba muy agradecido.

—Espere, no siga —la mano de Menz se interpuso en la continuación del relato—. Le ofreció lo que usted desease, ¿verdad? Los párpados de Wahlberg se abrieron hasta el límite de las cuencas: ahora parecía un pez asomado al cristal de su acuario.

—Sí, eso hizo —reconoció, despacio—. Me prometió que en cuanto el Partido llegase al poder, yo obtendría lo que quisiera. Yo le pedí convertirme en policía, porque amaba las películas de James Cagney, y me siguen gustando, ¿a usted no? En cuanto Hitler ascendió a la cancillería, una carta con el sello oficial llegó a mi casa: fui nombrado inspector criminal en la Comisaría Central de la Alexanderplatz de Berlín. Y ahora investigo la muerte del coronel Hans Martin von Klankowström.

3. El vino y las mujeres alemanas

Hacía pocos días que Andreas Menz había franqueado la puerta del despacho del comisario Blumenkohl, pero entre aquella última visita y la anterior podían haber mediado años. El comisario se encontraba confinado en un recinto angosto y luminoso, en el que las paredes habían sido sustituidas por ventanas: al entrar en él, se tenía la impresión de que el escritorio, los ficheros y los paneles con los mapas de la ciudad flotaban en el aire, a una altura de tres pisos sobre la Alexanderplatz desde la que se dominaban todos los tejados del Mitte, la Königstrasse e incluso el Spree y la isla. El inquilino de aquella jaula de vidrio era un individuo largo y escuálido, con el cráneo tonsurado hasta la cerviz y un marcial bigote prusiano sobre los labios. Blumenkohl constituía un ejemplar más valioso para los arqueólogos que muchas de esas momias que se desmigajaban en los museos de antigüedades: seguía vistiendo al modo del siglo XIX, con el cuello duro y la corbata de lazo, usaba reloj de cadena y se empecinaba en seguir llamando ciertas calles de Berlín con nombres que no se empleaban desde la muerte de Bismarck. Existía una duda unánime en la Comisaría Central sobre Blumenkohl: pocos sabían si estaba dotado o no de piernas, porque no podía recordarse la última vez en que alguien lo vio fuera de su escritorio. Se hallaba perennemente en la misma posición, con la ciudad y el cielo a sus espaldas y cinco lustrosos teléfonos delante de sus manos, que no dejaba de descolgar y soltar como si estuviera pulsando las teclas de un aparatoso instrumento musical para componer una melodía. Menz y Wahlberg tuvieron que aguardar durante un buen rato a que el comisario impartiera órdenes por cada uno de los cinco auriculares y jurara estar ocupado en dos de ellos, que volvió a empuñar después de un bufido. Entonces, en algún momento, sus pestañas retemblaron, pareció despertar de un trance y descubrió que había dos hombres en su despacho.

—Ah, sí, ustedes —exclamó dividiendo sus miradas entre uno y otro—. Me temo que por error les hemos adjudicado la misma investigación a ambos, sin avisarles —el cuarto teléfono comenzó a sonar—. Tienen que disculparme, discúlpenme, caballeros —agarró el auricular y disparó tres monosílabos furiosos, lo volvió a dejar—. Decía que debían ustedes disculparme, no sólo por las condiciones en que les recibo, sino también por mi negligencia: pero como siempre está usted allá abajo, Menz, y usted es nuevo, señor Wahlberg... —el timbre del segundo teléfono hizo el amago de agitarse, el comisario lo decapitó sin piedad y vociferó que se encontraba ocupado, sí, por supuesto que sí, no, en este momento le era imposible, qué se había creído, que se ocupase él mismo, tenía el humor que le daba la gana y le salía de los santos bigotes, sí, a él también, buenos días—. Esta maldita historia de los comunistas y el sabotaje me trae cabeza abajo. Parece que tengo que detener a todo el que se pasee por la calle con un pañuelo rojo. Bueno, no hay problema: ahora están los dos encargados del caso, así contarán con la experiencia de la vejez y la energía de la juventud, perfecto, perfecto. Menz, suba sus cosas e instálese en el escritorio de Wahlberg.

La última frase coincidió con el chirrido del cuarto teléfono, al que Blumenkohl permitió quejarse un rato antes de ofrecerle su ira. Gritaba e injuriaba al pedazo de baquelita negra cuando una secretaria con una blusa de color perla entró en el despacho ocultándose el pecho bajo tres carpetas. El comisario dejó que el auricular siguiese conversando con el aire para escuchar a la muchacha: acababan de llegar doce nuevos detenidos y no había sitio en las celdas del sótano. Toda la comisaría estaba repleta de hombres, ya tenían problemas incluso para desplazarse por los pasillos de la planta baja, y todavía no había llegado la hora de comer; un funcionario había tenido la idea de ir encargando cuatro toneladas de bocadillos al café Kerkau.

—Pues métalos en alguna oficina vacía, qué sé yo, o en los lavabos —Blumenkohl gesticulaba—. O que se los lleve el canciller a la Wilhelmstrasse, ya que tanto interés tiene en retenerlos. Para él son todos como botones, estos santos comunistas, hay que guardarlos no se vayan a extraviar entre los almohadones del sofá —la secretaria salió, el comisario se volvió a Menz y a Wahlberg trenzando los dedos—. Bueno, eso es todo. Espero sus resultados, buenos días.

De la puerta del despacho de cristal brotaba un corredor con plantas artificiales que conducía a los lavabos y a una gran sala de espera llena de bancos de madera. Menz y Wahlberg dejaron al comisario con sus teléfonos sin intercambiar una palabra, cuidándose mucho de que sus miradas no se cruzaran para no tener que decirse nada. En la sala de espera había un grupo indeterminado de hombres dentro de abrigos y bufandas, vigilados por tres policías de uniforme; uno de ellos estaba sentado en un banco, tenía una barba desmañada sobre el mentón y fumaba. Parecía un grupo de juerguistas que volvía de una fiesta a la hora del alba: sus ropas y sus cabellos confesaban que no habían dormido. Pero no se trataba de delincuentes comunes, aunque los policías se dirigiesen a ellos a través de gritos y con las bocas torcidas por la repugnancia; los abrigos eran buenos y sobre la cabeza del más pequeño descollaba un caro sombrero de fieltro azul marino.

Detrás de la sala de espera, a mano izquierda, existía una puerta de cristal donde se leía el rótulo *Krimminalabschnitt*. Cuando Wahlberg empujó el batiente, Menz se halló en una sección de la comisaría que nunca había visitado.

La estancia era amplia como un almacén, y contenía una muchedumbre de mesas ordenadas en filas de cinco; en cada una de ellas, a la luz cómplice de una lámpara con la pantalla verde, un inspector rellenaba formularios, examinaba documentos o sopesaba pruebas. Apenas había ventanas; unos remotos y diminutos tragaluces perforados en el muro hacían necesarias las largas barras de neón que pendían de las alturas, bajo un techo tan elevado que no era evidente a simple vista. Aquella sala parecía nueva, y desde luego Menz no la había visto nunca en sus muchos años de servicio: aunque bien es verdad que no solía salir demasiado de su despacho del antesótano. La mesa de Gustav Wahlberg formaba parte de la segunda fila, casi al fondo; desde ella, constató Menz, la sección de inspección criminal parecía una enorme fábrica textil, con inspectores en vez de muchachas inclinadas sobre sus máquinas de coser. Cada mesa del rebaño contaba con una silla de cuero y otra, estrecha y dura, en que sufrían las visitas: Wahlberg hizo a Menz un gesto que valía por una invitación a sentarse. Al tiempo que su compañero cambiaba papeles de sitio y barajaba informes, Menz intentó descifrar la fotografía que flotaba sobre la entrada de la sala, en el interior de un grave marco oficial. Después de un rato de incertidumbre, entendió que era el canciller Hitler quien vigilaba el buen hacer de sus empleados de policía desde lo alto de aquella pared, y que para que cualquier confusión resultase imposible le habían añadido un crespón rojo con la cruz gamada. Un carraspeo de Wahlberg reclamó su atención: había comenzado a leer el primer folio de un grueso mazo situado sobre el escritorio.

—A menos que usted posea alguna revelación, me temo que no contamos con mucho para empezar —confesó Wahlberg con sequedad—. El mayordomo del coronel parece limpio, era una persona de confianza con años de servicio en la casa, y aunque lo he buscado hasta por debajo de las alfombras no he dado con ningún otro sospechoso consistente. Me ocupé de indagar quién podía estar interesado en el espejo sustraído: pero todo lo que he llegado a saber es que el coronel lo adquirió en una casa de subastas suiza.

—¿La Casa Helvetia? —Menz se encontraba arrumbado en la silla de las visitas como un abrigo olvidado.

—Eso es —Wahlberg parpadeó—. ¿Sabe algo de ella?

—¿Le dieron alguna información?

—No. Son muy reservados con sus clientes —el folio regresó cuidadosamente al resto del mazo—. Aplican a rajatabla su derecho al secreto profesional. Incluso viajé hasta Zúrich para entrevistarme con el encargado de las subastas y fue tajante. Muy cortés, muy claro. No dirán nada.

Mientras suspiraba, Menz extrajo un papel plegado del bolsillo de la gabardina y lo dejó sobre la mesa. Al principio, Wahlberg lo observó con preocupación, observó el cuerpo de Menz desparramado sobre la silla, vaciló; luego de vencer la repugnancia que parecía impedirle tocarlo, como si se tratase de un pájaro muerto, lo abrió y enarcó las cejas. Le resultaba difícil creer que estaba ante el acta de la subasta de cuya imposibilidad acababa de dar fe un segundo antes: la recorrió muchas veces con la vista, arriba y abajo, se secó la saliva del labio con ayuda de su pañuelo. Las palabras de Menz brotaban indolentemente de su garganta, heridas por un mortal aburrimiento; tardó un lapso interminable en explicar su entrevista con Ercole Arimalfi de Castrovalva y el modo en que había conseguido el papel que temblaba en los dedos de su compañero. Concluyó aconsejando hablar con todos los miembros de la lista para ver si los ataques se habían repetido, exceptuando al primero: ahora sabía que Harald Schrum, el seudónimo bajo el que se ocultaba el comprador del primer lote, no correspondía a la persona que había calculado en un principio. La nariz de Wahlberg espiró dos veces, su mano descolgó el teléfono, la boca pronunció un número. Dio los buenos días con una voz seca a alguien que debía suministrarle la dirección y el número de Viuda de W. Beyschlag Anticuarios, con sede en Nuremberg. Menz miraba hacer al joven sin inmiscuirse, buscando la mejor posición sobre aquella silla que carecía de ella: todas eran igual de insufribles. De pronto, un estruendo le sacudió los hombros. Se había producido un disparo en el pasillo que conducía a la sala, estaba seguro, o alguien había arrojado una máquina de escribir por el hueco de la escalera desde el quinto piso: ambas posibilidades resultaban igual de disparatadas. Unos pies bailaban claqué al otro lado de la puerta de cristal, dos voces roncas gritaban, había una carrera, luego los hombros de Menz volvieron a encogerse. La pantalla de la lámpara del escritorio de Wahlberg había tiritado: sí, era el rugido de un arma de fuego. Los hombres que ocupaban las mesas delanteras de la oficina se pusieron en pie mirándose con indecisión y se acercaron a la salida a pasos cortos, buscando el origen del tumulto. Wahlberg seguía ocupado en conversar con el teléfono, sin moverse, concentrado en que nadie interrumpiera aquel acto crucial. Al cabo de un momento, dos de los inspectores que habían salido regresaron con una cosa oval y oscura entre las manos: era un sombrero de fieltro azul marino, manchado de sangre. El timbre del teléfono se quejó débilmente cuando Wahlberg lo aplastó contra la horquilla.

—¿Conoce usted Nuremberg? —dijo.

—Lo único que conozco de Baviera es Múnich —respondió Menz, sonámbulo.

—Pues ahora va a tener oportunidad de conocerlo —Wahlberg hablaba con algo similar a la resignación—. Viuda de W. Beyschlag Anticuarios está cerrado por defunción. Su dueña se arrojó ayer desde la ventana de su piso. Voló cinco plantas.

Faltaban sólo tres días para las elecciones, aquellas en que los alemanes debían dar su visto bueno a la gestión del canciller en los últimos tres meses, y el Partido se afilaba los dientes para garantizarse un buen trozo de pastel en el reparto. Los carteles con los rostros monumentales de Hitler y el presidente Hindenburg infestaban el país, flotando en cada esquina, sobre cada tapia de solar y cada quiosco, rodeados de patrióticas letras góticas. La Ley de Protección garantizaba el triunfo que ya preveía toda aquella propaganda: la persecución sistemática de comunistas, socialdemócratas y cualquier amenaza seria para el amanecer de la Nueva Alemania iba a dejar poco hueco en las urnas a listas que no encabezase una cruz gamada. Los nazis encaraban la completa existencia como un combate: las elecciones exigían un colosal desplazamiento de masas, banderas e himnos, mítines en las cuatro partes del Reich, gritos, histeria, batallas campales con los traidores a la patria en plena calle. Hitler saltaba de un estado a otro en su famoso avión, aproximándose cuanto podía a esa ubicuidad que es propia de los dioses y las figuras sobrehumanas: hoy amenazaba al comunismo en Hamburgo y mañana exigía espacio vital en Stuttgart, sin que su rígido uniforme quedara deslustrado por una arruga de más. Como decía Wahlberg, se dejaba la piel, la linfa y el tuétano en esas apariciones, traduciendo a palabras el brillante porvenir de Alemania.

Nuremberg había sido agasajada por el NSDAP como la capital de sus concentraciones; se afirmaba que los generosos donativos de los empresarios del Ruhr adeptos al Führer estaban siendo invertidos en elevar entre los bosques de Baviera un complejo para celebraciones, con estadios, cuarteles, oficinas, todo dominado por el águila y la esvástica tallados en mármol. El día 3 de marzo tenía lugar una multitudinaria reunión de miembros del Partido en Nuremberg en que Hitler iba a volver a acariciar el lomo de sus votantes y a prometerles la carnaza de costumbre: allí organizarían desfiles con antorchas, exaltarían la memoria de sus mártires y exhibirían una vez más la parafernalia que tanto les gustaba. La dirección del Partido había fletado un tren especial para conducir desde Prusia a todos los afiliados que deseasen asistir al evento, pero el número era tan desorbitado que había tenido que acomodar a los que sobraban en líneas regulares, pagando un porcentaje del billete de cada uno. Cada convoy que salía aquel día de la estación de Potsdam era un almacén de muchachos pardos, pendones y botas; las banderas ondeaban en las ventanas, tiñendo el horizonte de rojo, blanco y negro al cruzar las extensas praderas del interior del país.

También el expreso que se habían visto obligados a tomar Menz y Wahlberg se encontraba saturado de los mismos jóvenes entusiastas. Las camisas de color cieno iban y venían por el pasillo, entre un revuelo de pelos al cepillo y ojos extasiados. Todos eran demasiado jóvenes, demasiado ruidosos y tenían demasiadas ganas de convertirse en héroes. El compartimento en que se habían refugiado Menz y Wahlberg constituía una especie de isla última reservada a los náufragos: además de ellos, un caballero en miniatura, sin cuello, de carnes rosadas y con un bigote blanco trazándole una guirnalda de oreja a oreja, y una mujer seca, del mismo color de las camisas de las Juventudes Hitlerianas, que clavaba su nariz en forma de machete sobre el cristal de la ventana para contemplar el paisaje. El pasillo estaba atascado de SA que iban y venían a cumplir recados, fumar cigarrillos o simplemente exhibirse; para llegar al excusado, los pasajeros debían sortear la larga procesión de uniformes y someterse a la mirada desconfiada de algunos de ellos. A veces, un grito patriótico brincaba de una de las gargantas, el resto lo coreaba con entusiasmo; los vivas a Hitler y al Partido se extendían de punta a cabo del tren con la velocidad de una mecha de pólvora recién encendida. Ante esas muestras de efusión, Menz buscaba el rostro de Wahlberg con los ojos, pero él se volvía hacia la ventana y espiaba los veloces tejados que corrían tras el cristal. No quería perder a aquel joven de vista, sentía miedo de que si mantenía los párpados cerrados más tiempo de la cuenta se esfumara como un ensueño. Porque por fin Menz creía reconocer el sentimiento nebuloso que lo ligaba a aquel desconocido, el ansia con la que seguía sus pasos y estudiaba la forma que tenía de colocar las manos sobre el regazo. Wahlberg era una especie de regalo, un hallazgo, una oportunidad única: su existencia resultaba más vertiginosa que la de un trébol de siete hojas o aquel círculo cuadrado sobre el que especulaban los filósofos. Wahlberg era un borrador incompleto, un ídolo de barro sobre el que la mano apenas había modelado los rasgos más genéricos; y contemplándolo Menz sentía que se le había otorgado la gracia irrepetible de corregir las imperfecciones de esa mano, de indicarle en qué lugar debía suavizar aristas o arrancar apéndices que sobraban.

De pronto, una voz emprendió desde el fondo del corredor los primeros versos de *Deutschland über alles;* dos o tres más la secundaron, se sumó un grupo de voces, luego una multitud cuyo número resultaba imposible de calcular. El himno se aproximaba al compartimento de Menz y Wahlberg, anegando nuevos asientos, atravesando los paneles como una inundación: pronto estuvo en la puerta de al lado, de modo que pudieron oír cómo cantaban las personas sentadas justo en las butacas que tenían a sus espaldas. Del lado opuesto llegaba también la misma melopea, la misma confusión de tonos y voces discordantes, alabando con dudoso sentido de la melodía las maravillas de la patria. Estaban rodeados: detrás, delante, en el corredor, todo era un océano de devoción al vino y las mujeres alemanas:

Deutsche Frauen, deutsche Treue,
Deutscher Wein und deutscher Sang
Sollen in der Welt behalten
Ihren alten schönen Klang,
Uns zu edler Tat begeistern
Unser ganzes Leben lang.

Al inicio de la última estrofa, uno de los muchachos llenos de correas irrumpió en el compartimento y preguntó por qué no cantaban. El hombrecito del bigote blanco y la mujer de la nariz de machete se encogieron rápidamente en sus asientos, como si el agua de una riada les hubiera llegado a los zapatos. Después de repetir otra vez la pregunta en un tono no muy obsequioso, el joven SA ordenó que cantaran: movió los brazos hacia arriba, no se sabía si para marcar el tono o para indicar que su paciencia no admitía objeciones. De los labios del hombrecito y de la mujer comenzó a fluir una versión susurrada del himno, un torpe tarareo que el SA tuvo que ir sacando a tirones, igual que esas banderas enrolladas que los ilusionistas se extraen del interior de la boca. Con el fin de compensar la timidez de los dos pasajeros, el joven atacó a alaridos los versos siguientes, hasta que el hombrecito y la mujer perdieron todo decoro y los tres aullaron *Für das deutsche Vaterland!* Ahora les tocaba el turno a los otros dos individuos que ocupaban el fondo, junto a la ventana: uno llevaba bigote y pajarita y el otro tenía el pelo asediado por una premonición de calvicie. El muchacho de las correas se plantó entre ambos, abrió las piernas para que los dos pudieran apreciar la calidad del cuero de sus botas de caña e introdujo los pulgares en el cinturón.

—¿Por qué no cantáis? —chilló—. ¿Es que no sois alemanes?

A Menz sólo le apetecía suspirar, encontrarse en otra parte. En uno de los exámenes que el SA dedicó a los dos hombres con una mezcla de sospecha e irritación, sorprendió la insignia con la esvástica en la solapa de Wahlberg y se cuadró inmediatamente.

—¡Heil Hitler! —gritó levantando el brazo como accionado por un resorte.

La mano de Wahlberg le devolvió el saludo con menos ímpetu, su boca murmuró la misma fórmula de dos palabras. La desenvoltura del joven se había apagado por completo: permanecía erguido en mitad del compartimento, con los músculos atrofiados, fijando la vista en una imagen que debía de quedar más allá de la rejilla de equipajes. Sus movimientos poseían la misma soltura que la de un juguete mecánico cuando extrajo un paquete de cigarrillos del bolsillo de la camisa y lo tendió ante él.

—¿Puedo ofrecerle un cigarrillo, señor? —vociferó a la ventana.

Sin darse prisa, Wahlberg aceptó el cigarrillo y la caja de fósforos, que el joven insistió en que no le devolviera. Se trataba de cigarrillos Sturm, una mezcla letal de tabacos tostados y otras sustancias inconfesables que fumaban todos los SA. El humo de la primera calada alcanzó los ojos de Wahlberg y le arrancó dos lágrimas. Menz no sabía que su compañero fumaba: lo hacía tenso, manteniendo una posición de ángulo recto sobre el sillón, con la cara contraída igual que si estuviera reteniendo un dolor insoportable. Al marcharse el SA, Menz vio que el cuerpo de Wahlberg se desinflaba y su pecho comenzaba a soltar una salva de toses. Arrojó el cigarrillo al parqué, donde su tacón lo aplastó con odio.

El señor Lechfeld era un hombre grueso, vasto, que siempre iba oculto bajo costosos abrigos, bufandas y sombreros; tal vez por ese motivo, su piel exhibía aquella coloración lechosa que podía delatar poca familiaridad con la luz del sol u otra excesiva con el talco y los cosméticos. Y es que se trataba de una persona presumida: elegía sus ropas con esmero, nunca salía de casa sin un bastón que hiciera juego con el tejido de sus pantalones y le gustaba rociarse de perfume hasta avisar de su presencia a doscientos metros de donde se situaba. Su conversación resultaba tan meticulosa como su aspecto: evitaba las malas palabras, dotaba a ciertas consonantes de una exótica pronunciación que sólo debían de mantener los príncipes de la Baja Austria, empleaba un tono musical similar al de los locutores radiofónicos encargados de las crónicas de sociedad. Por resumir, las mujeres le parecían seres más bellos, acabados y dignos de imitación que esos animales groseros que son los hombres. El señor Lechfeld era el administrador y principal empleado de la señora Beyschlag; acordándose de ella mientras caminaba en compañía de los dos señores policías hacia el escenario de la tragedia, la nostalgia se le subía a los ojos y necesitaba recurrir a su pañuelo para atajar las lágrimas. La quería como a una madre, ella no había sido tan sólo una patrona para él, sino también su amiga y confidente, y sobre todo un corazón en el que hallar comprensión y consejo siempre que le acosaban los envites de la vida (frases como aquélla no podían ser espontáneas: seguro que el señor Lechfeld se pasaba las noches puliéndolas, antes de que le venciera el sueño).

—Ahora que ustedes lo dicen, supongo que puedo contárselo —comentó alzando la punta del bastón para redondear un paso—. Ustedes quieren saber si la tienda sufrió algún robo en el último mes, y yo no tengo reparos en confesarles la verdad. Lo cierto es que la señora Beyschlag, ese ángel bendito, me prohibió decírselo a nadie, pero ahora ha muerto (¡Dios mío, ha muerto!), y no creo que yo le haga ningún favor callándomelo. Sí, señores, se registró un pequeño robo hará unas tres semanas, tal vez algo más. Fue una cosa muy misteriosa, si me permiten emplear esa palabra, porque los ladrones se limitaron a sustraer un par de espejos; espejos caros, ciertamente, y muy valiosos, pero resulta difícil de creer que no escogieran otros artículos más suculentos que tenemos en la tienda, como joyas o porcelanas. Eso me parece a mí, no sé qué pensarán ustedes.

—Sí, es muy misterioso, señor Lechfeld —repuso Menz.

—¿Ven ustedes? —Lechfeld se atusó el bigote, satisfecho—. Es lo mismo que yo decía, lo que le repetía un día y otro a esa alma cándida de la señora Beyschlag. Pero ella me prohibió denunciar la desaparición. Además, desaparición es una palabra adecuada en este caso, porque el robo se produjo de la manera más extraordinaria que quepa imaginar. Tenemos un vigilante nocturno, del que se sospechó durante los primeros días: no había señales de violencia en la tienda, ni una sola ventana rota, la cerradura no había sido forzada. Al preguntar al vigilante por lo sucedido, alegó que se había quedado dormido. Y yo lo creo: fui yo mismo quien abrió la cancela protectora y los candados a la mañana siguiente y me lo encontré roncando sobre un sofá Luis XV como si tal cosa. ¿Iba a estar allí, así, después de perpetrar esa fechoría? Ustedes conocerán más que yo los entresijos de la mente criminal, pero a mí me resultaba dudoso. El caso es que la señora Beyschlag se empecinó en mantener el silencio y me prohibió terminantemente divulgar el suceso. Ignoro el motivo, señores.

Se iban aproximando con lentitud al centro de la ciudad, a través de escrupulosos jardincitos con rosales y esos caseríos tan premeditadamente medievales y germánicos comunes en Baviera que valían lo mismo que una declaración de falsedad. El sol de marzo brillaba sobre los tejados de las casas, retirando la última nieve que interrumpía a los viandantes. La verborrea del señor Lechfeld no conocía frenos cuando se trataba de adular la memoria de su maestra, la señora Beyschlag. Aquel día, el hombre del bastón omitió ciertos detalles en su pudorosa relación, pero cualquiera que hubiera cotejado un periódico de quince años atrás habría sabido que la señora había heredado el negocio del anticuario Wolfgang Beyschlag, al que mató un ataque al corazón cuando su esposa lo sorprendió haciendo uso del lecho conyugal con una mujer que no era ella. Desde entonces, quizá para purgar su participación en los planes del destino, se aplicó a gestionar su patrimonio de viuda y a dirigir la empresa con una dedicación que le había hecho obtener importantes triunfos. Era una de esas personas dotadas de un instinto innato para desenvolverse en los negocios, a lo que sumaba una clarividencia responsable de la mayor parte de sus aciertos: Viuda de W. Beyschlag Anticuarios había experimentado un alza en sus beneficios de los últimos años que lo convertía en una de las firmas más lucrativas del ramo.

Esa bonanza se mostraba a las claras en la residencia de la señora Beyschlag. Vivía en Sebald, en el centro histórico de Nuremberg, dentro de la muralla, en la esquina entre la Theresienstrasse y la Tetzelgasse, sobre un lujoso restaurante con recepcionista de librea. El edificio en que ocupaba un quinto piso se hallaba rodeado por un breve jardincito con siemprevivas y una faja de acera que también daba acceso al restaurante: se trataba de un edificio de reciente construcción, en cuyo diseño los arquitectos no habían escatimado el mármol y los estucos, como si quisieran recuperar la gloria marchita de los tiempos del káiser Guillermo. A unos metros del bloque, el señor Lechfeld se detuvo y señaló con su bastón el punto exacto en que la señora Beyschlag se había estrellado: una joven estaba haciendo fotografías a la acera encima de él. Después de retirarla a un lado, Lechfeld comenzó una explicación con ademanes de guía turístico que tenía por protagonistas a los adoquines de la calle, la ventana del quinto piso y el dilatado espacio de aire que mediaba entre ambos. Al parecer, la señora Beyschlag se asomó a contemplar el excelente panorama del que gozaba desde la ventana de su salón (¡le encantaba admirar paisajes, los paisajes de Friedrich la embelesaban!), tropezó sin darse cuenta en el zócalo y cayó en aquella misma zona de la acera que ahora tenían delante de ellos. Unas manchas negruzcas asperjaban todavía el suelo, como restos de mermelada seca; la muchacha de la cámara fotográfica parecía muy interesada por ellas. Cabía descartar la posibilidad de un suicidio, suspiró Lechfeld con voz compungida, todo apuntaba más bien a un desgraciado accidente. Un accidente muy desgraciado, sí. Y Lechfeld enterró la cabeza entre los hombros para disimular el acoso de las lágrimas.

—¿No había sirvientes que presenciaran lo que sucedió? —dijo Menz en el tono más delicado que encontró. El dolor del señor Lechfeld se esfumó rápidamente entre dos toses de incomodidad. Aunque podría haberse costeado todo un ejército de criadas, la austeridad natural de la señora Beyschlag la inclinaba a prescindir de ellas. Además, ya sabían todos qué criaturas tan tornadizas, desagradecidas y curiosas son las camareras: la señora prefería cocinarse ella misma y servirse el té, incluso limpiar a veces. Una vieja fregona de confianza la ayudaba tres veces en semana a mantener el piso como correspondía a una persona de su posición, pero nada más. La señora Beyschlag detestaba la ostentación, aquel vicio deplorable de los nuevos ricos.

—Eso probablemente le permitía guardar el dinero —prorrumpió de repente la chica de la cámara fotográfica—. Seguro que invertía todo lo que ahorraba en servidumbre en otros menesteres que no podían airearse. ¿No tenía la señora un amante veinte años más joven en un piso alquilado en Lorenz del que él no pagaba ni un pfennig?

En vez de aquella pregunta, hubiera sido mejor que la joven hubiese dirigido a Lechfeld una bofetada.

—Eso son calumnias, señorita —replicó con acaloramiento—. Quien le haya contado esos chismes es un perfecto sinvergüenza y un desconsiderado. La señora Beyschlag contaba con acérrimos enemigos por motivo de negocios que no dejan de propagar los más infames embustes con el fin de desacreditarla. ¡Así se paga ser una de las principales firmas anticuarias del país! Por cierto, señorita, ¿con quién tengo el gusto de hablar?

El cuerpo de la chica resultaba difícil de adivinar por debajo de todos los objetos que la enterraban: un voraz sombrero de lana, un sobretodo y una falda amplia que se bamboleaban al desplazarse como si se tratase de campanas metidas una dentro de otra, la cartera de cuero cruzada pesadamente sobre el pecho, y en sentido opuesto el estuche de la cámara fotográfica. Los ojos, extensos y negros, hacían juego con el pelo corto que despuntaba debajo de la oreja, el poco pelo que el sombrero no había conseguido devorar; sus manos se antojaban débiles y blancas, pero empuñaban la cámara con lámpara y todo con una fuerza que le endurecía los nudillos. Eran manos más masculinas que esas cosas fláccidas que el señor Lechfeld llevaba en las bocamangas: por eso él apartó rápidamente su derecha cuando la joven se la atrapó para efectuar un saludo. Se llamaba Ada Kliegl, y trabajaba como reportera en el semanario *Der Vorfall*. Todo el mundo conocía aquella publicación, una de las favoritas en las paradas de tranvía y las consultas de los dentistas; por apenas algunos pfennigs, cualquier ciudadano podía saciar su hambre de crímenes, asesinatos, mutilaciones y sucesos escabrosos cruzando las dos docenas de páginas de que constaba. Sus reporteros, famosos por su tesón y su olímpica ignorancia de inconvenientes como la compostura o el riesgo, saltaban de acá para allá por toda Alemania recolectando atrocidades, haciendo acopio de todos los detalles macabros que irrumpiesen en la actualidad, para mayor felicidad de sus muchos lectores. La sede se encontraba en Frankfurt: desde allí, una centralita conectada con todas las oficinas de policía del país repartía carnicerías entre sus empleados. Y la verdad era, pensó Menz, que últimamente debían de tener bastante trabajo, con los nazis campeando por las calles y aplastando el cráneo de todos los comunistas que se les venía en gana.

—¿La señora Beyschlag cayó de pie o de cabeza? —inquirió la señorita Kliegl después de presentarse.

—Ignoro ese pormenor, señorita —respondió Lechfeld lleno de asco—. Pero lo que no puedo ignorar es el mal gusto que dirige sus preguntas. Tengan la bondad de acompañarme, caballeros.

A pesar de que nadie la había invitado, la joven siguió a los tres hombres hasta el vestíbulo, donde les aguardaba un portero de uniforme con el que ascendieron al quinto piso. El portero tenía el aspecto de un albañil vestido de coronel: había un extraño desmentido de los recamados y los botones dorados en el belfo que le sobresalía de la barbilla y las picaduras de viruela sobre las mejillas. Una alfombra verde cubría el rellano del quinto piso, ocupado por cuatro macetas con helechos y dos ceniceros de pie. La policía había ordenado no alterar el escenario de la tragedia y el portero se había limitado a dejar todo tal y como lo encontró. La única excepción a la austeridad que según Lechfeld regía las costumbres de la señora Beyschlag la constituía el espacio: el recibidor tenía el tamaño de un salón, y en el salón podrían haberse celebrado los desfiles que el NSDAP organizaba a pocos kilómetros de aquel edificio. Por lo demás, todo seguía siendo bastante sobrio; en relación con el tamaño del apartamento, los muebles eran tan escasos que cada uno parecía vivir aislado de los demás en mitad del desierto de cada habitación. Cuatro o cinco antigüedades pendían de los muros del salón, estratégicamente situadas para resaltar sus méritos: un espejo circular con una corona metálica que imitaba los rayos solares, un ángel con el brazo izquierdo amputado, un mapa antiguo de Baviera, un cuadro flamenco en que aparecían dos gatos jugueteando encima de un libro abierto. Sobre el aparador reposaba un relicario en forma de busto de mujer, bañado en oro, con joyas engastadas; tenía los párpados entrecerrados, como abatidos por el sueño.

Mientras observaban la mesa baja de cristal que se encontraba situada entre el sofá y la ventana, un relámpago sobresaltó a todos: la señorita Kliegl acababa de hacer funcionar su cámara fotográfica. La ventana permanecía abierta, dejando penetrar la tibieza amarilla del sol; bajo el vano, empotrado en la pared, había un grueso radiador. La mesa estaba dispuesta para tomar el té: un primoroso mantel de encaje, el azucarero, las pastas y dos servicios, pero una sola taza, a medio llenar. No habían aparecido confesiones escritas, despedidas ni notas de ninguna clase, por cuanto el suicidio podía ser descartado y cabía centrar todas las hipótesis en un accidente, según había pronosticado el señor Lechfeld. Con la cortesía notablemente deteriorada por el enojo, el administrador aferraba el bastón para protestar y preguntaba intentando no elevar la voz qué hacía allí aquella jovenzuela, una periodista, una desconsiderada que sólo venía a hurgar en el dolor ajeno para propalar impertinencias: exigía que se marchase de inmediato (y marcó puntillosamente una sílaba detrás de otra). El albañil ascendido a coronel informó a la señorita de que debía marcharse, pero ella improvisó una sonrisa y replicó:

—Un suicidio bastante extraño, ¿no es cierto? La ventana está demasiado alta para tropezar, por no hablar del radiador que hay debajo. Y luego, tenía una visita antes de morir: dos servicios de té. Aunque algo aguó la reunión. Estoy segura de que si corren el sofá a un lado encontrarán algo interesante.

Wahlberg ayudó al portero a retirar un poco el sofá en dirección a la ventana y descubrieron sobre la alfombra una moneda de cinco pfennigs y los trozos de una taza de porcelana.

—¿Ven ustedes? —exclamó Ada Kliegl, en medio de una sonrisa radiante—. La señora Beyschlag o su invitado no pudieron seguir bebiendo porque algún suceso inesperado les hizo soltar la taza. Una buena taza de porcelana, lo cual es una verdadera lástima, pero seguro que se trataba de un suceso que les atrapó completamente desprevenidos. Vaya, vaya. Todo haría pensar en un asesinato si no fuera porque la ventana está demasiado alta y se necesitaría ser Sansón o el Oso de Biegwald para izar un cuerpo hasta allí. En cambio, si la propia señora Beyschlag hubiera subido hasta el alféizar usando el radiador como escalón todo parece más fácil. Qué paradoja, ¿no?

Los ojos de Menz y Wahlberg intercambiaron un arqueo de cejas. Luego se volvieron hacia la señorita Kliegl con una profunda mirada de perplejidad y admiración.

La represión de la amenaza comunista había puesto a la Comisaría Central de Berlín en el límite de sus fuerzas. No sólo porque sus empleados tuvieran que estar a todas horas en la calle, atrapando bandidos o cerrando furgones celulares después de usar las porras, no sólo porque inspectores, subinspectores, agentes sin graduación y hasta simples oficinistas se vieran obligados a rellenar interminables atestados dando cuenta de las nuevas redadas, sino sobre todo porque el viejo edificio de ladrillo de la Alexanderplatz estaba conociendo los últimos límites de su capacidad. Cualquiera que hubiera visitado la comisaría en aquellos días habría contado con serias dificultades para abrirse camino hasta los pisos superiores: los ascensores se encontraban siempre ocupados, hombres con esposas acaparaban las escaleras, los pasillos estaban bloqueados por rebaños de delincuentes que no se quitaban los abrigos y fumaban los cigarrillos de cuatro en cuatro, intercambiándolos de unos a otros sin poder separar las muñecas.

La sección de Inspección Criminal, en la tercera planta, tampoco se había salvado de la marabunta. Una procesión de hombres desharrapados, sin afeitar, algunos heridos, rodeaban las largas filas de mesas de los funcionarios y esperaban su turno para prestar declaración. En medio del tumulto de la sala, los inspectores Menz y Wahlberg, sentados frente a frente, trataban de acometer la tarea infructuosa de reflexionar. Habían llegado a la conclusión de que debían ponerse cuanto antes en contacto con los compradores del tercer lote de las posesiones de Arimalfi, con el fin de intentar evitar un nuevo ataque que podía resultar también mortal: los suicidas constituían una epidemia que parecía conveniente atajar cuanto antes. Pero sus planes se detenían en aquel punto, porque el tableteo de las máquinas de escribir, los gritos de los agentes que pronunciaban apellidos y el murmullo de los detenidos contestando cuestionarios no les permitían alcanzar nada más allá. Menz tenía delante de él el acta de la subasta, donde se leía que el tercer lote había sido adjudicado a los anticuarios Cappadocia & Reizenbaum, de Berlín; a su espalda, en la mesa inmediatamente contigua, un individuo aseguraba ser zapatero, negaba sin mucha convicción sus vínculos con el partido comunista y pedía que alguien demostrase que encerraba a agitadores en su taller para ocultarlos de la policía. En el momento en que empuñaba el teléfono y comenzaba a discar un número, Wahlberg oyó que pronunciaban su nombre:

—¿Es usted el inspector Gustav Wahlberg? —sonó en alguna parte.

—Sí —contestó Wahlberg desconcertado.

—Buenos días. Mi nombre es Ludolf Reizenbaum.

La voz provenía de un sombrero de cretona con una cinta burdeos que navegaba de lado a lado del escritorio de Wahlberg. Cuando Menz se levantó de la silla de invitados y cedió su lugar al sombrero, se descubrió quién era Ludolf Reizenbaum: un enano elegante acababa de trepar al asiento y buscaba la posición más cómoda mientras sus piernas se balanceaban en el vacío. La versión infantil de un abrigo cruzado empaquetaba su torso, bajo cuyos faldones surgían unos pequeños pantalones a rayas; empuñaba un bastón con pomo en forma de jirafa que le hacía parecer un niño que juega a los espadachines. Muy despacio, en medio de una sonrisa tensa, se despojó de uno de sus guantes de cabritillo, luego del otro. Se veía que esperaba a su ayudante, ocupado todavía en abrirse paso entre las muchedumbres de detenidos de la sala. El ayudante era una exacta antítesis del patrón: un bloque de granito envuelto en un traje negro, tonsurado, con un pañuelo de color aureolándole el cuello y unas gafas negras dobladas sobre la solapa de la chaqueta; la mandíbula cuadrada y los excesivos orificios de la nariz le aportaban un aire exótico, salvaje, indudablemente nada germánico. El señor Reizenbaum, cuyo nombre resultaba por cierto mayor que su cuerpo, venía a denunciar la desaparición de su socio, el señor Rufus Cappadocia. Le habían dicho que se dirigiera a los inspectores Wahlberg y Menz, en la mesa setenta y tres de la sala doce de la tercera planta. Cappadocia llevaba más de una semana sin aparecer por su negocio, la casa de anticuarios Cappadocia & Reizenbaum, de reciente creación, cuyo local se hallaba en la Rapauchstrasse.

—Lo he llamado varias veces a su apartamento y no contesta al teléfono —explicó el enano—. Si debo serles sincero, no estoy tranquilo. Temo que le haya sucedido algo, temo que también puedan atacarme a mí. Por esto me hago acompañar a todas partes por mi fiel Boris, aquí presente —el gigante efectuó una reverencia—. Para ser franco, no sé a ciencia cierta qué es lo que debo temer, lo cual vuelve todo todavía más horrible, ¿no es cierto? Quien espera a un enemigo puede armarse, esconderse en una trinchera, preparar planes de defensa: pero yo no sé contra qué tengo que luchar. Hace una semana desaparecieron de nuestro negocio dos valiosos espejos antiguos y un legajo de manuscritos griegos que habíamos adquirido en una subasta en Zúrich. Se esfumaron, así, por las buenas, un día estaban y al día siguiente no. O eso o mi socio se los llevó consigo cuando también se volatilizó, aunque no entiendo con qué fin. He oído rumores de que hay una banda de criminales que se dedica a robar espejos antiguos, ¿no es verdad? Sí, no se hagan los distraídos, como en casa de ese coronel, el que apareció suicidado en su salón y salía en *Der Vorfall*.

El señor Cappadocia solía abrir la cancela de su local en la Rapauchstrasse todas las mañanas, y después de supervisar que los artículos se encontraban en buen estado, dejaba el mostrador a cargo de un mozo y se marchaba a desayunar a la confitería de la esquina. Hacía exactamente nueve días que había salido a desayunar para no volver: Reizenbaum no creía que la digestión de unos cruasanes exigiera tanta paciencia. Lo cierto era que el enano se encontraba en un estado que bordeaba el pánico; sus manitas se crispaban alrededor de la caña del bastón, su pañuelo recogía a intervalos metódicos los sudores con que la angustia le empapaba la frente. Rogaba a los señores policías que diesen con su compañero y que evitasen en lo posible un nuevo asalto: su cuerpo era pequeño, pero a pesar de ello lo tenía en gran estima.

Reizenbaum chasqueó los dedos y el gigantesco Boris le tendió una cartulina. Con el fin de facilitarles la búsqueda, aportaba a los señores inspectores una fotografía del desaparecido. En el rectángulo de bordes dentados que Wahlberg sostuvo frente a sí aparecía un individuo sarmentoso y rígido, encerrado en un chaqué; debía de hallarse en el escenario de un teatro o algo similar, porque la luz de un foco colocado oblicuamente le caía a chorros sobre la mitad de la cara y dibujaba el contorno de la nariz, las mejillas hundidas, el bigote en forma de arco tendido sobre los labios. Agitaba las manos en el aire, como si estuviera realizando pases mágicos o colocando ladrillos sobre una tapia invisible. Con la misma sonrisa tensa de un momento atrás, Reizenbaum pidió que le disculparan por el retrato, sabía que era un poco antiguo pero no contaba con otro más a mano. Pertenecía a la época en que ambos trabajaban en el Nebe Circus, Cappadocia como hipnotizador y él de payaso.

—¿Han oído hablar ustedes del Nebe Circus? —el señor Reizenbaum elevaba los ojos al cielo con nostalgia—. En su tiempo fue muy prestigioso, recorrió todas las capitales de Europa y cosechó éxitos allí donde plantó su carpa. Tenía una legión de acróbatas, domadores, contorsionistas y faquires. Hasta un hombre bala. Pero su mejor número, sin lugar a dudas, era el del mono calígrafo: embelesaba al público. Se trataba de un mono maravilloso, que iba por las gradas preguntando su nombre a los espectadores y luego componía poemas sobre ellos. Portentoso, de veras.

Wahlberg inclinó la cabeza para mostrar su conformidad, jugueteó con la fotografía de Cappadocia entre el dedo medio y el índice. Luego preguntó:

—¿Ha notado que falten otras cosas en su tienda, aparte de los papeles y los espejos?

La palabra *espejos* resonó con un extraño eco en el cráneo de Menz, igual que si hubiera sido pronunciada en la boca de una cueva o sobre el brocal de un pozo. Tardó unos momentos en darse cuenta de que su compañero Wahlberg no era el único que acababa de usarla: detrás de él, en la mesa inmediatamente contigua en la que otro inspector seguía tomando declaración a hileras de hombres traspillados, habían sonado las tres mismas sílabas. La sala de inspección criminal seguía tan abarrotada como un momento antes, haciendo imposible contar la cantidad de cabezas y sombreros que procesionaban de un escritorio a otro. En el que había detrás de él, frente al oficial que trazaba signos furiosos encima de un papel, se sentaba un sujeto con una gabardina raída, un muestrario de manchas y parches sobre el que dejaba caer un mentón poco habituado a las barberías. Menz estaba seguro: aquel tipo había articulado la palabra *espejos* y después había acercado las muñecas esposadas a la boca para aspirar el cigarrillo. Era uno de esos cigarrillos de picadura que aprovechan el tabaco de las colillas olvidadas en el suelo de las salas de espera. Cuando terminó de fumar, el hombre se refregó la nariz y prosiguió:

—Le he dicho que yo no soy un asesino, agente. Tengo las manos limpias, como dos patenas, y eso lo sabe usted mejor que nadie. El cadáver ya estaba en la basura, no pueden acusarme por él, ésa no es ninguna prueba. Usted lo sabe de sobra, agente. En el último mes la SA va abandonando los cuerpos de los comunistas que se han dedicado a masacrar por cualquier parte, en los canales, en el Spree, en los pozos de las alcantarillas, y también en los contenedores de basura.

El agente que le interrogaba sacudió una mano en el aire, como para echar a un lado todas aquellas excusas. Le preguntó por sus ropas manchadas de sangre.

—El cuerpo estaba allí, con el cuello abierto y el carné del KPD —rezongó el detenido—. Yo no me di cuenta hasta que no estuve encima de él, lo toqué sin querer. Por eso me manché. Yo vivo de buscar en las basuras, agente. Pero no soy un vulgar vagabundo, no se equivoque: hay gente que paga muy bien por encontrar ciertas cosas en las basuras, aunque ellos no quieran mancharse las manos. Yo buscaba espejos. A usted le parecerá raro, agente, pero hay un tipo en Dahlem que me pagaba muy bien por los espejos que encontraba en la basura, por cualquier clase de espejos, rotos y enteros, que pudiera encontrar. Pagaba muy bien, de verdad, marcos contantes y sonantes. No soy un asesino. Puede usted preguntarle a ese hombre, el hombre para quien recogía los espejos. Todas las semanas le llevaba un cargamento. Hable con él. Yo le doy su dirección: Tomasiusstrasse 21B, en Dahlem.

Menz no necesitó oír más: conocía aquella dirección de sobra.

Volvió a detenerse a observar la casa desde la verja antes de pulsar el timbre. Era fría y cortés, como el saludo de un desconocido, pero por algún impreciso motivo Menz intuyó que podría haber sido feliz en ella. A Elsbeth le hubiera gustado una casa como aquélla, con el jardincito estrecho rodeando la fachada, el cenador, el roble en que podría haber instalado su columpio o bajo el cual podría haber pasado las tardes entretenida en sus acuarelas, retratando las nubes que amaba. El pequeño sirviente que acezaba al hablar le recibió con una expresión de incomodidad; a cada momento miraba a su alrededor esperando una visita que le causaba temor. Menz exigió ver a su amo y recibió un rimero de débiles excusas: no sabía si sería posible en aquel momento, el señor se encontraba ocupado, tal vez más tarde. Sin oírlo, Menz atravesó el vestíbulo, pasó de largo por la sala decorada con bagatelas orientales y se detuvo frente a la puerta de doble batiente que conducía al museo de espejos. El sirviente hacía acopio del poco aire que le cabía en los pulmones para rogarle que se detuviese. Al abrir de golpe la doble puerta, la luz de la tarde penetró violentamente con él en el museo. Pero no le sirvió de mucho: el paso repentino del sol a la oscuridad absoluta sólo logró llenarle los ojos de fuegos fatuos que palpitaban. Gritó un nombre varias veces, dejando largos espacios entre una y otra. Entonces una voz cavernosa susurró desde el corazón de las tinieblas, despacio:

—Entre y cierre, señor Menz, y hablaremos si lo desea.

Lo que no deseaba era aceptar las condiciones del encuentro, pero regresó sumisamente a la entrada de la sala y cerró las puertas. Volvió a encontrarse solo, en mitad de las sombras, sin un punto que le sirviera de orientación, despojado del mundo, incluso de su propio cuerpo. Respiraba acompasadamente, con fuerza, tal vez para infundirse valor. Poco a poco, como si emergieran del fondo de un estanque, fueron materializándose en su retina las siluetas de los espejos que pendían de las paredes, los cortinajes, las ventanas cegadas, los artilugios extravagantes dispuestos en ringleras sobre las mesas. Menz sentía que le observaban desde todas partes, que de algún modo estaba desnudo e indefenso como un niño recién nacido. Entonces percibió que había alguien a su lado.

—¿Le inquietan los espejos? —dijo la voz—. Muchos eruditos del pasado han sostenido que el espejo es instrumento de demonios, sortilegios y maldades. Marsilio Ficino escribe que los demonios fabrican imágenes fantásticas y perversas para confundir a los hombres, como las que se generan mediante los juegos de espejos. Ronsard, que el espejo es recipiente y residencia natural de los espíritus maléficos. Juan de Salisbury nos recomienda que velemos los espejos después de utilizarlos para no atraer las maldiciones del otro lado. Y según Collin de Plancy, el espejo sirve para recabar los servicios de demonios que nos ayuden a buscar objetos perdidos. Hay muchas otras opiniones al respecto, pero no deseo aburrirle.

—Nadie le robó jamás un espejo antiguo, señor Eirescu —replicó Menz, brutal—, simplemente porque usted jamás tuvo un espejo como el que pretende. Nadie rompió ningún cristal ni ventana en esta sala, nadie penetró aquí de noche. Usted no adquirió nada en la subasta del conde Arimalfi de Castrovalva: el seudónimo del comprador del primer lote, Harald Schrum, escondía al coronel Von Klankowström, porque ése era el nombre de su mayordomo, y a nadie más.

Eirescu no había tenido la cortesía de encender el candil con que recibió a Menz en su anterior visita, pero a pesar de la penumbra se podía adivinar el movimiento de sus dos pupilas, aprisionadas en las gafas llenas de líquido como en dos peceras. Menz aceptó la invitación a una copa, Eirescu se desplazó hasta el fondo de la estancia para registrar el mueble bar. El mundo era un lugar angosto y amenazador en el interior de aquella habitación, y Eirescu viajaba de un lado a otro de ella como si un pacto antiguo y misterioso le protegiera de las fuerzas que podían dañarle. A su lado, en la pared, Menz fue descubriendo un espejo que no había visto la otra vez que estuvo allí; era un espejo roto, hecho pedazos, reconstruido en lo posible, que reflejaba siete veces, una por cada pedazo, la oscuridad circundante. El contorno que se insinuaba en la profundidad de la luna debía de ser él mismo, o su doble, pero le costaba creer aquella clase de cosas: siempre había intuido que los desconocidos que imitan nuestros movimientos desde los espejos lo hacían sólo por pura conveniencia, mientras aguardaban el momento de sacudirse su esclavitud y saltar al otro lado, a este lado. Entonces tendría lugar una venganza, aunque le resultaba imposible concretar en qué podía consistir. La mano de Menz aceptó el vaso de schnapps que Eirescu le tendía y dio un trago largo.

—No, no intente explicar nada —repuso—. Usted había pujado en aquella subasta pero no pudo subir hasta el punto en que lo hicieron los otros, su capital no se lo permitía. Ochenta y cinco mil francos, que fue el precio que alcanzó el lote más barato, no es una cantidad que se pueda desembolsar muy fácilmente. Pero cuando sucedió lo del coronel Von Klankowström, usted vio una ventana abierta, y aunque no pueda soportar la luz del sol aquella ventana le contentó. Trató de convencerme de que le habían robado un espejo para que, en el caso de que yo diera con el del coronel, supusiera que era el suyo y se lo entregara mediante la debida recompensa. Es más, tal vez la suerte estaba de su parte y tal vez otras personas acompañaran al coronel a ese sitio en que sus espejos no les eran necesarios: fue usted a ver al señor Arimalfi a Zúrich para saber quién más se había beneficiado de su herencia y pretendió regalarle una pitillera de plata.

—Se equivoca, Menz —dijo Eirescu—. No he estado en Zúrich desde el final de la guerra.

—Me tenía cerca —había un tinte de dolor en la voz de Menz—. Me veía todos los días en el restaurante, seguramente me consideraba todo lo estúpido que le hacía falta. Alguien que se tragase su historia sin más problemas, que pudiera manejarse como un instrumento y le dejara las manos limpias luego. Pero yo no encontraba nada, las gestiones iban despacio. Entonces se ha dedicado a pagar vagabundos para que busquen por los basureros, que busquen espejos enteros o rotos, igual que quería pagarme a mí. Espejos como éste —Menz señaló el lugar de la pared en que su rostro se repetía siete veces—. ¿A quién perteneció éste, al coronel o a la señora Beyschlag? Usted sabía de antemano que el ladrón se desharía de los espejos, que los arrojaría a la basura. Y dígame, por curiosidad, ¿qué interés puede tener él en destrozar esos espejos que tanto le ha costado conseguir?

También la mano de Eirescu empuñaba un vaso; de él brotó un rumor de pedazos de hielo que chocaban.

—Esos espejos no le interesan nada —dijo el rumano después de un trago—. El robo de uno y de otro no supone más que un trámite, simples requisitos que tienen como misión facilitarle el camino hacia otra cosa. Él busca un espejo en concreto, tal vez el más valioso de los espejos, y si penetra en casas ajenas para robar, es sólo en busca de ese espejo. ¿Entiende ahora? Se apodera de las piezas que podrían corresponder a la descripción de la que persigue; cuando advierte que no se trata de ella, desecha lo que ha obtenido. Yo trato de recoger lo que él va descartando, quizá en la esperanza de que haya cometido un error y me encuentre con el espejo maestro que él rechazó. Pero es sólo eso, una esperanza.

Cuando Menz volvió a hablar, su voz era tan amarga como el schnapps que quedaba en el fondo de su copa.

—Usted me ha engañado y se ha servido de mí, señor Eirescu —acusó—. ¿Qué garantías tengo de que no participó de alguna manera en las muertes del coronel y de la señora Beyschlag?

—¿Participar? —en la garganta ronca de Eirescu, las carcajadas sonaban igual que maderos rotos—. ¿Con qué fin? ¿Para añadir a mi colección unos cuantos espejos hechos pedazos? No se precipite, señor Menz. Además, tengo entendido que ambos se suicidaron, ¿no es así? Mi poder de persuasión no llega a tanto como para convencer a nadie de que se parta la vida contra una acera o se salte la tapadera de los sesos. No, inspector, lo siento. Su hombre es otro.

La oscuridad de la sala apenas permitía descifrar a Menz lo que se hallaba a la distancia de un brazo de él; no podía contemplar el rostro de Eirescu, pero habría jurado que una sonrisa de ironía se dibujaba en la sima de sus labios.

4. La profesora de Upsala

Para llegar hasta el hotel Krone, Wahlberg tuvo que sortear las muchedumbres con escarapelas y banderines que copaban las avenidas, a la espera de ver pasar el desfile. Cuando se aproximaban los hombres de la SA y las SS con las antorchas alzadas sobre sus cabezas, golpeando militarmente el pavimento con las suelas de sus botas de cuero, los sombreros rompían el vuelo, las gargantas comenzaban a vitorear al Führer y entonaban los primeros acordes de los himnos de siempre, sin que la costumbre de repetirlos los hubiera hecho más sensibles a la melodía que maltrataban una vez y otra. La esperada victoria del NSDAP en las elecciones había llenado las calles de esvásticas y devotos con brazaletes blancos y rojos, los mismos que ahora se agolpaban sobre las aceras para contemplar el desfile con que la sección armada del Partido celebraba la toma completa del poder: ya no existía oposición en Alemania que pudiera estorbar sus proyectos. El Krone estaba situado más allá de la Belle-Alliance Platz; luego de dejar la Wilhelmstrasse, Wahlberg se felicitó de haber escapado del tumulto. En los barrios del sur, todavía se veía de cuando en cuando una bandera transportada por un hombre pequeño, que temía llegar tarde a la concentración: la cruz gamada temblaba en la tela como un enorme insecto prisionero.

Wahlberg detestaba las multitudes, el estruendo, el olor a sudor de las personas que se hacinaban a su alrededor en el momento de alzar los brazos para jurar fidelidad al estandarte: el Führer estaba alojado en el rincón más profundo de su corazón como en una hornacina, y exponerlo al griterío de las masas se le antojaba más o menos lo mismo que rebajar un poema a eslogan publicitario. Con el deseo de evitar encuentros que le hubieran resultado poco agradables, no se detuvo hasta que no estuvo frente al cartel que anunciaba la conferencia, sobre un panel de pie; el acto tendría lugar en el Salón Sigfrido, a las dieciocho horas. Las columnas del Krone eran walkirias cilíndricas, con casco, escudo y lanza, sometidas a una vergonzosa capa de pintura dorada. Encima de ellas, se alzaba el pesado lujo de una escalera de mármol con alfombra roja. Las plantas sintéticas, los nichos en que anidaban estatuas de yeso, los espejos en los rincones, la moqueta, todo trataba de confesar al visitante que el modelo al que el Krone aspiraba era la licorería de lujo o el burdel; hasta los hombres obesos con anillos en los dedos que leían periódicos en el vestíbulo parecían formar parte de una escenografía. El cartel, apostado frente al salón en que se celebraba el acto, informaba en secas letras de molde que los Almacenes Mayhofer habían invitado a Cloe Knarbakk, profesora de Filosofía de la Decoración en la Universidad de Upsala, para que pronunciara la conferencia *Historia y usos del espejo: su posición en un salón bien amueblado*. De modo que Upsala: Wahlberg no lograba determinar con exactitud dónde se encontraba aquello, aunque en todo caso era una ciudad extranjera; eso explicaba la extraña entonación de la voz que le había telefoneado a la oficina, invitándole a la conferencia. La señorita Cloe Knarbakk había sabido por la prensa de las muertes del coronel Von Klankowström y la señora Beyschlag y aseguraba estar muy interesada en el caso; no, ella no era abogada, no se dedicaba a la criminología ni nada que tuviera que ver con eso, simplemente se trataba de los espejos;

ella era especialista en espejos, y al pronunciar aquella frase distorsionaba curiosamente las consonantes de la última palabra: quizá, si el inspector Wahlberg disponía de algo de tiempo, podían verse e intercambiar impresiones. Le repetía que estaba muy interesada.

A Wahlberg no le entusiasmaban las conferencias, ni siquiera las que versaban sobre política, así que en previsión de una larga hora de aburrimiento prefirió andar despacio y evitar las paradas del U-Bahn con que se iba cruzando. Su estrategia había obtenido éxito: cuando penetró en el salón, el acto se hallaba bastante avanzado. Los escasos asistentes, una docena de ancianos con cráneos blancos, salpicaban las tres filas de asientos contiguos al estrado; después de entrar, Wahlberg se escabulló rápidamente entre las butacas traseras. Al principio de la sala, entre una mesa y un telón, la señorita Knarbakk hablaba escoltada por una jarra de agua y un individuo de rostro pesimista. Un espejo siempre resulta más ventajoso en una habitación bien iluminada, decía, por eso debe cuidarse la situación y el espesor de las cortinas. A pesar de que desde la posición de Wahlberg sólo se divisaba de la profesora el busto, la melena del color del centeno y las manos que escalaban el aire conforme ella progresaba en sus explicaciones, parecía una mujer atractiva. Se expresaba con holgura, sin que sus frases flaquearan, con las consonantes amortiguadas por un indeleble acento extranjero. En cuanto al individuo que tenía a su lado, seguramente el arte de la decoración le provocaba una gran tristeza; asentía con desolación a cada detalle de la ponente. De pronto, después de una frase como cualquier otra, la señorita Knarbakk dejó de hablar y las tres filas delanteras emitieron unos desganados aplausos. El hombre del rostro pesimista dio las gracias, se puso en pie, estrechó la mano de la profesora mientras los ancianos salían renqueando del salón, apoyándose unos sobre otros. De pie, con las manos en los bolsillos del abrigo, Wahlberg aguardó a que ella recogiera un portafolios y se despidiera de un viejo con las mejillas de pergamino. A medida que la veía avanzar hacia él, dotada ya de vientre y piernas, se decía que no había errado en su primer pronóstico: era una mujer hermosa, joven todavía, con unas amplias caderas recogidas en un vestido blanco con tiras azules, a juego con la chaqueta y el sombrero de ala ancha en que se parapetaba la mitad de su rostro. Cuando la tuvo frente a él, Wahlberg reparó en la violencia de su perfume.

—El inspector Wahlberg, ¿verdad? —sonrió, y al advertir la insignia que él lucía en la solapa, agregó—: Enhorabuena, hoy estará usted de fiesta.

Wahlberg nunca se había caracterizado por su facilidad para la seducción, pero en el comentario de la profesora Knarbakk vio, quién sabe por qué, la puerta abierta para un cumplido.

—En efecto, hoy es un día de fiesta para mí —tartamudeó—. La he conocido a usted.

La señorita Knarbakk respondió al galanteo del inspector con una carcajada que desmintió todos sus ornamentos: el perfume, el corte del vestido, las suaves miradas que emitía desde debajo del sombrero quedaron desbaratados por aquel estrepitoso cloquear que hizo volver la mirada compungida de los últimos ancianos del salón.

—Es usted rápido en sus respuestas —dijo ella—. Pero poco convincente.

Decidieron tomar una copa en el bar del hotel, un museo de botellas y flores secas no menos estridente que el vestíbulo de las walkirias. Seguramente a causa de una timidez innata, Wahlberg se sentía cohibido frente a las personas demasiado desenvueltas: cuando la señorita Knarbakk dedicó un grácil movimiento de pestañas al camarero y le pidió un vermut, él sólo logró balbucir que le apetecía un batido de vainilla. La misma escena se repitió con la pitillera; Wahlberg rechazó el cigarrillo que ella le tendía con la sensación de renunciar a una revista pornográfica. Cloe Knarbakk hizo un par de apreciaciones sobre el clima de Berlín, Wahlberg las corroboró admirado; llegó el camarero, repartió las bebidas, ella se colocó un cigarrillo en los labios y lo encendió después de rascar el fósforo contra la caja un par de veces. Fumaba como si necesitara vocalizar con los labios para aspirar el humo.

—Le he llamado —dijo— porque he sabido que es usted quien está a cargo de las misteriosas desapariciones de esos espejos desde hace un par de semanas.

—Yo y mi compañero —puntualizó Wahlberg.

A la señorita Knarbakk no parecía importarle ese inciso.

—Mire —añadió—, yo soy especialista en espejos por motivo de profesión y precisamente me hallo en Alemania pronunciando una serie de conferencias sobre el tema, como la que ha tenido usted ocasión de presenciar. No pecaré de inmodestia si le digo que se me reconoce como uno de los principales estudiosos de la cuestión en Europa, y si compulsa las bibliografías encontrará usted media docena de títulos con mi nombre. Entienda que no me pasara inadvertida aquella información sobre los suicidas y la desaparición de espejos cuando la descubrí en los periódicos. Creo haber leído en *Der Vorfall* que las dos piezas robadas habían pertenecido en el pasado a un noble italiano, el conde de Castrovalva.

—Sí, eso es.

—Inspector Wahlberg —ella pronunciaba el nombre de un modo que parecía derretir las sílabas—, yo creo poder decirle qué es lo que busca ese ladrón.

De las muchas virtudes que deslumbraban a Wahlberg en la señorita Knarbakk, los ojos exigían un protagonismo casi descortés, que hacía olvidar todo el resto, la conversación que estaba teniendo lugar sobre la mesa del bar y la causa que la motivaba. Eran dos ojos de color miel, del mismo tono que los cabellos que le escapaban en espirales de la horma del sombrero, como virutas en el taller de un ebanista. Durante un rato, Wahlberg estuvo perdido en el interior de los ojos, sin entender de qué le hablaba la mujer situada detrás de ellos; después, recordó que ella le había asegurado poder adivinar qué buscaba el ladrón de los espejos.

—¿Es usted vidente? —concluyó Wahlberg, sin asomo de ironía.

La respuesta de Cloe Knarbakk fue la misma lamentable carcajada de un momento atrás, con la que despertó la atención y el pesar de todo el resto de clientes del bar. Reía vaciando los pulmones, mostrando la dotación de dientes que guardaba en la boca, bajo un fangal de sarro: con la boca cerrada era mucho más hermosa. La risa cesó tan repentinamente como había estallado; un momento más tarde, ella miraba con solemnidad a Wahlberg entre el humo de su cigarrillo.

—No me hace falta ser vidente para entender qué está ocurriendo —aseguró—. Me dedico desde hace años al estudio de las artes suntuarias y conozco de sobra al señor Ercole Arimalfi, el actual conde de Castrovalva. Es un viejo de carácter difícil, que ignoraba por completo el patrimonio que su familia le había legado. O eso o nunca le interesaron sus propiedades: prefería llevar una vida relajada y buscaba retirarse cuanto antes a ese sanatorio en que descansa ahora. El conde puso sin vacilar cuanto poseía en manos de la casa de subastas Helvetia, con el fin de que lo liquidara todo lo más ventajosamente que pudiera. Pero tampoco sé hasta qué punto los tasadores de Helvetia eran conscientes de lo que tenían entre manos.

—Bueno, dígame —Wahlberg empuñó su vaso de batido—. ¿De qué se trataba?

Antes de responder, la señorita Knarbakk se armó de gravedad, como si fuera a asumir una petición de matrimonio.

—Se trata seguramente del espejo más importante de la Tierra —silabeó despacio, intentando dar énfasis a cada palabra—. Se trataba del espejo de cristal más antiguo que se conserva. Porque, por si usted no lo sabe, antes los espejos no eran de cristal. Los vidrieros venecianos fueron los primeros en realizar ese prodigio, y durante siglos mantuvieron el monopolio del mercado gracias a un vidrio especial, cuya fórmula secreta impedía que se deformase en el horno. Aquello tuvo lugar en el siglo XIV. Durante décadas, los estudiosos han supuesto que ese vidrio tan resistente que permitía construir lunas de medio cuerpo había sido una invención autóctona de la laguna, y se citaba como padres del avance a la familia de espejeros de los Berovieri o los Del Gallo. Pero hoy sabemos que alguien les enseñó la técnica, alguien que venía de fuera de Venecia, un orfebre bizantino llamado Emmanuel Chrysoras. Entre las propiedades del conde de Castrovalva se encontraba un Chrysoras auténtico: su importancia histórica es simplemente incalculable. Alguien tuvo que descubrirlo en la subasta de la Casa Helvetia, alguien que no poseía el suficiente capital para pujar. Ése es el individuo que está cometiendo los ataques.

Hasta entonces, un espejo de Emmanuel Chrysoras sólo había constituido una especie de hipótesis de trabajo en el ramo de las artes suntuarias, jamás nadie había tenido uno en las manos. Conseguirlo significaba lo mismo que cazar un dinosaurio vivo o dar con un individuo que empleara el etrusco como lengua materna: Cloe Knarbakk rogó que le permitiesen ayudarles a dar con él, porque la oportunidad de tocarlo sobrepasaba toda la escala de sus anhelos y esperanzas. Wahlberg no encontraba palabras para responder a la petición; en su búsqueda, agitaba el contenido del vaso que tenía en la mano y bebía. El batido consiguió aclararle la garganta: entonces supo qué debía decir.

—Para mí será un honor que colabore con nosotros, señorita Knarbakk —murmuró con atropello.

—No hable —replicó ella enigmáticamente.

Tenía sus ojos de miel fijos en los de Wahlberg, como si buscara hipnotizarle, pero lo único que conseguía era que él se retirase acobardado hacia el respaldo de la silla. La mano de Cloe Knarbakk dejó el cigarrillo, ascendió hasta el rostro de Wahlberg y su pulgar se arrastró lentamente sobre el labio inferior de él.

—Se ha manchado la boca de vainilla —dijo con una sonrisa.

Resultaba imposible adivinar lo que la profesora Cloe Knarbakk guardaba en la oscuridad del interior de su bolso: esa boca profunda y secreta constituía una de las secciones más restringidas de su intimidad. A veces podían entreverse polveras, lápices, un objeto plateado que no se lograba definir, una llave; después de internar su mano en el fondo de aquella escombrera, puso sobre la mesa una cartera de piel. Entre todas las tarjetas, anotaciones y retratos, existía una fotografía que podía interesar a Wahlberg y que Cloe le entregó tras conseguir extraerla con esfuerzo del fajo en que se encontraba atrapada. Wahlberg observó la fotografía meditabundo, tuvo un vago recuerdo que se esfumó con la misma velocidad con que había aparecido, bebió lentamente de su taza de café; un súbito impacto metálico le hizo alzar los ojos hacia el otro extremo de la sala, más allá de las sillas reunidas en corros y el mostrador de la caja registradora. Al final de la galería, diminutos, tres hombres estaban usando la última mesa de billar. Era la única mesa con la lámpara encendida, la distancia la convertía en un pisapapeles de cristal con tres pequeñas figuras en su interior, verdes, pardas, amarillas; de ellas llegaba a veces el estallido de las bolas al entrechocar.

En el bolso de Cloe Knarbakk también se guardaba una pitillera: su mano la puso con pulcritud sobre la mesa, la abrió, tomó un cigarrillo. Sólo cuando lo hubo prendido y su boca volvió a formar vocales para expulsar el humo, comenzó a explicar cuál era el significado de la fotografía. Lo que contenía parecía evidente: una antigua pintura en la que figuraba un hombre vestido de prelado, con túnica y esclavina, sobre un sitial de madera. Unas guedejas blancas le levitaban sobre las sienes, el rostro estaba fruncido hasta parecer un pedazo de lava seca; detrás, al fondo de la estancia en que posaba, entre las sombras, se distinguían las baldas de una biblioteca. Encima de la cabeza del prelado flotaba un escudo partido en diagonal con una torre, y su mano, una especie de sarmiento terminado en un índice, señalaba un pequeño espejo apostado en la pared. El espejo era rectangular, los montantes del marco aparecían tallados con letras de marfil y plata: *Et repleti sunt timore dicentes qua vidimus mirabilia hodie,* podía leerse en el horizontal superior; *Et vocabitur nomen eius Emmanuel* en el vertical izquierdo.

—¿Qué significan las inscripciones? —inquirió Andreas Menz espiando el retrato sobre el hombro de su compañero.

—Son palabras votivas del Evangelio con el nombre del autor, Emmanuel Chrysoras, algo común en la época —Cloe espiró el humo—. No, ése no es un detalle esencial. Si les he traído la fotografía ha sido para que comprendan hasta qué punto el arzobispo Tiberio Maratea consideraba valioso el espejo: fíjense en que llega a hacerse retratar con él. Es una pintura de Carpaccio que el conde Ercole Arimalfi hizo subastar a la Casa Mortlake de Londres, y por la que seguramente obtuvo una jugosa suma.

—Y este hombre es ese arzobispo —barruntó Menz—, el que encargó la fabricación del espejo.

—El arzobispo era el último heredero de la estirpe de los Castrovalva, una antigua familia veneciana que poseía una gran fortuna y que había ocupado influyentes puestos en el gobierno de la ciudad. La familia se dividía en dos ramas rivales, cada una de las cuales aseguraba ser la legítima y acusaba a la opuesta de bastarda. La crónica familiar de los Castrovalva documenta el enfrentamiento continuo, a veces soterrado, a veces abierto, de una facción y otra, la de los Maratea y la de los Marcuola, y el combate que sostuvieron durante siglos por detentar el título de conde que daba derecho a todas las propiedades. Al parecer, el arzobispo Tiberio Maratea logró llegar hasta él sólo luego de envenenar a su oponente y de cerciorarse de que no dejaría descendencia volviendo loca a su hermana. Sí, fue este Tiberio, un hombre culto y oscuro, que coleccionaba objetos raros y poseía una vasta biblioteca, quien reclamó los servicios de Chrysoras haciéndolo venir desde Constantinopla.

—¿Objetos raros? —la curiosidad de Menz se había detenido en aquel detalle.

Cloe Knarbakk dibujó letras con la punta del cigarrillo sobre el cenicero antes de proseguir.

—Tiberio poseía un gabinete de rarezas —dijo—. Guardaba en él, según las crónicas, cuernos de unicornio, esqueletos de camaleones, joyas que al romperse derramaban sangre, muestras del vello púbico de las amazonas, frascos con sangre de vampiro, piezas de la dentadura de Santa María Magdalena que servían de afrodisíaco, relicarios con huesos de ángeles, autómatas, mapas, pájaros disecados, cartas astrológicas. ¿Le parece suficientemente raro? Quería un espejo de vidrio para rematar su colección. Se conserva el contrato que realizó con Chrysoras y por el cual obligaba al orfebre a respetar estrictamente ciertas medidas en la composición de la pieza y a curvar la luna algunas pulgadas, dándole forma de lente. El arzobispo era un hombre severo: en caso de incumplir las obligaciones estipuladas en el contrato, el orfebre sufriría la amputación de las dos manos. Eran tiempos más drásticos.

Menz no sabía muy bien qué diferenciaba aquellos tiempos en que se podaban manos de los que les había tocado habitar a ellos, en que los hombres acababan en el fondo de los canales por llevar en la cartera el carné de un partido político equivocado. El cigarrillo de Cloe Knarbakk había concluido su breve existencia estrujado contra el cenicero; ahora ella hacía girar un anillo con un zafiro en el interior de su anular izquierdo a la vez que hablaba.

—Bien —resumió Menz—. Y si el ladrón sólo quiere ese espejo, ¿por qué no lo toma y ya está?

En lugar de responder, la señorita Knarbakk abrió la boca para mostrar a Menz la capa de sarro que le ensuciaba los dientes y soltar una aparatosa carcajada con la que recabó la compasión de todo el café Kerkau: la cajera se asomó por encima del mostrador, el camarero detuvo preocupado el traslado de los cafés, los tres hombres que jugaban al billar en el interior del pisapapeles de la galería se quedaron con los tacos en la mano. La única persona a la que no horrorizó aquel cacareo fue Wahlberg; seguía contemplando a Cloe con una sonrisa de ternura, y cuando cesó el espectáculo ambos intercambiaron un coqueto tremolar de pestañas.

—¿Cree usted que los sucesores de Tiberio Maratea eran estúpidos? —Wahlberg dio la réplica sin apartar sus ojos del lugar del que había brotado la carcajada—. Las posesiones condales fluctuaban de las arcas de los Maratea a las de los Marcuola. Para evitar que algún desaprensivo expoliara un espejo tan valioso, se encargaron de ocultar el marco bajo otro nuevo de madera.

—O incluso es posible que lo cambiaran por uno alternativo de cristal o hueso —puntualizó Cloe.

—Nadie conoce el aspecto actual del espejo —Wahlberg se sabía bien la lección: seguramente había tomado muchas clases particulares—. El ladrón está registrando los espejos de los tres lotes para saber en cuál de ellos se encuentra el de Chrysoras. Y nada lo detendrá hasta que lo encuentre.

—Ése es, pues, nuestro hombre —aseguró Cloe Knarbakk, taxativa—. Un buen conocedor de la técnica de fabricación de espejos, alguien que está al tanto de la historia de las artes suntuarias y que domina los detalles de la genealogía de los Castrovalva: un especialista en el asunto. Se me ocurre un amante de las antigüedades, un profesor de universidad, un coleccionista.

Sobre la pared del mostrador, un reloj de cobre arrastraba perezosamente los segundos, los minutos y las horas. Después de fijar sus ojos en él durante un instante y enarcar las cejas, Cloe Knarbakk pretextó que se le había hecho tarde y tenía que irse: recogió con diligencia la pitillera, la fotografía y la cartera de piel y alimentó el bolso con ellos. Antes de que borrase su identidad debajo del ala del sombrero, Wahlberg le atrapó la mano con un gesto de delicada fiereza.

—¿En el Bauer? —sugirió.

—En el Bauer —repitió Cloe, y se marchó.

Para regresar a la Comisaría Central, que se hallaba sólo a un par de calles del café Kerkau, Menz propuso a Wahlberg que caminaran. Hacía varios días que no nevaba, y los restos de hielo de la semana previa se transformaban en un fango ocre en los zócalos de las aceras. Olía a castañas asadas, a queroseno, a esa cosa metálica y dura que parece transportar el aire cuando es demasiado frío. Anduvieron hacia el norte por la Dircksentrasse, se cruzaron con dos niños que hacían crepitar monedas en una hucha y esquivaron un automóvil. A lo lejos ya se divisaba la mole de ladrillo rojo de la comisaría, pero Wahlberg no podía verla. Avanzaba con la mirada clavada en las puntas de los zapatos, en medio de una sonrisa de candor. Parecía tan inocente y feliz como un imbécil.

—Parecéis muy amigos —comentó Menz.

—Sí —respondió Wahlberg a sus zapatos—. Es una mujer estupenda.

—Estoy seguro de poder describir lo que sientes —a veces, Menz se creía investido con dotes de adivino—. No, no digas nada. Estoy seguro de que tu cuerpo pesa menos que antes, que los tobillos te hacen cosquillas al ceñirte los calcetines. Te cabe más aire en los pulmones, de pronto el invierno huele mejor, a flores o a brezos, y a veces te detienes convencido de que has oído una música a lo lejos. En el insomnio te sucede lo mismo, porque ahora padeces insomnio: alguien toca un violín muy dulce en cierta habitación del interior de tu cabeza. El mundo es más blando y más fácil de manejar y tú sientes la estúpida tendencia a reírte a la menor ocasión. ¿Te has acostado con ella?

Wahlberg despertó de repente y se revolvió en el abrigo.

—¿Qué le importa a usted eso? —gruñó.

—Sí, es cierto, qué me importa a mí eso —encajó Menz—. Pero creo que no me estoy equivocando.

Menz pensaba en Elsbeth a la vez que reunía aquel inventario de sensaciones tontas que la tenían por excusa, y no se equivocaba: en el alma de Wahlberg estaba teniendo lugar una primavera parecida. Él y Cloe habían quedado para almorzar ya dos veces, en el Bauer y en el Konradhof, habían pedido Golka sin éxito y se habían conformado con una botella de Riesling, habían intercambiado pareceres sobre las nieves de Suecia, el swing, los dirigibles, el color malva, el Führer y los barquillos de nata, entre los que encontraron algunos pretextos para reír. En uno de los postres, mientras Cloe agitaba la brasa de su cigarrillo sobre el cenicero, Wahlberg había tenido una especie de epifanía mirando su boca y se había atrevido a besarla; los dos salieron a la Jägerstrasse tropezando en la moqueta del restaurante, considerablemente entorpecidos por la sensación de felicidad, esa cosa que se lleva tan mal con los detalles prácticos de la vida.

Pero Menz, por desgracia, sabía que no se equivocaba: sabía que aquella felicidad tenía que terminar abruptamente, como un proyector de cine que de repente se ha quedado sin película, sabía que luego llegarían los pisos vacíos, las mandíbulas apretadas sobre la almohada, los recuentos de palabras y de gestos que se efectuaron y los que quedaron sin producirse, el schnapps a deshora, el llanto. Y por encima de todo, la certeza de que el olvido era una meta imposible y de que los remordimientos seguirían comportándose como esos insectos vengativos que no permiten dormir, aun después de haber cerrado la ventana y de apagar las luces.

La más pequeña de las dos señoras ocultaba los ojos detrás de unas gafas y permitía que un tulipán sintético la ofendiera desde el ala del sombrero, indiferente a su efecto sobre las pobres personas; la otra señora, alta y desgarbada, se inclinaba para escuchar las palabras de su compañera mostrando una nariz en forma de pico de tucán que hubiera despertado la admiración de los ornitólogos. Menz no podía saber en qué piso habrían tomado el ascensor, pero desde el principio las había estado oyendo murmurar a sus espaldas, ponderando los pros y los contras del mejor método para el alivio de las hemorroides, a saber, los baños periódicos de agua fría con sales. El marido de una de ellas las había soportado durante años sin mayores problemas tan sólo aplicándose una friega diaria siempre después de evacuar, lo que le había evitado la necesidad de operarse como el pobre Fritz. Sin querer, Menz dejó huir un resignado suspiro y se observó en el espejo del ascensor, donde no halló más que a un desconocido que llevaba pajarita de lunares. A veces, sentía miedo de ir a mirarse en un espejo y descubrir que se había producido una alteración en su aspecto, que sus ojos estaban variando de color, que le crecían escamas sobre las mejillas o la frente. Al descender aliviado en la quinta planta, dos médicos y una enfermera con bata le tomaron el relevo y se introdujeron en el ascensor a escuchar la conferencia sobre las hemorroides de las dos señoras. En la puerta de la habitación, junto a un policía de uniforme que se aburría mucho, montaba guardia el hombretón del traje negro y el pañuelo de colores, con las mismas gafas oscuras plegadas sobre la chaqueta.

—¿Cómo está? —quiso saber Menz.

La cuadratura de su mandíbula impedía a Boris expresarse con soltura: era como si tuviese la boca atrapada en una caja de zapatos. Por eso prefería la brevedad y la concisión.

—La herida no es grave —informó—. Está muy abatido.

La ventana de la habitación daba a un pequeño parque triangular, donde una docena de estatuas esperaba algo; en la lejanía se entreveían torres y el zigzagueo de los canales. El cuerpecito del señor Reizenbaum había sido abandonado en medio de la inmensidad de las sábanas, y a Menz le recordó a una mosca posada en el centro de un pliego de papel. Tenía un aspecto bastante desmejorado, que parecía reducir todavía más su tamaño sobre la cama. Su tez era amarillenta, del color de los libros viejos, dos surcos oscuros le tiznaban las cuencas de los ojos; el vendaje le recorría el hombro derecho y le daba dos vueltas alrededor del pecho, igual que una banda honorífica. Encima de la mesilla había un tiesto con flores frescas, una jarra de agua, un vaso, un par de revistas y un reloj de bolsillo con cadena. Para saludar la llegada de Menz, los ojos de Reizenbaum se entreabrieron con mucho esfuerzo.

—¿Ha descubierto algo sobre el paradero de mi socio? —exhaló.

—No —respondió Menz—. No se preocupe por eso ahora. El motivo de mi visita es usted. ¿Qué le ha sucedido?

Por sus gimoteos y bufidos, parecía poder colegirse que al señor Reizenbaum le resultaba muy doloroso volver a describir los acontecimientos que le habían conducido hasta aquella habitación del hospital de Sankt Gertrauden. Inició dos palabras en un tono lastimero, se interrumpió, echó la cabeza sobre la almohada con ademán de indefensión. Boris intervino para correr un poco las cortinas y reducir la luz ambiente y dedicar una mirada de advertencia a Menz, que prefirió esquivarla. En la penumbra, el cuerpo del enano seguía menguando: ahora no era más que una mancha de cieno en medio de la sábana.

—No sé quién puede querer hacerme daño —sollozó—, no sé cómo puede haber gente tan desalmada en este mundo. Soy un ciudadano que cumple con sus obligaciones, que paga sus impuestos y saluda a sus vecinos. Quién puede guardarme tal cantidad de rencor como para apuñalarme. No sé, quizá grité demasiado a uno de mis empleados o me dirigí groseramente a un camarero; pero algunas veces son tan desagradables, dígame usted. Sí, tal vez lo hizo el mismo hombre que secuestró a mi socio, a Rufus. Y si ya ha intentado acabar conmigo, la suerte que le esperará a él no será muy prometedora, ¿no cree usted, señor Menz?

—Cuénteme qué le ha ocurrido —cortó Menz.

—Fue anoche —Reizenbaum se miró la mano sana, como la patita de un insecto—. Todo sucedió poco tiempo después de cerrar la tienda, sobre las ocho y media. La tienda se encuentra prácticamente detrás del teatro Schiller, así que tomé la Rapauchstrasse hacia el sur y giré hacia la isla en la Holzmarktstrasse. Si la noche es buena me gusta pasear, ya llueve y nieva lo suficiente en Berlín para resignarse al U-Bahn, al tranvía o al taxi. Pensaba cruzar el puente Jannowitz y pasear hasta la Moritzplatz, donde tengo mi apartamento. Pero mientras caminaba por la orilla del río, un desconocido con abrigo negro me pidió fuego. No había mucha gente en la calle, usted sabe que en esta época del año Berlín se despuebla en cuanto encienden las farolas. Yo no quise detenerme, la ciudad está muy agitada con esos diablos comunistas que queman edificios por todas partes, así que me negué a dar fuego al desconocido. Iba a proseguir el camino cuando el individuo me tomó de la muñeca y pronunció mi nombre. Antes de que pudiera darme la vuelta para mirarlo, me había clavado algo afilado en el pecho y el cuerpo entero me dolía como si me lo hubieran partido en dos. Me desmayé de inmediato de la impresión y creo que el tipo me dio por muerto. Seguramente, eso me salvó la vida. Tuvo dificultades para pronunciar la última frase, porque la angustia le había obstruido la garganta y apenas le permitía formar palabras: comenzó a llorar a sacudidas, con dificultad, como si le costase mucho trabajo sacarse las lágrimas. Durante un rato, lo único que brotó de su boca fue aquella versión complicada del llanto; sólo pudo mover la cabeza negativamente para contestar a las preguntas que Menz le fue dedicando. No, el desconocido no le había robado nada, no habían hablado de nada más, no había visto su rostro, no había retenido ningún detalle de él que permitiera identificarlo, no sabía con exactitud de qué arma se había servido para acuchillarle. Un empleado de los alrededores, que regresaba a casa desde la imprenta en que trabajaba, halló el cuerpo de Reizenbaum en la acera, entre una circunferencia de sangre, y llamó a la policía.

—¿Quién cree usted que puede haberse atrevido, señor Menz? —inquirió Reizenbaum después de serenarse un poco.

Menz espiró lentamente por la nariz.

—Esperaba que usted me proporcionara algún indicio, señor Reizenbaum —respondió—. ¿Se ha puesto alguien en contacto con usted durante los últimos días por motivo de los espejos o para hablarle de su compañero? ¿Le han exigido algún rescate?

Reizenbaum negó con la cabeza, y en aquel momento fue como un niño que se opone a tragar la cucharada de papilla que le tiende su madre. Una enfermera joven penetró en la habitación; había desorientación en su rostro y dos pechos violentos en el interior de su blusa, que luchaban por sobrepasar la tela.

—¿El inspector Andreas Menz? —preguntó al aire. Había una llamada para él en la recepción de la planta. Después de atravesar un pasillo pintado de azul y esquivar dos sillas de ruedas, Menz plantó los codos en un mostrador y su mano acercó el auricular de baquelita al oído. Entre una especie de rumor marino, la voz del otro lado luchó por identificarse: era Gustav Wahlberg.

—¿Ha hablado con Reizenbaum? —dijo la voz—. ¿Sigue ahí, en la planta?

—Sí.

—Bien —Wahlberg se rió, o hubo una interferencia que sonó igual que un cartucho de fogueo—, entonces puede darle una buena noticia: hemos dado con su socio, Rufus Cappadocia.

—¿Dónde? —Menz alzó la voz involuntariamente.

—En el Tiergarten, cerca del lago. Estaba debajo de un brezo, con las piernas abiertas. Tiene buen aspecto, salvo por un detalle: hay una bala dentro de su cabeza. Se ha suicidado.

Las arboledas del Tiergarten tamizaban la luz del sol y la convertían en una lluvia de lentejuelas amarillas que a ratos salpicaba el rostro de Andreas Menz, impidiéndole ver con claridad. Recorrió la mitad del parque por la calle principal, se desvió en una bifurcación, emprendió un complicado sendero que trazaba círculos y enroscaduras a través de los islotes de césped. Al final le aguardaba Wahlberg, con la gabardina abandonada sobre los hombros, como una percha que se movía inquieta de lado a lado del camino; detrás de él, un tibio sol de primavera encendía las aguas del lago y un grupo de sombras se afanaba en recoger objetos del suelo, entre el polvo y la retama.

Wahlberg apenas reparó en saludar a Menz: su mano izquierda efectuó una indicación para que se reuniera con él junto a las raíces del olmo más próximo. A dos pasos de ambos, a la sombra de un brezal, se despatarraba el cuerpo de un hombre escuálido, en la misma postura que si se hubiera tumbado a dormir una borrachera; el barro que le historiaba los perniles del pantalón, la camisa desabrochada respaldaban esa impresión. Los ojos, abiertos, buscaban vidriosamente algún detalle entre las hojas del olmo que quedaba sobre él: estorbada por las ramas, la luz de la mañana dibujaba figuras en su gesto de asombro. Casi no había sangrado; un limpio orificio le decoraba el lado derecho de la frente y la pistola, una Leica, luchaba por resbalar de su mano abierta. Sí, era Rufus Cappadocia, sin ningún género de dudas, aunque la muerte le había despojado brutalmente del magnetismo con que se presentaba en la foto de Reizenbaum: su cadáver era más vulgar, más insignificante. Dos policías de uniforme flanqueaban el cuerpo e intercambiaban comentarios sobre el tiempo, un empleado del juzgado anotaba palabras en una libreta, tal vez las mismas que pronunciaban los policías. El forense, un joven minúsculo con el pelo rojo y las mejillas ametralladas de pecas, palpaba los miembros del cadáver con dos guantes de goma, mientras intentaba reprimir un gesto de tedio. Menz tardó en advertir que había otro personaje en escena que no había descubierto en un primer examen: una muchacha sepultada bajo un sobretodo, una cartera de cuero, un estuche con correas, un sombrero de lana y una cámara fotográfica orbitaba en torno a Cappadocia deteniéndose a examinar cada detalle; la cara era un objeto más entre todos los que se hallaban apilados sobre sus hombros. Cuando Menz avanzó hacia ella, la cara sonrió y se destacó una inconfundible nariz de roedor: dio los buenos días.

—Ada Kliegl —pronunció Menz.

La muchacha estrechó la mano de Menz sin que él se la ofreciese.

—Eso es —dijo ella—. Me encanta que se acuerde usted de mí.

—¿Realizando otro hermoso artículo para su revista? —la mirada de Menz se clavó en la cámara fotográfica—. ¿Cómo ha podido enterarse de esto y venir tan pronto? Creía que la redacción de *Der Vorfall* se encontraba en Frankfurt.

La señorita Kliegl estaba ocupada calculando la mejor posición para retratar el cadáver. Finalmente, eligió parapetarse detrás del olmo y disparó un chorro de luz que hizo girar al forense con rostro de ir a morderla; uno de los policías de uniforme vaciló, interrogó con la mirada a Wahlberg, recibió un ademán negativo de su cabeza.

—Ha sido toda una suerte —Ada Kliegl abría entusiasmada sus ojos de petróleo—. En realidad, me encontraba en Berlín para cubrir otro asunto, pero oí al policía que estaba allí mencionar esto y vine corriendo. *Der Vorfall* tiene que perseguir el suceso allí donde se produzca, ya conoce nuestro eslogan. Me llevo dos muertes por un solo viaje, todo un lujo, y regreso a Frankfurt esta misma tarde, en el tren de las ocho. El otro cadáver también tiene su salsa, no crea: un tipo de Steiglitz que se ha suicidado apretándose la garganta con las propias manos. ¿Qué le parece? Un triunfo de la voluntad mucho más meritorio que el del canciller Hitler, sin ninguna duda.

—Otro suicidio —murmuró Menz—. Últimamente la gente prefiere mudarse de Alemania.

—No les culpo —dijo Ada desde una sonrisa radiante—. Hoy por hoy, hay sitios mejores para pasar el tiempo. Pero nuestro amigo de debajo del brezo tiene todo el aspecto de haber contado con colaboración: más bien lo han suicidado.

Menz miró atontado el cadáver durante unos segundos, tratando de desentrañar las palabras de la señorita Kliegl. Luego se volvió hacia ella lentamente y le preguntó por qué había dicho aquello.

—Fíjese por dónde ha entrado la bala —la mano de la joven emergió de la montaña de objetos acumulada sobre ella y señaló hacia Cappadocia—. Por la frente. Una posición un poco dificultosa para colocar el cañón del arma, ¿no le parece a usted? ¿No es mejor apoyarla contra la sien y ya está?

Pensativo, Menz siguió a Ada y a Wahlberg hasta las proximidades del cadáver. Los ojos de Cappadocia seguían enfrascados en el teatro de luces y sombras que representaban las hojas del olmo, quietos, deslumbrados, como si tratasen de aprovechar un espectáculo que podría no volver a repetirse. Lucía la misma barba puntiaguda y el mismo bigote que en la fotografía de Reizenbaum, pero la muerte había ajado su esplendor; la cera había comenzado a sustituir a la carne bajo la piel de las extremidades. Wahlberg se agachó junto a él hasta que las faldas de la gabardina barrieron el césped y señaló la camisa abierta: el hombro izquierdo del cadáver se encontraba vendado.

—El forense ha descubierto en el hombro una herida en proceso de curación —informó—. Se trata de una herida de bala que pudo producirse un mes atrás.

—Bueno, a ver —dijo Ada al tiempo que luchaba por cargar la lámpara de su cámara fotográfica—, cuéntenme qué tiene que ver este fiambre con el caso del espejo y del coronel.

—¿Quién le dice que tiene algo que ver? —replicó Menz con fastidio.

Cada vez que sonreía, la nariz de la señorita Kliegl despertaba del fondo indiferenciado de su rostro y la asemejaba mucho a un ratón, uno de esos ratones locos que no temen arrostrar el peligro de los cepos para proveerse de una sustanciosa ración de queso. Se acuclilló junto al cuerpo, tomó una fotografía más de cerca en la que quedaba mejor retratada la herida y soltó una pequeña risita.

—Venga ya, inspector Menz —contraatacó—. Ustedes son los encargados del caso, así que algo les habrá traído hasta aquí, digo yo. Además, el *modus operandi* sigue siendo idéntico. Hay que ser ciego para no darse con ello en las narices: un aparente suicidio que no es más que un asesinato encubierto. Sólo que en esta ocasión resulta más notorio que en todas las demás, como si ahora el criminal se hubiera tomado menos esfuerzo por ocultar su tarea. El agujero en la frente, el cadáver arrastrado hasta este rincón. Porque no murió aquí, eso es obvio: ¿dónde está la sangre? Además, debió de haber un forcejeo, porque a nadie suele gustarle que lo maten y tendemos a tratar de molestar a quien busca hacerlo; pero el césped de los alrededores se encuentra intacto, como si el jardinero lo hubiera peinado esta misma mañana.

—¿Cuánto tiempo lleva muerto? —inquirió Menz.

El forense, la miniatura del pelo rojo, introducía sus herramientas en un estuche junto al olmo.

—Murió sobre las siete y media de la tarde de ayer —replicó al oír la pregunta.

—¿Exactamente a esa hora? —Menz insistió.

En un gesto de ira, las manitas del forense cerraron el estuche y se lo tendieron al inspector.

—¿Quiere comprobarlo usted mismo? —rugió, con la piel de la cara del mismo color de su cabello.

Después de que se hubiera retirado dando trompicones por el camino de grava y masticando pedazos de palabrotas, Menz se inclinó hacia Wahlberg; amenguó la voz todo lo que pudo para preguntar:

—¿Qué le pasa a este tipo?

Wahlberg le respondió en el mismo tono, luego de cerciorarse de que el forense se hallaba suficientemente alejado.

—Es judío —dijo.

—Es natural que se encuentre inquieto —suspiró Ada Kliegl—. Inquieto, asustado, fastidiado: su canciller Hitler no promete cosas que puedan gustarle mucho. Además, para colmo seguro que es votante del PSD. En cuanto le ha visto aparecer a usted, inspector Wahlberg, con esa insignia en la solapa, se ha vuelto de un color más virulento que las banderas de su partido. Desgraciadamente, lleva unos cuantos días sin nevar. De lo contrario, habríamos visto las huellas del cuerpo arrastrado hasta aquí, estoy segura. Venga ya, inspector Menz, no me trate como a una imbécil. ¿Quién era este hombre? Déjeme adivinar, ¿coleccionista o anticuario?

—Anticuario —bufó Menz, rindiéndose.

El forense había sido relevado por dos hombres con uniformes blancos que habían tendido una sábana sobre el cadáver y preparaban una camilla para transportarlo. El funcionario de los juzgados había redondeado dos bostezos, se había fumado un cigarrillo, jugueteaba con la punta del lápiz sobre la tapa de hule de su cuaderno; luego miró dos veces al reloj, se despidió de Wahlberg con un saludo protocolario y se marchó. La escena quedaba desierta: dos gorriones se detuvieron a juguetear y buscar semillas en el mismo lugar desde el que el cuerpo de Cappadocia contemplaba las hojas del olmo. La suavidad de la mañana, los pájaros, el sol rompiéndose en fragmentos sobre las copas de los árboles, invitaban a demorarse en los senderos, paseando, haciendo nada. Menz,

Wahlberg y la señorita Kliegl emprendieron perezosamente el regreso entre los arbustos, hacia la salida que daba a la Bellevuestrasse.

—Así que anticuario —resumió Ada—. ¿Cuál era su nombre?

Pero la joven ya estaba atosigando demasiado la generosidad de Andreas Menz; estos malditos periodistas eran todos iguales, bastaba tenderles una mano para que te reptaran hasta el hombro, dispuestos a engullirte entero si la penosa digestión valía un detalle de importancia. Su boca dejó huir un gruñido.

—Creo que ya está bien, señorita Kliegl —clamó—. Su espantoso semanario no hace más que destripar mis investigaciones, volviendo público lo que debería ser secreto y poniendo sobre aviso al asesino de las medidas que se toman contra él. No veo motivos para seguir dándole información, señorita, creo que ya ha sacado usted bastante por hoy.

Ada sonreía, divertida, mientras caminaba observándose las puntas de las botas.

—Discúlpeme si le ofendo, inspector —sonrió—, pero todo cuanto publico procede exclusivamente de mis deducciones personales, de las que, dicho sea de paso, creo que también usted saca tajada. No se lo digo con ánimo de polemizar, me parece muy bien que lo haga, al fin y al cabo ninguna mente posee el monopolio de la verdad. Deduzco sin parar, sin darme cuenta, sin poder evitarlo: me llevo una cucharada de sopa a los labios e infiero los ingredientes de que se compone, me compro unas botas y rastreo la procedencia del cuero, los cordones y el forro hasta que doy con una fuente satisfactoria. Se trata de una perversión profesional. Llevo vistos tantos crímenes y estudiados tantos homicidios para la revista que la manía de deducir se me ha vuelto tan irremediable como la de comerme las uñas, cosa, dicho sea de paso también, que está muy fea según mi madre. Bueno, inspector, si no desea decirme el nombre del interfecto tendré que buscar por otra parte.

—Rufus Cappadocia —ladró ásperamente Menz.

—¿Cómo ha dicho? —Ada amplió la negrura de sus ojos—. ¿Qué nombre es ése?

—Trabajaba en un circo —Menz parecía buscar una excusa.

—Ah, ya —ella volvía a interrogar a sus botas—, un circo. Eso quiere decir que era su nombre artístico, porque nadie puede llamarse así de veras. Cappadocia, suena a tienda de electrodomésticos. ¿No conoce su nombre real?

La cabeza de Menz negó, Ada Kliegl se hizo cargo emitiendo un breve suspiro de contrariedad o resignación. Habían llegado al punto en que el sendero se bifurcaba: una rama conducía a la Bellevuestrasse y otra se perdía entre olmos y escabiones hacia la zona de la Puerta de Brandemburgo. Sin deshacerse de la sonrisa que la convertía en un gran ratón con sombrero y sobretodo, Ada raptó la mano de Andreas Menz, la apretujó y luego hizo lo mismo con la de Gustav Wahlberg. Uno de los cuidadores del parque caminaba pomposamente por la grava, orgulloso de exhibir las charreteras de su uniforme; las lociones y la laca habían endurecido sus bigotes hasta volvérselos un bumerán de marfil.

—Encantada como siempre de saludarles —dijo la señorita Kliegl, con algo similar a la ironía doblándole la comisura de los labios—. Inspector Menz, me ayudaría mucho que me proporcionara el nombre auténtico del cadáver en cuanto lo supiera, si es que se apiada usted de mi espantoso semanario. Le telefonearé —se volvió hacia la ruta que llevaba a la Pariser Platz, tratando de calcular algo, tal vez la distancia, o la velocidad con que necesitaba impulsar sus botas; al girar de nuevo hacia los inspectores, encontró dos monigotes abatidos, que miraban al césped como si necesitaran colillas—. Venga, anímense, les veo muy flacos de moral. Si ya tienen a ese desalmado en el bote, estoy segura. El asesino no se les escapará a dos sabuesos como ustedes.

Su sonrisa fue lo último en desaparecer en el recodo del sendero.

El líquido traslúcido sufría un suave maremoto cuando Menz agitaba la copa que tenía frente a él, después de tomarla de la mesa donde reposaban la carpeta y el sombrero de fieltro con el que había penetrado en la cantina. Había elegido la mesa más próxima a los ventanales, desde la que se dominaba el interior de la estación y se podían contemplar las locomotoras como grandes dinosaurios de metal deteniéndose en las radas. Una niebla delicada difuminaba la estación de Potsdam, convirtiéndola casi en el muelle de un puerto nórdico; sólo al observar más atentamente se lograba advertir que la niebla era una ficción que fabricaban las chimeneas y el vapor liberado por las junturas de las máquinas. Decenas de sombras franqueaban el vestíbulo con las maletas detrás de ellas, una gabardina se detenía a comprobar un horario en el tablón de salidas y llegadas; en otro rincón, un sombrero de mujer con red y cintas se despedía de un severo sombrero negro: ambos rozaban sus alas para que las cabezas que los acompañaban pudieran besarse.

Nada otorga un atisbo más nítido de lo que es el futuro, pensó Menz, que una estación: nadie estaba allí en realidad, de algún modo todos habían subido ya a un vagón o se habían retirado a la salida, del brazo de la persona que aguardaban. Su mirada se posó sobre una pareja que se separaba con un beso y sintió que sus pensamientos no eran menos amargos que el schnapps que sostenía entre los dedos, en el interior de la copa. Él llevaba una mochila de cuero y ella jugaba a peinarle las sienes con los guantes, como si con ese gesto persiguiera restañar la debilidad de la memoria. Sonó un silbato. Menz hubiera querido poder despedirse así de Elsbeth, retener sus rasgos en el sótano donde ocultaba sus recuerdos, que ella le hubiese ordenado los cabellos de la misma manera, como prometiéndole en un lenguaje mudo que siempre iba a ocupar un lugar en su nostalgia. Por un momento, tuvo el impulso de salir de la cantina y subir al azar a cualquiera de los trenes, igual que había hecho más de diez años atrás: había una lujuria y un vértigo en suspender la voluntad y dejarse conducir, como si uno no fuese dueño del alma que tanto dolía en ciertas partes. Quiso estar en Golka, quiso que uno de aquellos trenes le condujera a Golka, el final de todas las vías, allí donde el sol acariciaba con ternura los campos de romero y de tomillo y la vida era un regusto a fresa inmadura en el fondo del paladar. Estaba enfangándose en la zona más sucia de sus ideas cuando vio que un ovillo de correas cruzaba la estación, con un abrigo, un estuche y un sombrero debajo. Con apresuramiento, Menz se puso en pie, salió de la cantina y gritó un nombre. El amasijo de ropas y correas se detuvo junto a uno de los pilares de metal.

—Buenas tardes —resolló Menz, confuso por la alegría que acababa de embargarle.

—Qué sorpresa, señor Menz —dijo Ada Kliegl, y puso cara de haber descubierto a Menz en una aldea de la selva del Amazonas—, ha venido a despedirme y todo. Supongo que quería cerciorarse de que me marchaba de veras.

—He sabido cuál es el nombre real de Rufus Cappadocia —dijo Menz—. He ido a visitar de nuevo a Reizenbaum, su socio, al hospital y él me ha confirmado que usted tenía razón, como siempre. Se llamaba Gyorgos Agenópulos.

—Ah, gracias —Ada sonrió débilmente y luego agachó la cabeza.

De repente, ninguno de los dos entendió qué hacía allí plantado, atado a la cortesía de un desconocido, en medio de la riada de viajeros que iban y venían y la niebla falsa que comenzaba a disiparse. Las manos de Ada Kliegl se encontraban cruzadas sobre los correajes que le acosaban el pecho, como las de una momia; de vez en cuando, vigilaba con incomodidad la locomotora del tren que tenía que tomar y sonreía. Menz la miraba, sintiendo mucha sed. Se aclaró la voz antes de decir:

—Señorita Kliegl, todavía quedan veinte minutos para que salga su tren. Permítame invitarla a un café en la cantina y déjeme que le enseñe algo.

Los inmensos ojos de petróleo de ella contemplaron a Menz con fijeza. Ahora no sonreía y estaba lejos de parecer un ratón, lejos de parecer cualquier cosa que no fuera un maniquí apesadumbrado por el volumen de sus ropajes: se hallaba más indefensa que nunca bajo aquel basurero de estuches y abrigos.

—Está bien —concedió—. Pero que sea algo rápido.

Ada remolcó sus pertenencias hasta una mesa en que aguardaban un sombrero de fieltro, una carpeta y un vaso de schnapps. Después de pedir una naranjada al camarero, aceptó la carpeta que Menz le tendía y comenzó a hurgar con los dedos entre los papeles. No se había desprendido de la cartera, del estuche de la cámara fotográfica, del bolso: daba la impresión de que la multitud de correajes la aprisionaban a la silla.

—Ahí se encuentran todos los detalles del caso de los espejos —le informó Menz saboreando el schnapps de nuevo—. El suicidio del coronel Von Klankowström, la muerte de la señora Beyschlag, las sustracciones detectadas en cada uno de los casos. Sé que tiene poco tiempo, pero le ruego que les eche un vistazo y me diga qué piensa. Tiene usted razón, también yo saco tajada de sus deducciones. Esto es un quid pro quo: usted se lleva esa carpeta a Frankfurt y a cambio me dice qué ve dentro.

Pero resultaba difícil determinar si Ada Kliegl le escuchaba. Había quedado petrificada con los papeles entre las manos, como otro objeto decorativo de la cantina, además de los escudos emplomados de los ventanales y el mármol del mostrador. La estatua no se movió cuando el camarero depositó un vaso de naranjada sobre la mesa, tampoco en el momento en que Menz hizo todo el ruido que pudo al devolver la copa vacía a su puesto junto al sombrero y tosió para dar a entender que el tiempo escaseaba: quedaban cinco minutos antes de que el tren de Frankfurt emprendiera la salida.

—Señorita Kliegl... —comenzó Menz.

—¿A qué se dedicaba el señor Agenópulos, o Cappadocia, en el circo? —Ada Kliegl le interrumpió con una especie de furor.

—Era hipnotizador —respondió Menz, desorientado.

—Eso es.

El jefe de estación recorría el vestíbulo con una campana en la mano, solicitando a gritos la presencia de los viajeros del correo de Frankfurt. Su uniforme era nuevo o acababa de volver de la tintorería, porque el jefe de estación se movía dentro de él como en una armadura.

—En realidad tienen ustedes la mitad del misterio resuelta —aseguró Ada Kliegl con su sonrisa—, pero sólo la mitad. La hipnosis explica por qué el coronel y la señora Beyschlag se quitaron la vida por propia voluntad.

—¿La hipnosis? —las cejas de Menz se alzaron con incredulidad—. ¿Está usted diciéndome que Cappadocia no es víctima sino culpable?

—Culpable al menos de dos muertes. Seguramente haya más de una persona comprometida en el asunto, pero los suicidios del coronel y Beyschlag sólo se explican si se admite la intervención de un hipnotizador. Reconstruya mentalmente los hechos. Agenópulos llega a casa del coronel por la noche, hipnotiza al mayordomo y le hace dormir plácidamente hasta la mañana siguiente: así puede desvalijar con comodidad la colección del dueño de la casa sin que nadie le moleste. Pero por algún motivo el coronel adelanta su regreso y descubre al intruso en plena faena. Seguramente Agenópulos trata de hipnotizarlo, inicia sus pases o lo que sea necesario en esta clase de ocasiones, el coronel tiene la pistola en la mano y suelta un tiro. Digo yo que la labor de hipnotizar no consistirá en un plisplás, que Agenópulos necesitaría un lapso de preparación por bueno que fuese, y debía de serlo. No pudo evitar el primer disparo, que le hirió en el hombro, pero sí el segundo. Gracias a su influencia magnética, consigue que el coronel desvíe el cañón hacia su propia sien y apriete entonces el gatillo. Luego se va tranquilamente, con su botín bajo el brazo, y ya está. Con la señora Beyschlag pasó igual.

—No igual del todo —objetó Menz.

Arrojó un billete sobre la mesa y ayudó a Ada Kliegl a transportar todos sus enseres hacia el andén que marcaba el panel. La tarea no era fácil: para alcanzar su destino, debían sortear carritos de equipaje, hombres mineralizados sobre sus periódicos, parejas de mozos de estación que intercambiaban cigarrillos y carcajadas.

—No, no era lo mismo —repetía Menz entre dientes al tiempo que zanqueaban en dirección al vagón de ella—. La señora Beyschlag no sorprendió a nadie robando en su tienda. Su empleado, el señor Lechfeld, testimonió que ella sabía que le habían robado, pero no sólo no denunció el hecho a la policía sino que también prohibió a Lechfeld decir nada a nadie.

—Es cierto —el peso de sus carteras y estuches dejaba a Ada poco aire para replicar—. Bueno, quizá en esa ocasión las cosas sucedieron de modo distinto. La señora Beyschlag y Agenópulos se conocían, eso resulta obvio, por eso ella le recibió en casa y le invitó a té. Pero ella sólo pudo morir después de escalar voluntariamente el radiador de su apartamento y lanzarse cinco pisos abajo hacia el vacío, comportamiento que no admitiría más explicación que la hipnosis. De todos modos, ya le he dicho que eso supone solamente la mitad del problema. Alguien tuvo que liquidar a Agenópulos e intentar apuñalar a su compañero Reizenbaum, y algo me dice que se trata de la misma persona. Obviando el hecho de que ambos eran amigos y socios, si Agenópulos hubiera deseado eliminar a Reizenbaum sólo habría tenido que hipnotizarle como a los demás, y no recurrir a un cuchillo. Dudo que Reizenbaum estuviera al tanto de sus tejemanejes, de lo contrario no se habría inquietado por su desaparición ni habría acudido a denunciarla a la policía. Tal vez Agenópulos tuviera un cómplice desconocido con el que se enemistó, al que debía algo, y que se tomó la justicia por su mano; tal vez ese cómplice asesinó al hipnotizador para conseguir lo que quería, pero no lo encontró en el cadáver; tal vez pensó que el objeto podía estar en posesión de Reizenbaum, su compañero de negocios, y por eso lo atacó también. Media una hora escasa entre el ataque a Reizenbaum y la muerte de Agenópulos, luego el asesino pudo estar en los dos sitios. Por cierto, Agenópulos es un nombre griego, ¿no?

—Sí —jadeó Menz—. Procedía de Corfú.

El coche anotado en el billete de Ada Kliegl era el trece. Haciendo acopio de las escasas fuerzas que le restaban, ella dio un brinco y alzó todas sus correas, carteras, abrigos y ropas hasta el estribo del vagón, que ya había comenzado a moverse.

—No quiero ser indiscreta —comentó la señorita Kliegl a Menz, haciéndole seguir a paso ligero la marcha del tren sobre la dársena—, pero ¿qué le sucede a su compañero, el señor Wahlberg? Lo he visto especialmente ensimismado, como si estuviese en la luna. ¿Es que está haciendo oposiciones de idiotez para ascender en el Partido?

—Se ha enamorado —resopló Menz, casi corriendo.

El hangar de la estación se terminaba: la noche tomaba abruptamente el relevo de la bóveda de metal y los pilares. Por un momento, Menz volvió a desear un asiento en aquel tren, en cualquier tren. No iba a poder resistir la carrera mucho más; su cuerpo no estaba acostumbrado a ese tipo de abusos, las piernas comenzaban a ser saboteadas por los calambres y el corazón percutía en sus costillas como la campana de un despertador sordo. Introdujo la mano en el bolsillo de su abrigo y sacó de él un rinoceronte de papel. Ada no tuvo tiempo de entender qué le tendía; sus dedos aceptaron el presente poco antes de que el tren penetrara en otro hangar más grande y cargado de estrellas.

—Es para usted —le oyó decir ella bajo el chirriar de las ruedas—. Es el símbolo de la constancia.

Menz se detuvo en los últimos metros del andén. Necesitó sostenerse sobre una columna para devolver el ritmo adecuado a su respiración y limpiarse el sudor que le barnizaba la frente. Estaba allí solo, mientras sus ojos contemplaban las últimas luces del tren disgregándose en la lejanía y una extraña sensación de desamparo le devastaba el alma. El desgraciado es siempre el que se queda, pensó, sin saber lo que quería decir con aquello. Pero también había otros que llegaban. De un convoy procedente de Hamburgo que acababa de detenerse en la vía cinco, descendía un rebaño de jóvenes con uniformes terrosos y banderas con esvásticas. Cantaban a coro el *Horst Wessel;* el eco, cómplice, les devolvía el estribillo desde la bóveda.

5. El Espejo con mayúscula

La nieve caía de nuevo sobre Berlín y jugaba a las adivinanzas con sus habitantes: había que ser un gran experto para acertar qué estatua se escondía debajo de la montaña blanca que ocupaba el centro de las plazas, o qué rezaba el rótulo que había sido engullido por las avalanchas en los toldos de los comercios. En días de nieve, la ciudad se volvía más difusa, ligera, frágil, como si hubiera quedado reducida a sus andamios; donde antes había sólidos edificios, ahora no restaban más que líneas de cruce abstractas entre polígonos. Los quitanieves arrastraban los obstáculos del centro a las esquinas de las calles, los empleados municipales barrían las aceras con el mismo frenesí con que hubieran utilizado una goma de borrar para erradicar un mensaje obsceno. Caída la noche, los copos revoloteaban como pavesas frente a los faros de los coches y se estrellaban en el parabrisas; desde el interior del taxi, Menz pensaba que parecían luciérnagas suicidas, que brillaban por un segundo ante el resplandor de las bombillas y luego buscaban liberarse de su luz en la dureza del cristal. Si hubiera intentado comprender en qué punto exacto de la ciudad se encontraba en aquel momento, no lo habría logrado. Pero tampoco le importaba: el taxi recorría largos toboganes de asfalto entre balizas de nieve, y Menz, confortablemente apostado en el asiento trasero, se esforzaba por proveer de cauces apropiados a sus pensamientos. Sólo le despertaba de su letargo la comprobación de que el taxi al que iban siguiendo no se hubiera apartado del parabrisas: y no, allí seguía, singlando a través de las mismas calles borrosas, metamorfoseado en dos luces de posición encarnadas.

Por supuesto que las flagrantes coincidencias que jalonaban su pasado disculpaban aquel comportamiento: no estaba actuando como un espía, él no era un miserable delator. Aquella operación estaba justificada de sobra; para amparar sus motivos, no tenía más que analizar el sentimiento que le embargaba cada vez que se encontraba a solas con Wahlberg, aquella mezcolanza de incertidumbre y recelo que le transmitían también los espejos. Y desde los espejos siempre le había llegado la misma amenaza: hoy parecían pacientes y dóciles, pero mañana, aprovechando que las ciudades duermen, saldrían de ellos todos los monstruos que hasta entonces se habían limitado a almacenar en silencio. La vieja cicatriz de la mano izquierda protestó con un picor y Menz tuvo que rascarse apresuradamente. A pesar de todo, Wahlberg era un buen muchacho, él lo estimaba. Si ahora, en mitad de la noche, perseguía un taxi por las avenidas del suroeste de Berlín, era sólo con el fin de otorgarle una oportunidad que a él, Menz, se le había negado: se sentía como si estuviera corrigiendo la caligrafía del destino, rectificando las letras de su cuaderno con un lápiz mayor y más grueso.

El vehículo al que el taxi de Menz seguía torció hacia el sur en la Kronenstrasse, tomó la Wilhelmstrasse, giró alrededor de la Columna de la Paz de la Belle-Alliance Platz, franqueó el canal Tempelhof. Cuando se detuvo frente a la fachada del hotel Krone, Menz ordenó al chófer parar algo más atrás, a salvo del destello de las farolas. Bajando la ventanilla trasera para que el vaho no le permitiera equivocarse, Menz comprobó que Cloe Knarbakk salía del coche, equilibraba el sombrero sobre sus cabellos y daba un beso de despedida a una cabeza negra, la de Gustav Wahlberg. Cloe no resultaba difícil de reconocer; la falda y la chaqueta de color grisáceo, el sombrero que le parapetaba medio rostro con cuatro plumas de cornejo, el modo que tenía de desplazarse a través de la calle como si sus zapatos siguieran una línea trazada en una pasarela, no eran atributos que pudieran adjudicarse a otra persona. Cloe penetró en el hotel, la puerta del taxi se cerró y prosiguió camino hacia el sur.

—¿Sigo al coche? —dijo el chófer de Menz.

—No —replicó él.

Acababa de desperdiciar todo el viaje hasta el hotel Krone en construir alambicadas excusas para su espionaje, enredándose en abstracciones y paliativos sin descender al plano más práctico. Y ahora que Wahlberg y Cloe se habían separado, no sabía qué debía hacer. Había pensado vagamente en desenmascarar a aquella mujer, pero entre aquel acontecimiento de su futuro y el presente no había calculado ninguna transición. Para romper el incómodo silencio en que Menz estaba atascado, el chófer se vio obligado a barruntar:

—Ésa no será su mujer, ¿verdad?

Menz no respondió.

—Se lo digo —prosiguió el chófer— porque no es la primera vez que llevo de pasajero a un marido desesperado. Tengo que dar dos veces la vuelta a todo Berlín para comprobar con quién se acuesta su mujer y luego convencerle de que no use el cuchillo o la pistola que trae debajo del abrigo. ¿Lleva usted un cuchillo o una pistola?

El relente de la noche entraba a ráfagas por la ventanilla abierta, sin arrancar a Menz de su indecisión. Al otro lado de la acera, frente al coche, un quiosco de publicidad mostraba aún los carteles de las elecciones, con el color y las siluetas de los candidatos desgastados por las inclemencias del tiempo. Enormes y feroces, los rostros de Hindenburg y de Hitler contemplaban a los transeúntes.

—No —murmuró Menz sin apartar la mirada de los ojos del Führer—. Hoy son otros los que manejan cuchillos y pistolas.

—Sí, ya —el chófer hablaba con torpeza, como si tuviera la boca llena de mermelada—. Pero afortunadamente el canciller Hitler se está ocupando de limpiar las calles de toda esa escoria de comunistas. Gracias a Dios, por primera vez tenemos a alguien competente en el Gobierno. ¿Ha oído usted que se han creado campos de concentración para criminales en Dachau? Me parece muy bien, así esos miserables no causarán ningún daño. Por mí como si revientan.

La cabeza de Menz se limitaba a asentir aburridamente a la perorata del chófer, mientras observaba de reojo su nuca, lo único que podía atisbar de él: era una porción de carne colorada, rapada al cero, sobre la que brotaba un forro de pelos amarillos y duros, igual que un trozo de tocino. Existían objetos más importantes en los que interesarse; Cloe acababa de dejar el hotel, había remontado la acera algunos metros, se había introducido en un local una manzana más arriba. Menz entornó los ojos, sacó la cabeza de la ventanilla para que el viento helado le rajara las mejillas y comprobó que había entrado en un locutorio telefónico. De repente, el futuro se le hizo transparente. Puso un billete en la mano del chófer, salió sin esperar el cambio. El hotel Krone era una especie de museo de atrocidades: no había detalle en la arquitectura o en el mobiliario por el que el sentido estético no sufriera una ofensa. Apesadumbrado por las walkirias doradas que ejercían de columnas, la moqueta roja, las volutas imperiales que rodeaban los marcos de los espejos, Menz naufragó hasta el mostrador de recepción. Pudo comprobar que los huéspedes no desmerecían de la distinción del establecimiento: sobre los sillones que salpicaban el vestíbulo no entrevió más que una confusión de dientes de oro, trajes a rayas, visones y sortijas. El recepcionista tenía la cabeza dividida por un preciso meridiano que separaba su cabello en dos mitades; sus ojos se hallaban al final de unas lentes gruesas como el mostrador en que se apoyaba. Menz le dio las buenas noches.

—La señorita Knarbakk me envía a decirle que desea un té para cuando regrese, en quince minutos —soltó. El recepcionista empujó sus gafas sobre el puente de la nariz y consultó un estadillo.

—Muy bien, señor —dijo—. Es la habitación 214, ¿verdad?

—La 214, eso es.

El ascensor estaba situado a la derecha de la entrada, en una especie de recodo al que se accedía después de comprobar que también había columnas que no eran walkirias, lamentar una solemne pintura en que se retrataba la muerte de Sigfrido y cruzar por delante de un ficus sintético. Menz aguardó detrás del ficus hasta que se cercioró de que las gafas del recepcionista le habían perdido de vista (los ojos debían de haberlo hecho mucho antes) y luego se deslizó hacia el ascensor. El ascensorista era torturado por un uniforme dos tallas más pequeño del que solicitaban sus carnes: aquella masa comprimida sudaba por todas partes, arriando el tejido de las axilas y el cuello, obligando al pobre hombre a girar los ojos con desesperación y soplar cada vez que oprimía el botón de la planta correspondiente.

Menz descendió en un largo pasillo enmoquetado; los estucos y las molduras brillantes sentían las misma falta de respeto por los huéspedes que en la recepción. Después de esperar unos pocos minutos sentado en los últimos peldaños de la escalera, advirtió que la puerta del ascensor volvía a abrirse, que el ascensorista acezaba de nuevo y un adolescente vestido de botones remontaba el pasillo con una bandeja en la mano. Tenía que realizar un prodigioso equilibrismo para poder avanzar por la moqueta sin mover el brazo izquierdo, en que reposaba una servilleta doblada, y garantizar a la vez la integridad de la tetera y la taza que viajaban sobre la bandeja. Se detuvo frente a una puerta, supervisó el número en una tarjeta, tomó una llave con la mano izquierda, abrió. En el momento en que la cerradura dio un chasquido, Menz corrió desde el fondo del pasillo hacia el joven.

—Ah, es usted —exclamó—, se han dado prisa. Déjelo en el recibidor, por favor.

La bandeja encontró espacio en una mesa baja donde hacía compañía a un florero con ramas secas; el botones se inclinó ceremoniosamente y dedicó a Menz una gran sonrisa luego de aceptar el billete de cinco marcos con el que fue despedido. Desde la ventana situada frente a la entrada de la habitación, podía comprobarse que la nieve seguía cayendo sobre Berlín y que a los edificios les costaba cada vez más permanecer en sus puestos: la Columna de la Paz, desteñida y lejana, había sido sustituida por un junco ajado. La habitación constaba de un amplio vestíbulo y un dormitorio, conectados ambos por una puerta en ángulo recto con respecto a la que conducía al pasillo. Los cuadros del recibidor retrataban a los previsibles héroes de Wagner enfrascados en sus sublimes tragedias: Sigfrido apuñalando a Fafner, Parsifal y el grial, Tristán e Isolda abrazándose sobre la cubierta de un barco. Además del mueblecito en que el botones acababa de abandonar la bandeja, había otra mesa, alta y sólida, donde se mezclaban una carpeta, un paquete de tabaco vacío, un encendedor con funda de carey, monedas que no eran alemanas.

La carpeta contenía apuntes rutinarios sobre tipos de alfombras, apliques para lámparas, cortinas. Sobre el descalzador, junto a la puerta que daba acceso al dormitorio, habían sido olvidadas una pareja de medias oscuras y unas zapatillas. Menz no necesitó encender la luz de la alcoba; el resplandor que otorgaba la lámpara del vestíbulo era suficiente para definir la silueta y el volumen de sus ocupantes: la cama, algo más reducida que un campo de tenis, un canapé en un rincón, un espejo de pie en el rincón opuesto, flanqueando el acceso al lavabo. La cama aparecía desordenada, como si hubiera servido de escenario a un combate de boxeo, pero Menz eximió a su imaginación de la tarea de reconstruir el incidente que allí había tenido lugar. Sobre el remolino de sábanas, se abría una maleta: alguien había ido depositando con pulcritud sus blusas, faldas y ropa interior en cada compartimento, preparándose para un viaje que parecía inminente. A un lado de la maleta, una bata salpicaba de rojo las sábanas.

El cerebro de Menz improvisó varios planes; por último, decidió aprovechar la ventaja de que disponía y apagó todas las luces de la habitación. Tomó asiento en el canapé del dormitorio, frente al espejo de pie del que le separaba el continente lleno de ropas que era la cama. Para descubrirle, la persona que penetrara en el cuarto debía necesariamente dirigirse al lavabo y encender una bombilla. Aguardó entre la oscuridad, sin moverse; a veces le parecía que su respiración hacía demasiado ruido, como si cometiese una descortesía, y luchaba por acallarla. Debía de haber una farola plantada cerca de la ventana, abajo, a un lado: una iridiscencia lechosa se filtraba a través de las cortinas y bañaba la luna del espejo que hacía compañía a Menz. Ahora más que nunca, la superficie del espejo parecía el agua quieta de un estanque, donde se insinuaban las siluetas y los cuerpos de las criaturas que buceaban en el fondo. Resultaba difícil imaginar aquella fauna secreta: animales imposibles, amorfos, parientes de esos peces de los abismos que carecen de vista, que en vez de sangre cuentan con un mercurio frío y viscoso. Pero no, no debía permitir que su fantasía se escapase por aquellos derroteros. Si parpadeaba y observaba con atención, podía reconocer al otro lado la misma cama frente a la que se encontraba apostado, el canapé, la noche parpadeando en las cortinas. Más allá de la luna había una habitación de cristal, un duplicado exacto de aquella en que esperaba ahora, y en vez de tranquilizar a Menz, aquella certeza le apresuró el corazón.

Toda la turbiedad de sus pensamientos se deshizo en un momento, en cuanto sonó el pestillo del recibidor y una luz se encendió fuera. Una llave se estrelló ruidosamente sobre una mesa, dos zapatos avanzaron a través de la alfombra. A continuación tuvo lugar un silencio. Menz luchaba por retener el aire en sus pulmones, temeroso de que un suspiro le delatara; sintió fastidio de poseer un cuerpo: la fibra, el hueso, la sangre, eran herramientas desobedientes que podían avisar de su posición. Al principio no comprendió el choque de porcelanas que sobresaltó sus oídos: la tapa de la tetera se había movido. De pronto, Cloe entró en el espejo del dormitorio. Se la veía pequeña, distante, enmarcada por el vano de la puerta que daba al vestíbulo, abandonando el sombrero sobre el descalzador y aliviando el cabello de sus horquillas. Empuñó el paquete de tabaco, tomó un cigarrillo, dudó, descartó el cigarrillo, dejó el paquete sobre la mesa. Tampoco ella consideró necesario encender la lámpara de la alcoba antes de situarse delante del espejo de pie y despojarse de la chaqueta. El brillo que llegaba del recibidor era oblicuo y sucio, pero dibujaba con precisión cada pliegue de sus ropas. Durante unos instantes estuvo mirándose en el espejo, como buscando algo en la sombra que la replicaba. La cremallera de la falda carraspeó suavemente al bajar. Menz entendió que debía dar noticia de su presencia, accionar uno de sus músculos, mover un brazo o una pierna, toser, pero la parálisis se había adueñado de sus miembros. El recuerdo de Elsbeth se había hecho un objeto nítido y doloroso, como una vieja quemadura sobre la que se hubiese derramado un chorro de agua caliente: aquel recuerdo le estaba escaldando la lengua y el sexo. De arriba abajo, los botones de la blusa de Cloe fueron abriéndose, la combinación descendió, las bragas cayeron al suelo. El liguero, las medias negras y los zapatos eran lo único que interrumpía la desnudez de su cuerpo en el momento en que ella forcejeaba por desprenderse los pendientes, sin apartar su atención del espejo. Había dos jóvenes con Menz en la estancia, embebida cada una en los gestos de su contraria: los cuatro ojos recorrían con complacencia la parábola de las caderas, los pechos brotando de las costillas como dos oteros, el borrón vegetal entre las ingles. El espectáculo tuvo fin entonces; la bata roja cayó sobre los hombros de las dos muchachas y quedó anudada con furia en sus cinturas. Existía todavía algo que reclamaba la atención de Cloe desde las profundidades del espejo: ella observaba atentamente el líquido de sus ojos. En ese instante Andreas Menz supo que había llegado el momento de intervenir.

—Cloe Arimalfi —dijo, y la chica se volvió.

La chica se volvió, instintivamente, sin preocuparse de ocultar el pecho que el forro de la bata había dejado al descubierto. La lámpara del dormitorio se había encendido de repente, un hombre la contemplaba desde el canapé del rincón, el hombre parecía cansado, un bigote blanco le dividía el rostro, una pajarita con lunares se burlaba de él desde el cuello de la camisa. Cloe no pareció asustarse; sus labios se combaron en una sonrisa diagonal y contempló con compasión la gabardina sucia de nieve del intruso. El pobre diablo ni siquiera se había ocupado de despojarse de ella y evitarse un resfriado.

—¿Cuánto tiempo lleva ahí mirando, inspector Menz? —preguntó.

—El suficiente —Menz expulsó todo el aire retenido en sus pulmones en una amplia exhalación—. Sólo venía a charlar un rato contigo para que me explicases algunas cosas. Así, como amigos. Por ejemplo, por qué te haces pasar por quien no eres.

El pecho de Cloe regresó al fondo de la bata. Menz padecía una molesta sensación de inferioridad frente a la longitud de sus piernas: en cierto modo, la belleza y la juventud de ese cuerpo de mujer ya le habían vencido. Quiso continuar hablando y tropezó en una tos. Después de aclararse la voz, vaticinó:

—Cloe Knarbakk no existe. He telefoneado a la Universidad de Upsala y allí nadie sabe nada sobre ella. El profesor de Filosofía de la Decoración se llama Hokanson, Hakanson o algo por el estilo y tiene casi sesenta años. No te veo en el papel.

El bolso de Cloe había quedado sobre la cama, junto a la chaqueta que se había desabrochado primero. Hurgó durante unos instantes en el interior, atrapó un paquete de tabaco sin desprecintar, siguió buscando. El espinazo de Andreas Menz se tensó cuando sus ojos divisaron un objeto metálico naufragando entre una barra de carmín, un pequeño espejo de mano, una pluma; era el encendedor: Cloe lo usó luego de colocarse un cigarrillo en los labios y humedecer lentamente la boquilla con el dorso de la lengua.

—No tienes que hablar si no quieres —continuó Menz, al que el silencio incomodaba como un insecto—. He sospechado de ti desde el principio, por motivos que resultan algo difíciles de explicar pero que son muy elocuentes. Y no me he equivocado. Quién podía ser esta muchacha que no responde al nombre con el que se presenta, conoce con tanta precisión la historia de los espejos y los detalles familiares de los Castrovalva y habla un alemán adulterado por un acento difícil de precisar. El conde Arimalfi tenía una hija a la que se negaba a recibir, una hija audaz, emprendedora y sin muchos escrúpulos, con la que le había enemistado la ambición y la codicia de ella.

—¿Todo eso se lo dijo él? —rió Cloe—. Al menos ha atemperado un poco el nivel de sus adjetivos. Antes eran más sonoros.

La cabeza de Menz giró en dirección a la cama.

—¿Te vas de viaje? —dijo—. Tienes la maleta muy bien ordenada. Seguro que no le has dicho nada al bueno de Gustav. ¿Vas a reunirte con esa persona a la que acabas de llamar por teléfono?

Los ojos de Cloe examinaban ausentes la maleta abierta, como si tratasen de entender qué hacía allí; sus labios expulsaron con rabia el humo tras aspirar la boquilla del cigarrillo. Dio un par de pasos por la habitación, tomó asiento en la esquina de la cama que consideró más propicia. Sus piernas se cruzaron bajo la falda de la bata, revelando a Menz las rodillas y los muslos: parecía querer ofrecer las sinuosidades de su cuerpo como garantía de inocencia. Olía difusamente a laca, a perfume, a algo más oscuro, a Menz le atraía y repelía a la vez, igual que el espejo que les vigilaba desde el rincón opuesto del cuarto.

—¿Por qué ha sospechado usted de mí? —quiso saber ella.

Menz bufó, los dedos de su mano derecha buscaron los de la izquierda y se abrocharon.

—Supongo que tienes derecho a saberlo —inclinó la frente—. Tú no eres culpable, nadie es culpable en realidad, todo forma parte de la gran mecánica de las cosas. Se trata de la simetría, señorita Arimalfi. Uno ve un semicírculo dibujado en la arena y tiende a completarlo con la ayuda de un palo. Uno ve el mantel mal colocado sobre la mesa y quiere equilibrarlo. Nos gusta concluir las melodías con un conjunto de notas que suenen definitivas, que nos den una sensación de figuras cerradas. Y la vida, me parece a mí, no es distinta de un dibujo geométrico o de una partitura.

Desde la primera frase, Cloe había sabido que aquel hombre no se hallaba en su sano juicio. Disimulando en lo posible el gesto de impaciencia que le afloraba a la cara, se esforzó por mostrarse interesada en su extraño discurso, que más parecía una excursión a tientas por un paraje que nadie podía reconocer, ni siquiera él: con la proverbial orientación de un ciego, daba bandazos de los espejos al infinito, de la geometría al porvenir. Tal vez, continuaba Menz, todo el mundo tiene un doble en alguna parte, tal vez la vida de cada individuo cuenta con un facsímil que la reproduce, que repite en otro lugar y otro tiempo, sobre otra carne, el mismo conjunto de signos. Y así, las vidas de dos desconocidos quedan imbricadas de un modo invisible, existe un secreto cordón umbilical que iguala el destino de dos seres, volviéndolos paralelos, equivalentes, idénticos. Es igual, se le ocurría a él, que la simetría de los espejos: también la criatura que imitaba sus visajes desde la frontera opuesta del cristal tenía arrugas en la frente, un ombligo y canas, y probablemente también a él le costara dormir o le gustara el color violeta. Los espejos, qué tremendo pleonasmo, qué monotonía. Todos los sucesos tenían lugar de nuevo detrás del umbral, la historia de la humanidad volvía a recomenzar con todos los trámites de sus guerras, traiciones, tratados y héroes; los agonizantes morían dos veces, el insomnio disponía de más noches para crecer, las estrellas duplicaban el infinito en el firmamento. Pero no, no se trataba sólo de duplicar: ahora el número de estrellas sería infinitamente infinito, porque en cada una de las ventanas que guardaba una alcoba o un cuarto de baño tendría lugar una prolija noche, con todas sus constelaciones y lucernarios. Desde pequeño, él se había hecho siempre la misma pregunta: si se coloca un espejo frente a otro, ¿qué es lo que se refleja?

—¿Ésos son los motivos que le hacían sospechar de mí? —interrumpió Cloe, molesta.

La voz de Andreas Menz estaba introduciéndose paulatinamente en zonas más sombrías, se volvía mecánica y tenue como si recitara una letanía. Once años atrás, aquel hombre demolido que ahora permitía que su gabardina manchara el canapé sobre el que se sentaba con restos de nieve era todavía un hombre que contaba con esperanzas e iniciaba su carrera en la policía. A decir verdad, jamás se había destacado por su decisión, pero su alma no era aún aquel abrigo viejo arrumbado en un guardarropa que sólo merecía vestirse para recordar antiguas ocasiones. Aunque le costaba encontrarlos a veces, existían motivos en su interior que le movían a preferir una cosa a las otras o a elegir la carne en vez del pescado. Bien es cierto que todo aquello de lo que podía enorgullecerse sobre su flamante mesa de despacho recién estrenada había llegado indirectamente hacia él, tomando complicados atajos, igual que regalos de un ángel de la guarda que buscara remediar las encrucijadas en que le colocaba su inopia. El cargo de inspector en la policía criminal de Berlín y el recital de medallas que constaba en su expediente le habían sido otorgados por el mismo golpe de suerte, aquel en que había desviado la trayectoria del fusil de un soldado, y todavía no sabía qué le había impulsado a interponer su mano. Durante algunos años, estuvo investigando casos sin importancia: el robo de una tonelada de piruletas en una fábrica de golosinas, la muerte de un faquir al que habían apuñalado por la espalda y, cierto, aparte de los de la Peznilkova y del anillo en la albóndiga, su caso estelar, el del asilo de Charlottenburg. Aunque se la tenía entre las mejores residencias para ancianos de toda la ciudad, cada vez desaparecían más internos; al final, Menz desveló con ayuda de un compañero que la dirección liquidaba a los inquilinos más decrépitos y se los daba de comer al resto. El director se jactaba de poseer uno de los negocios más autosuficientes del ramo, lo cual era cierto: se abastecía de sus propios recursos.

Un día, mucho tiempo después de aquello, murió Maximilian Ehrenstein. Era posible que el nombre resultara familiar a Cloe, el Servicio de Mudanzas Ehrenstein sobresalía sobre todas las firmas de la competencia en Berlín y sus extrarradios, y contaba con sucursales en Hamburgo, Dresde, Múnich y Frankfurt. Ehrenstein mantenía conexiones con el mundo de las finanzas, la cultura y la política; era un hombre afable, poco contaminado por la ambición que ensucia las carreras de otros en su misma posición, lo cual le había granjeado una reputación modélica. Murió un día de otoño. Trabajaba demasiado, no se resignaba a delegar sus preocupaciones en la cohorte de secretarios que le acompañaba a todas partes, padecía del corazón. El médico le había ordenado reposo y le había recetado unas cápsulas moradas que debían agilizar el tráfico de su sangre: Ehrenstein incumplió ecuánimemente ambos mandatos. Así que una mañana en que se encontraba en el despacho, un dolor tajante le taladró el pecho y lo derribó sobre su escritorio. Durante casi media hora, decían, estuvo forcejeando con los bolsillos de su abrigo en busca de la cajita de cápsulas que siempre llevaba consigo, pero aquel día no estaban allí: tal vez las había olvidado en otra prenda. Cuando llegó la ambulancia ya estaba rígido, y su boca, abierta, intentaba morder el aire de la habitación.

El cuerpo estatal de policía se encontraba entre los organismos que consideraron oportuno enviar un representante al sepelio de un miembro tan influyente de la comunidad: Menz fue el elegido. Nunca había presenciado un desfile tan copioso de personalidades y guardaespaldas; el cementerio Nikolai estaba prácticamente copado de abrigos oscuros, astracanes, perlas, charol y gorras de chófer. Tras la verja de entrada, habían sido abandonados docenas de Mercedes y BMW, como monturas descansando en el abrevadero. La viuda era una mujer joven, oculta por un velo, que lloraba espasmódicamente sobre la fosa sostenida por un anciano; Menz prefirió que la escena se despojase de abrigos y visones para aproximarse a presentar sus respetos. Recordaba que una media hora después del acto, la viuda se había quedado sola comprobando el grosor del aluvión de tierra que había sepultado a su marido, y el anciano en que se apoyaba momentos antes se hallaba detrás, dando instrucciones a un hombre con portafolios. La señora Ehrenstein secaba su nariz con un pañuelo de encaje, unos guantes de tul negro cubrían a intervalos el resplandor manzana de sus ojos. En cuanto se acercó a ella, antes de que pudiese abrir los labios, Menz intuyó que sucedía algo. No había visto jamás a aquella mujer, pero algo ardía en su interior, un sentimiento colérico que la tenía por protagonista y no lograba definir: era un entrevero de confusión, ardor, lástima, asfixia. Tartamudeando, Menz se presentó, alegó que venía en representación de la policía de Berlín y entregó su tarjeta. Cuando la señora Ehrenstein abrió el bolso para guardarla, después de las debidas gracias, una pequeña cajita se le cayó al suelo. Menz se agachó inmediatamente a recogerla: por un segundo, pudo presenciar las hermosas rodillas de la viuda, firmes y duras como debían de ser sus pechos. El contenido de la cajita se había derramado sobre el césped y la grava; era un grupo de pastillas moradas que la señora Ehrenstein reunió con apuro, colocando su rostro y su perfume a violetas a escasos centímetros de Menz.

—Lo siento —balbuceó ella con la voz llena de terror—. Soy tan descuidada.

La joven viuda y sus rodillas habían herido a Andreas Menz, habían infligido una marca dolorosa en alguna parcela de su cuerpo que resultaba difícil de concretar, pero que no debía de quedar demasiado alejada del corazón. Por eso aquel órgano acosado aceleró sus latidos hasta poner a Menz en serios aprietos la mañana en que ella le telefoneó al despacho.

—He usado el teléfono que usted me dejó en la tarjeta, señor Menz —dijo—. Quiero que venga a verme.

Vivía en Lichterfelde, en la versión reducida de un templo jónico, con frontones, columnas con acacias, fuentes, criadas y hombres de librea. Recibió a Menz en la salita del té, un país de butacas en el que reinaba desde un sofá de tres plazas, mientras luchaba por que la pudorosa falda negra disimulara el volumen de sus muslos. Ahora no existían velos que estorbaran su hermosura: los ojos manzana derramaban una luz pálida sobre los objetos que parecía poder prescindir de las lámparas y los astros. Luego de que la criada dejara una bandeja con refrescos sobre una mesa baja, la señora Ehrenstein ordenó que no fueran molestados bajo ningún concepto. Insistió para que Menz se sentase junto a ella en el sofá; cuando él pudo comprobar que aquel día se había rociado el cuello con el mismo perfume a violetas que la circundaba en el cementerio, la viuda le rogó que la llamara Elsbeth, que era su nombre de pila, y le preguntó qué podía hacer por él. Menz no entendía, la viuda sonrió. Estaba en su poder concederle grandes favores, su marido había sido un hombre influyente que gozaba de predicamento en todos los estratos de la sociedad, aunque algunos de sus defectos a veces oscurecieran el lustre de su imagen pública. No quería entrar en detalles, pero había ocasiones en que la señora Ehrenstein no hubiera lamentado que su marido se hallara en un lugar donde esos defectos no fueran tan molestos para los demás. Al ver que Menz seguía moviendo negativamente la cabeza, ella arguyó que tenía dinero. Pero Menz seguía sin comprender: por qué iba él a buscar dinero. En aquel momento, algo brilló en la mirada verde de la viuda.

—Entiendo —dijo pensativa—. Hay silencios que no se pueden pagar con dinero, tiene usted razón.

Al soltarse el pasador del pelo, una lluvia de espigas cayó sobre su chaqueta negra. Menz no pudo dar crédito a lo que estaba sucediendo hasta que sintió la boca de la señora Ehrenstein colisionar contra la suya, y el calor de sus pechos acosándole la corbata. Entonces comenzó un largo limbo en su vida que ahora, después de tantos años, encaraba como un vago espejismo, un entresueño dudoso que le había asaltado alguna noche antes de vencer el insomnio pero que no podía aceptar como un capítulo real del pasado. La felicidad tiene el inconveniente de poseer tal precisión que resulta ficticia: Menz no podía creer retrospectivamente en todos los besos que había liberado sobre los labios de Elsbeth, en la electricidad que sacudía su espinazo cuando invocaba su nombre, en el milagro de su cuerpo desplegándose sobre la cama de matrimonio de aquel templo de Lichterfelde Ost, la misma cama que compartía con el difunto y que Menz visitaba hasta tres veces por semana. El amor le había apartado con violencia de la realidad para colocarlo en un sucedáneo donde todo resultaba más confortable y suave: Elsbeth podía ser fría, podía mostrarse indiferente a su celo y a sus caricias, pero Menz se encontraba demasiado concentrado en su adoración para reparar en ella. Más que amar a Elsbeth, amaba sus alrededores; sus ropas, el hueco que dejaba en la almohada, el aroma a violetas, la voz y los ojos. Las formas seguían guardándose con escrupulosidad: el luto sólo se violaba en el dormitorio, no faltaban flores en la tumba del señor Ehrenstein, las reuniones benéficas constituían ocasiones que exigían una obligada asistencia. Es cierto que Menz nunca estuvo seguro de que ella le amara, pero, como el objeto de su pasión no era Elsbeth sino su simulacro, aquello no le inquietaba; tampoco se le pasó por el cerebro que ella podía odiarle, que quizá consideraba sus encuentros una burocracia a la que la forzaba algún oscuro compromiso que hubiera deseado rescindir cuanto antes.

A veces, Menz se presentaba en el templo jónico antes de la hora convenida y debía aguardar en la salita a que la señora regresase de sus compromisos benéficos; en esas ocasiones, una criada con las mejillas como dos manzanas asadas le sonreía compasivamente y le ofrecía vasos de limonada de una botella escondida en el mueble bar. Una noche, Elsbeth se retrasó más de lo habitual. La impaciencia no permitió a Menz ni siquiera probar la limonada: recorría la alfombra de la salita arriba y abajo mirándose el reloj, ante los suspiros de inquietud de la sirvienta. Uno de los jóvenes de librea entró en la habitación; traía la cara blanca, como los guantes que el servicio estaba obligado a usar los días de gala. La señora había sufrido un accidente: la había atropellado un camión y se encontraba en el hospital de Sankt Gertrauden. Antes de salir enloquecido a tomar un taxi, Menz desordenó el mueble bar en busca de algo más fuerte que la limonada que resucitara su estómago. Y lo encontró: una de las botellas de limonada contenía un líquido blanquecino y turbio, que al ser destapado emitió la tufarada a almendras amargas que desprende el cianuro. Había cantidad en el recipiente para matar a todos los miembros de la casa; sólo entonces sospechó Menz que su amor no resultaba a Elsbeth tan confortable como él se figuraba. El destino, que a veces pretende hacerse pasar por un autor ingenioso, se encargó del resto. Ella volvía de compras por la Königgratzer Strasse, cruzó la calle y un camión atiborrado de armarios se tomó la libertad de concluir su viudedad, junto a todo lo demás. El camión pertenecía al Servicio de Mudanzas Ehrenstein.

El aspecto de Cloe después de escuchar el relato no era mejor que si hubiera pasado la noche fuera de la habitación del hotel, dejando que el aguanieve le arruinara las ropas y la paciencia. Aspiró lentamente el tercer cigarrillo y entonó un suspiro al expulsar el humo con los labios abiertos. Los muslos seguían cruzados con firmeza sobre las sábanas, pero la fatiga le había desgastado la pintura de los párpados.

—¿Y por eso ha sospechado de mí? —logró articular, en medio de un bostezo.

—No sé qué vas a usar en vez de cianuro —replicó Menz—, pero es evidente que tampoco a ti te gusta la limonada a secas.

De la boca de Cloe volvió a volar aquella espantosa carcajada que Menz ya había presenciado en el café Bauer; el timbre de su voz al reír era similar al chirrido que produce un tenedor al rayar un plato, y durante un rato sobrevivió desagradablemente en los cristales de la habitación y el espinazo de Andreas Menz, que sentía escalofríos.

—Tiene usted demasiada imaginación, inspector Menz —sentenció ella, tras interrumpir con brusquedad su risa—. No me diga que supone que Wahlberg es su doble o algo así, su hermano siamés. Tantos espejos le han trastornado.

—¿Por qué has hecho la maleta? —respondió Menz, agrio.

—Usted tiene sus intuiciones y yo tengo las mías. Creo que el asesino ya no necesita quedarse en Berlín: se marchará a Venecia. Y yo voy a ir tras él.

—¿A Venecia? —Menz pronunciaba el nombre de la ciudad como una palabra en otro idioma, que fuera incapaz de traducir—. ¿Para qué?

Un cenicero de vidrio bogaba por la colcha, entre la ropa de la que Cloe se había desprendido al llegar al dormitorio y las correas de la maleta abierta. El cigarrillo que ella fumaba terminó su breve existencia en aquel cenicero, después de que Cloe se pusiera en pie, introdujera la mano izquierda en el bolsillo de la bata, estudiara con concentración el rostro del hombre de la pajarita mientras aspiraba el humo de la boquilla.

—Créame, inspector —con la pintura de la cara estragada, la joven parecía haber perdido parte de su ascendencia sobre Menz—, él continuará allí su búsqueda. En realidad, ese espejo no es más que el salvoconducto para llegar a otra cosa más importante, que el criminal lleva buscando mucho tiempo.

Los ojos de Menz devolvieron a Cloe la mirada de cálculo de un momento antes, esa mirada que parecía querer perforar las cosas aplicándoles tan sólo la intensidad de la vista.

—De acuerdo —repuso él, cansado—. Venecia, está bien. Pero creo que no es conveniente que una mujer tan hermosa como tú viaje sola. Además, tus amigos pecaríamos de descorteses si no insistiéramos en acompañarte. ¿No te parece?

Cuando Cloe se agachó con furia para rectificar algún objeto situado en el interior de la maleta, la sombra de uno de sus pechos escapó del batín.

Al menos quedaba el Golka, el sabor a fruta joven que parecía depurarle de todas sus cuitas y reponerle en aquel universo más fácil y cómodo que ocupaba décadas atrás. Al otro lado del biombo japonés del Polidor, Andreas Menz agitaba mecánicamente la copa con el líquido ámbar y lo conducía hasta sus labios siguiendo un rígido ceremonial: cada gota de aquel suero amarillo era valiosa como una perla. El camarero había acudido a interrumpir su liturgia ya dos veces, dispuesto a tomarle nota, pero Menz lo había ahuyentado con un ambiguo gesto de la mano; él no solía desobedecer sus rutinas, y sin embargo aquel día iba a comenzar su almuerzo más tarde que de costumbre. En realidad, aunque el Golka le otorgara ocasión de escapar hacia las fronteras más despejadas de su fantasía y acabara por dejar su cuerpo deshabitado sobre la silla a la vez que divagaba, se suponía que estaba aguardando algo y que debía permanecer alerta. Alzaba los ojos de la copa, encontraba al hombrecito atildado y somnoliento de la pajarita en el espejo del fondo, entronizado en un restaurante de cristal, luego giraba lentamente la vista hacia el entarimado que quedaba detrás del biombo, intentando identificar las coronillas de los comensales de la última mesa. Dos oficiales de la SA y uno de las SS conversaban con animación, haciendo dibujos en el aire con la estela de sus cigarrillos. El color de sus uniformes, pardo, negro, rojo y plateado, combinaba bien con las tonalidades crema de las cortinas, algo de lo que seguramente aquellos jóvenes rubicundos habrían estado orgullosos. Era el gerente quien les servía, el individuo escuálido y agotado con un elegante edificio de cabellos sobre las sienes; entre reverencias y sonrisas untuosas, recomendaba a los señores unos entremeses de paté y carnes ahumadas.

Menz sabía que no tardaría en encontrar lo que había ido a buscar al Polidor, además de su diaria botella de Golka, y pronto su intuición se vio refrendada por la puerta del restaurante que conducía al despacho interior: la pesada figura de Ion Eirescu brotó del dintel, se tambaleó sobre sus dos patas de paquidermo, consiguió desplazarse hasta la mesa en que conversaban los oficiales. Uno de los uniformes de la SA hizo el amago de ponerse en pie, la amenazadora mano de Eirescu lo aplastó en su sitio. Intercambió algunas risas y palmaditas en los hombros con los tres individuos, sus gafas de mica recorrieron los platos y las copas repartidos por el mantel con un gesto aprobatorio. Hasta que no ordenó al gerente que añadiera otro cubierto a la mesa de los señores, Menz no se decidió a ponerse en pie y a rodear el biombo. El oficial de las SS estaba explicando al propietario algún detalle de estrategia política que le exigía tornear el aire con las manos, como si estuviera dando forma a un ídolo; las explicaciones y el modelado se detuvieron en cuanto Menz llegó a la mesa y pronunció sonoramente las buenas tardes.

—Señor Eirescu, he estado esperándole —recitó—. ¿Podría hablar un momento con usted?

Los hombros de Eirescu lucharon por acomodarse la chaqueta sobre la espalda.

—Lo siento, inspector Menz —no se esforzaba en disimular su contrariedad—. ¿No ve usted que en este momento me encuentro ocupado?

—Sólo será un segundo, señor Eirescu. Tenga la bondad de sentarse conmigo en la mesa.

El oficial de las SS era un maniquí de cera con un matojo de cabellos amarillos sobre el cráneo y dos ojos grises que escrutaban a Menz con odio: no le gustaba que hubiera interrumpido de aquel modo tan impertinente su crucial explicación. Por eso cuando el inspector asió débilmente el codo de Eirescu con la intención de atraerlo hacia sí, el maniquí estrelló su servilleta sobre el mantel como si una cucaracha estuviera amenazando su plato.

—Señor —bramó—, ¿no se ha enterado usted de que el señor Eirescu no puede atenderle ahora? Haga el favor de marcharse y dejarnos en paz.

Eirescu enseñó las palmas de las manos.

—No, está bien, caballeros —intercedió en tono conciliador—. Discúlpenme un segundo, enseguida estoy con ustedes.

En la mesa de detrás del biombo, solitarias, aguardaban la botella de Golka y la copa vacía. Las narices del señor Eirescu no esperaron a que ambos estuvieran sentados y el camarero añadiera un segundo servicio: el aire brotaba violentamente de sus ventanas prestándole la fiereza de un búfalo a punto de embestir.

—¿Quiere decirme ahora qué es eso tan importante que no puede esperar? —rugió con rabia—. Tengo que cuidar mis relaciones, ¿sabe? Este negocio no vive sólo de las comidas.

La espalda de Menz se echó hacia atrás en la silla, intentando encontrar una pose de solemnidad.

—Ya —sonrió—. Supongo que iba a celebrar con sus amigos la aprobación de la Ley para la Erradicación

de la Miseria del Reich y el otorgamiento de plenos poderes al Führer, ¿no es eso? Se acercan tiempos en los que
parece conveniente arrimarse al calor de las esvásticas.

—¿Por qué no me ha visitado en mi casa? —replicó Eirescu bruscamente.

No tenía ocasión de ir hasta Dahlem, adujo Menz,
pronto debía emprender un viaje y el tiempo le escaseaba
más que nunca. Ésa era la excusa oficial que había ideado
para justificar el hecho de abordar a Eirescu en el restaurante, después de aguardar durante una larga media hora
detrás del biombo con la sola compañía de la botella de
Golka y sus ensueños. Pero la razón real de que eludiera la
visita al palacete de Dahlem era más tortuosa: a Menz le
inquietaban las tinieblas de los salones del rumano, sufría
sintiéndose acosado por los espejos que le vigilaban desde
las paredes, y, sobre todo, no quería volver a someterse a
aquellos ojos sin párpados que buceaban en la oscuridad
como dos ostras sin conchas. Una náusea casi sacudió las
vísceras de Menz al imaginar lo que el hombretón sentado
junto a él cobijaba detrás de la pantalla negra de sus gafas.

—Dígame —exigió—, ¿por qué es tan importan-
te el espejo de Chrysoras? Ha de existir algún motivo po-
deroso que convenza a los hombres de que maten por él,
y no me diga que es su valor histórico.

Las manos de Eirescu eran dos animales gruesos
y perezosos, independientes de los brazos que los sujeta-
ban a la mesa. Uno de los animales corrió hacia el opuesto y montó sobre él.

—Ciertamente, su valor histórico es enorme —carraspeó—. Se trata del primer espejo de cristal conserva-
do...

Menz lo atajó con un ademán de impaciencia.

—El espejo de Chrysoras sólo es el conducto para
llegar a otro objeto más valioso —sentó—. Y usted lo sabe.

El animal que salía de la bocamanga derecha de la chaqueta de Eirescu dejó la mesa y se internó en el bolsillo. Regresó al poco tiempo, con un paquete de tabaco que exprimió sin piedad hasta conseguir un cigarrillo. Necesitó la ayuda de su hermano gemelo para conducir el cigarrillo a la boca y prenderlo. Antes de proseguir con la conversación, Eirescu consideró necesario dejar que el camarero colocara la segunda copa sobre el mantel y se marchara; su voz se hizo más cauta y tenue, el torso se echó adelante sobre la mesa: ahora Menz litigaba más que nunca con su imaginación para no figurarse qué había detrás de aquellos cristales de mica situados a escasos centímetros de sus propios ojos.

—¿Quién le ha hablado de eso? —inquirió Eirescu, y aspiró el cigarrillo.

—¿Qué sabe usted? —respondió Menz.

La boca de Eirescu se arqueó hacia su barbilla, como si le disgustara el sabor del tabaco.

—Se trata de una vieja leyenda —susurró—, que se ha guardado en secreto durante siglos, porque así lo estableció el conde Tiberio de Castrovalva, dicen. Lo recordará: es el noble que encomendó a Chrysoras la confección del espejo que busca ese criminal suyo. No sé quién le habrá hablado a usted de esa leyenda, pero yo he tenido que invertir algunas sumas en arqueólogos y documentalistas para saber de ella. ¿Qué ha pagado usted?

—Yo he vendido mi alma —dijo Menz.

—Bien, entonces a usted le ha salido más cara —la sonrisa de Eirescu era costosa, como esas grietas que la geología tarda millares de años en dibujar sobre las rocas—. Al parecer, uno de los antepasados de Tiberio Maratea, el primer conde de Castrovalva, participó en las cruzadas del siglo XII. Un día, después de una batalla en una llanura de Palestina, la tropa encontró su caballo comido por las moscas y su armadura vacía. Estuvo perdido durante años, hasta el punto de que se le dio por muerto, pero regresó a su casa vestido con una barba que le cubría hasta los tobillos, como un anacoreta. Llevaba con él un objeto misterioso, un espejo en el que podían verse el pasado y el futuro y adivinar las cosas que sucedían a cientos de leguas de distancia. Se trataba, según la leyenda, del Espejo de Salomón, el mismo que Dios otorgó al rey de Israel para que se convirtiera en el más sabio de los hombres. El primer Castrovalva lo halló debajo de una torre, después de que un rinoceronte se le apareciera en sueños y le ordenase excavar aquella parte del desierto.

—¿Se está burlando de mí? —interrumpió Menz, alabeando levemente los labios.

—No, me temo que no —en el rictus de Eirescu no existía asomo de burla—: Por desgracia, hay demasiados cadáveres que impiden tomarse el asunto a risa. Por lo que parece, el espejo concedía a quien lo consultaba una sabiduría sobrenatural; pero a cambio se apoderaba de él, lo magnetizaba, se infiltraba en sus pensamientos hasta el límite de hacerle olvidarse de comer, asearse, incluso respirar: muchos de los condes de Castrovalva terminaron desquiciados o vieron a sus hijos perder sus facultades a causa de aquel objeto. Así, el conde Tiberio de Maratea decidió ocultarlo con el fin de prevenir más desgracias. Su primera intención fue destruirlo, pero temió que Dios se vengara de quien se atrevía a arruinar sus obras. Para esconderlo diseñó un complicado artificio que necesitaba, entre otras cosas, de un especialista en la fabricación de espejos. Hizo venir a Chrysoras de Constantinopla, lo instaló en la isla que la familia poseía en la laguna de Venecia, le pagó de un modo generoso, con oro y joyas: la labor del orfebre bizantino consistió en la construcción de una pieza de medidas muy estrictas, levemente convexa, cuyo cometido exacto nadie ha llegado a conocer con certitud. De alguna manera, ese espejo contiene la posición del otro, el Espejo de Salomón, en cierto punto de la laguna veneciana. El arzobispo Tiberio era un hombre pragmático: ordenó matar al orfebre una vez concluido el trabajo, para que no divulgara el secreto; pero antes él redactó una crónica en griego en la que se detallaba toda la historia.

En griego: el gentilicio arrastró hasta la memoria de Andreas Menz una reciente conversación que había mantenido en el andén de una estación de tren, con dos ojos negros como insectos y vagones que se deslizaban a la altura de sus zapatos. Gyorgos Agenópulos, el hipnotizador, era griego, y en el lote de pertenencias del conde que había adquirido Cappadocia & Reizenbaum figuraba un legajo de manuscritos en griego que él podría haber consultado y que podrían haber motivado que se lanzara a la búsqueda de aquella extraña reliquia. Menz dio un trago al Golka, sus labios se fruncieron, igual que siempre que se abismaba en sus cavilaciones: por un momento circularon por el cinematógrafo de su mente las imágenes de un hombre con bigote que realizaba pases magnéticos desde un escenario y de un cadáver con las piernas abiertas, descansando de la muerte bajo la sombra de un brezo. El cigarrillo ardió un poco más entre las mandíbulas de Eirescu y fue ejecutado contra el cenicero; las gafas de mica vigilaban con cautela la mesa donde permanecían los tres oficiales.

—Ese espejo es el Espejo con mayúscula —agregó el rumano—. Es un perenne objeto de codicia que justificaría toda clase de asesinatos. Por varios motivos. En primer lugar, los meramente económicos: piense en el precio que una pieza de esas características podría alcanzar en el mercado, dado su valor histórico o esotérico. Hay muchos millonarios excéntricos que no dudarían en cubrir un talón de ceros para poder enseñárselo a las visitas. Luego están los motivos filosóficos o religiosos, si podemos darles esa denominación: con que la pieza cumpla sólo una pequeña parte de lo que la leyenda promete, imagine qué podrá verse en el interior del cristal; figúrese por un momento el universo contenido en un pequeño disco transparente, con sus selvas, sus torres, el corazón de los colibríes, los cerros de la cara oculta de la luna, usted y yo. Y hay también otros motivos —la voz de Eirescu se oscureció aún más, hasta que a Menz le costó encontrarla—. Escuche, inspector, usted sabe que la llegada de los nazis al poder no va a beneficiar a todo el mundo. Puedo decirle que existen planes, ocultos todavía, para convertir al pueblo judío en una raza extinguida. Todo esto es naturalmente confidencial y no debe salir de esta mesa, espero que me comprenda. Esos planes de que le hablo incluyen la fundación de un Museo de la Raza Judía, en el que se reunirán, como piezas arqueológicas, todos los artículos de una civilización desaparecida. Según mis informantes —la cabeza de Eirescu giró hacia la mesa de los oficiales—, los encargados de la organización de ese museo son altos mandatarios de las SS. Y no le oculto que un hallazgo como el Espejo de Salomón ocuparía un lugar destacado en su colección.

Cuando terminó de hablar, las facciones del rostro de Eirescu se endurecieron, como si una enigmática enfermedad estuviese convirtiendo en piedra sus huesos y la piel de las mejillas. Menz lo observaba con atención y a la vez trataba de columbrar el significado de las palabras que acababa de oír: las gafas del rumano casi estuvieron a punto de convencerle de que dialogaba con una estatua hueca, cuyo vacío asomaba por la negrura de los ojos.

—Hay un motivo que se le olvida —aventuró Menz—: El coleccionismo. Alguien también podría matar simplemente para poseer esa pieza única y sumarla a su colección de espejos y artefactos ópticos.

Aquella sonrisa geológica volvió a rasgar la piedra del rostro de Eirescu.

—Usted cree que yo estoy enredado de uno u otro modo en este ovillo que trata de destejer —dijo—. Pero por desgracia para usted, se equivoca. Yo no mataría por tener ese espejo en mi casa, se lo aseguro. Antes preferiría hacer un negocio ventajoso, tal y como sopla el viento de los tiempos.

Entonces miró de nuevo hacia la mesa de los oficiales, para devolver el saludo al hombre de las SS que alzaba una mano de cera.

Las montañas de Austria, blancas y azules, comenzaron a girar en los cristales del vagón y Menz sintió que debía cerrar los ojos. Viajar en tren, en cualquier tren, tomando la dirección de cualquier ruta, no era más que reiterar aquel viaje primigenio, el peregrinaje de tantos años atrás en que buscaba huir del recuerdo de Elsbeth, como si la muerte fuese una ciudad que pudiera borrarse con sólo partir de una estación. Ahora percibía de nuevo la comodidad de los sillones, la lasitud de las piernas olvidadas sobre el parqué, la cercanía casi física del futuro, que cambiaba los minutos por kilómetros y la esfera de los relojes por los mapas ferroviarios. Todo era como hacía más de diez años, el transbordar azaroso de tren en tren, la escapada, su sumisión a lo que decidiesen las locomotoras; y, también, era igual que aquel viaje que esperaba poder emprender algún día, un crepúsculo, en que otro vagón le conduciría hasta un país de romero, lavanda y tomillo en el que podría ser definitivamente feliz.

Por unos instantes, Menz recorrió un campo de trigo, bañado por el resplandor sedante del sol de primavera. El sortilegio cesó en cuanto abrió los ojos y contempló cómo la tormenta de nieve azotaba el cristal de la ventanilla; el convoy había aminorado la marcha porque estaban ascendiendo una ladera y las calderas apenas conseguían sobreponerse a la violencia del temporal. Al penetrar en la boca de un túnel, cesaron el invierno, la nieve y los montes y todo fue una compacta noche negra en que las ventanas mostraron el reflejo de Menz, el color rojo de la tapicería, la expresión abstraída de Wahlberg y el cuerpo de Cloe, que se ponía en pie buscando apoyo en un asidero. Menz giró la cabeza y la miró con desconfianza: la luz eléctrica del interior del coche le hundía los pómulos y arruinaba su belleza con una palidez mortuoria.

—No se preocupe, inspector Menz —sonrió ella—. No voy a fugarme. Sólo necesito ir un momento al lavabo. ¿Me da usted su permiso?

El tren salió del túnel y una llamarada de luz blanca paralizó a Cloe en mitad del compartimento, como el fogonazo de una cámara fotográfica. Se marchó hacia el pasillo riéndose entre dientes, con una versión menor de esa odiosa carcajada suya que estremecía los cristales que tenía a su alrededor. Cuando desapareció y quedaron los dos solos, Wahlberg se inclinó hacia Menz.

—Le agradezco mucho que se preocupe usted por mí —dijo Wahlberg, tratando de realzar la sinceridad que dirigía sus palabras—, pero creo que Cloe se ha ofendido un poco.

—¿De veras? —Menz apoyó un codo desganado en el saledizo de la ventanilla—. ¿Qué te ha contado?

Las manos de Wahlberg se encontraban apostadas sobre sus rodillas, una a la derecha y otra a la izquierda. Necesitaba mirarlas para proseguir hablando, como si existiera algún detalle en la piel o en las venas oscuras que las recorrían que pudiera hacerle recordar la necesidad de añadir algo. A Menz le pareció que inclinaba la cabeza para hablar igual que los niños que van a confesar una travesura a su padre.

—Me ha dicho que estuvo conversando con usted, que fue a visitarla al hotel. Me ha contado todo lo que usted le comentó, la historia del doble y todo eso. Ya sé que existen coincidencias asombrosas entre su vida y la mía, pero ¿cree realmente que debe llegar a ese extremo?

Menz lo miró con lástima: de pronto le resultaba más indefenso y pequeño que nunca.

—No, claro que no —mintió—. Disculpa.

Las cejas de Wahlberg dieron indicio de sorprenderse de la rendición de su compañero; había esperado más resistencia, tal vez porque en el fondo deseaba que lo contradijeran. Volvió a leer el dorso de sus manos para agregar:

—Ya sé que se presentó a nosotros con un nombre falso y todo lo demás, pero por lo que me ha contado no carecía de motivos. Sé que usted desconfía de ella, y yo le digo que no nos engañará. Sus razones para hacerse pasar por quien no es resultan contundentes, creo yo. Si quisiera podría haberse callado su historia, pero no lo ha hecho, y por eso confío en ella.

—¿Te ha dicho a quién telefoneó la noche en que fui a visitarla?

—Por supuesto —la sonrisa de Wahlberg recordaba la hendidura que la cuchara perpetra en un flan—. Llamaba a una vieja amiga de Suiza a la que hace mucho tiempo que no ve.

Años atrás, Cloe había estado trabajando en Berna, lo que explicaba su desenvoltura con el idioma alemán. Era ayudante de un doctor suizo que podría haber pasado a los anales de la historia de la ciencia de no ser por una concatenación de desgraciados incidentes que lo habían precipitado en la miseria y el olvido. Encandilada por la clarividencia de su mente y las prodigiosas ideas que alumbraba con sólo empalmar dos neuronas, Cloe había caído en sus brazos: sí, durante un par de años habían compartido algo más que los laboratorios, una mujer de su temple no resultaba indiferente a las seducciones del intelecto. Se trataba nada menos que del doctor Ebentheuer.

—Toda una eminencia —remachó Wahlberg con convencimiento—, aunque a mí al principio no me sonaba. Claro que yo no estoy puesto en estas cosas de la medicina. ¿Le suena a usted?

—Tal vez, tal vez.

Después de ingratos lustros de experimentación y privaciones, Ebentheuer había logrado dar con una solución a ese inconveniente que asola a la mayoría de los hombres del mundo alcanzada cierta edad: a saber, la calvicie. Su método consistía en injertar pelo sintético, uno a uno, en los cráneos devastados por la alopecia. Se necesitaba una aguja con la que punzar los poros, y toda la amorosa dedicación de un jardinero para ir plantando cada nuevo cabello en la parcela de terreno en la que debía enraizar. El tratamiento era caro, pero seguro; el pelo no volvía a traicionar y el cliente podía marcharse satisfecho a la tumba con una melena sobre la coronilla que respetarían incluso los gusanos. Fue un éxito que catapultó a Ebentheuer a las primeras páginas de las publicaciones médicas: su prestigio y su cuenta corriente ascendían apoyándose mutuamente. Individuos que hasta semanas antes habían sido calvos de solemnidad, padres de familia que contemplaban con nostalgia los peines añorando mejores tiempos, conocían ahora una segunda juventud y paseaban sus rizos por los salones de sus amistades y conocidos. El material de que estaban fabricados los nuevos cabellos era un sucedáneo fino y resistente de la lana, que aprovechaban también las industrias de tejido; como único inconveniente, cabía objetar que resultaba fácil de inflamar, y que por tanto los usuarios debían esquivar prudentemente las hogueras y mantenerse a una distancia segura de los fogones y las chimeneas: hubo casos de incautos que habían llevado a sus hijos al circo y que habían tenido que salir huyendo con la cabeza convertida en una antorcha por aproximarse demasiado al escenario durante la actuación del tragafuegos. Aquéllos fueron los días de gloria de Cloe Arimalfi junto al doctor Gunther Ebentheuer. Pero toda felicidad tiene su fin, sobre todo si se cimienta en ese terreno traicionero y resbaladizo que es la estima de los hombres.

Los éxitos del doctor habían despertado los recelos del gremio de peluqueros, cuyo trabajo parecía ocioso en un mundo en que los cabellos no necesitaban de tijeras ni lociones; el recelo pronto se convirtió en ira, la ira se oscureció en odio. Una mañana, la consulta del doctor en Berna fue incendiada por unos desconocidos, y poco más de una semana más tarde el propio Ebentheuer falleció en turbias circunstancias. Al parecer, se había atragantado con el hueso de una aceituna de la ensalada mientras almorzaba en un restaurante, pero más de uno recibió con suspicacia la versión del accidente. Lo cierto era que los peluqueros deseaban erradicar de la Tierra todo rastro del sujeto que había estado a punto de eliminar su influencia y dejarlos en la estacada: comenzaron las cartas anónimas a los periódicos desprestigiando su obra, surgieron falsos pacientes que decían haber enfermado a causa de los injertos del doctor. En medio de esa caza de brujas, también Cloe debía caer; sin duda, ella conocía el trata-

miento de Ebentheuer y podía pretender volver a practi-
carlo en el futuro, por lo que lo más conveniente parecía
suprimirla. Aterrada, ella tuvo que poner a funcionar su
inteligencia para escapar del acoso. El apellido italiano que
rubricaba su pasaporte resultaba demasiado ostentoso, así
que decidió enterrarlo bajo un opaco nombre nórdico,
sueco para ser más exactos. Comenzó una peregrinación
por diversos países de Europa, siempre con la sombra de
sus enemigos en los talones, siempre con la angustia de ir a
caer en el cepo, y bajo su nueva identidad desempeñó diversos empleos en una ciudad y otra. Fue monitora de na-
tación en Copenhague, tradujo manuales de instrucciones
para gramófonos en Rotterdam, incluso redactó libros en
Braille con ayuda de una aguja en una editorial de Milán.
Finalmente, cansada de su huida, decidida a llevar una vida
más acorde con su prosapia, descubrió que necesitaba
hacerse rica y reparó en la oportunidad que le ofrecía el
espejo de sus antepasados. En busca de él, había llegado
hasta Alemania.

El final del relato de Wahlberg, lleno de titubeos
y circunloquios, casi había coincidido con el chasquido
que produjo la puerta del compartimento al correr. Antes
de volver a sentarse, Cloe equilibró el ala del sombrero gris
sobre su cabeza y alargó el borde de la falda hasta tocar las
rodillas. Su mano escarbó de nuevo en el bolso, del que
extrajo la pitillera y el encendedor; una sonrisa de ironía
onduló sus labios sobre el cigarrillo sin encender.

—Debían de estar hablando de algo importante
—dijo ella, expulsando el humo y dirigiendo la vista hacia
Menz—. No han abierto la boca desde que he entrado.

La nuca de Andreas Menz se retiró cómodamente
hacia el respaldar de su asiento.

—No —replicó—. No era nada interesante. En
realidad, estaba preguntándole a Gustav por qué se afilió

al partido nazi. Y él no me ha contestado todavía: ¿por qué lo hiciste, Gustav?

El paisaje nevado que se agitaba detrás de las ventanas parecía un asunto más apasionante para Wahlberg que las palabras de su compañero. Giró la cabeza después de un breve lapso, sus hombros se encogieron. Por un momento, Menz creyó que iba a necesitar consultar sus manos con la mirada para responder.

—¿Por qué lleva usted bigote? —se limitó a preguntar.

Los ojos de Menz no dieron indicio de haber apreciado la aspereza de la contestación de Wahlberg; se hallaban concentrados en el tórax de Cloe, en la chaqueta desabrochada a medias y el trozo de la camisa que respiraba debajo, ocultando dos suaves elevaciones. Cloe podría haber pensado que el inspector jugaba a comprobar el efecto de la gravedad y la agitación del vagón sobre sus pechos, rememorando la visión que le había deslumbrado en la penumbra de la habitación del hotel, algunas noches atrás. Pero habría quedado decepcionada: lo que recababa su atención era el bolso que ella mantenía abierto sobre los muslos, y en cuyo interior, igual que siempre, luchaban por conseguir una identidad sombras y pedazos de cosas. Menz intentaba adivinar en qué consistía uno de aquellos objetos; a veces creía saberlo, y entonces se esforzaba por reprimir su alarma palpándose la mandíbula con los dedos. A pesar de su brillo metálico, no podía tratarse de la pitillera, porque ella seguía empuñándola en la mano izquierda, entre el ante gris de sus guantes.

6. Un lugar húmedo donde viven ratas

El turismo tuvo que aguardar hasta que la marea se retiró de las calles: era la época de las aguas altas y media Venecia quedaba sepultada por el mar durante la noche. Para llegar hasta el antiguo Palazzo Castrovalva, situado al otro lado del Puente de Rialto, había que recorrer un prolijo laberinto sobre pasarelas de madera, habilitadas para que los viandantes pudieran salvar los riachuelos que habían suplantado a las aceras. La vieja gloria de los Castrovalva quedaba patente cuando se comprobaban las dimensiones del solar que su palacio ocupaba en la calle dei Botteri, detrás del mercado de Rialto; se accedía a él remontando la Ruga degli Speziali hasta el Rio delle Beccarie y atravesando frente al patio de la iglesia de San Giacomo, desde la que vigilaba un reloj esclerótico del siglo XV. El Palazzo Castrovalva había constituido la sede de la familia durante quinientos años, por lo que sus habitaciones habían sido testigos de todo el catálogo de maravillas y atrocidades que se asociaba al apellido desde la concesión del título de conde al primero de ellos, Ascanio de Maratea, en la época de la Segunda Cruzada. Cada uno de sus descendientes había ido embelleciendo y rectificando el edificio según sus preferencias particulares, y arquitectos, decoradores y orfebres de distintas épocas y procedencias se habían encargado de acrecer aquel monumento contradictorio, que se antojaba sobre todo un símbolo de la desunión que había arruinado a la familia.

El hecho de que el palacio supusiera un relicario de la vetusta aristocracia de los Castrovalva no había impedido al último conde, Ercole Arimalfi, venderlo para superar las estrecheces en que le habían sumido el ocio y las deudas. Eso había sucedido antes de la guerra, lo que daba una idea del tesón que Arimalfi puso en dilapidar su herencia; el nuevo propietario, un voluntarioso empresario de Padua, había eliminado todos los desacuerdos de las estancias interiores derribando tabiques y paredes y convirtiendo el edificio en un teatro. Sólo la fachada conservaba todavía algunos vestigios de la ornamentación original: el gran arco de entrada de silueta ojival y, sobre él, el escudo con la banda bajo una torre y la leyenda *Quaere subter me*. El resto anunciaba el destino final de la construcción; las vidrieras, los estucos, las estatuas de yeso apulgarado, la taquilla cubierta por una cancela revelaban que el palacio había pasado sus últimos años entre inquilinos menos nobles que los que lo habían fundado. Pero el tiempo es un niño maleducado, que destroza sus juguetes en cuanto se aburre de ellos: los años habían triturado el teatro con la misma indiferencia con que antes se había desprendido de las habitaciones interiores. Un cerco de alambre impedía la entrada por la puerta principal, el musgo y la retama asediaban las cornisas; a través de los cristales rotos de una ventana se adivinaba un interior atascado de escombros y gatos hinchados, que perseguían a las ratas a través de los numerosos sótanos de la ciudad.

El edificio estaba declarado oficialmente en estado de ruina, por lo que habría resultado imposible visitarlo de no contar con la colaboración del flamante Gianfalco Belbo, inspector de la policía de Venecia que había aceptado con entusiasmo sumarse a la investigación de Menz y Wahlberg. Era un individuo espigado, ufano de la elegancia de su traje, que paseaba desde la anchura de sus hombros como si fuera un maniquí en un escaparate; un bigote diminuto le recorría el labio superior como trazado a lápiz, sus dientes apretaban una boquilla de hueso en cuya punta oscilaba un cigarrillo siempre apagado. En cuanto supo que unos colegas alemanes le necesitaban para que les sirviera de guía a través de los tortuosos callizos de Venecia, enseñó con alegría su impecable colección de dientes y se declaró encantado. Sin quitarse el sombrero, había estrechado las manos de Menz y Wahlberg y había depositado un beso vaporoso en la de la señorita Arimalfi; luego se retiró un par de pasos, alzó el brazo y gritó, con un acento sorprendentemente apropiado:

—¡Heil Hitler!

Antes de la guerra, el teatro Bàccara había conocido una popularidad transitoria. El público solía acudir a la sala a presenciar las versiones de los clásicos de aventuras, sobre todo de Julio Verne, que la compañía sabía aderezar con el conveniente estrépito de explosiones, monstruos, máquinas de luz y sonido. Hubo funciones en que el lleno fue total: centenares de espectadores hacinaban la platea, los palcos, y algunos hasta se descolgaban del gallinero para presenciar los prodigios que tenían lugar en el escenario. Fueron los años de los grandes éxitos, en que para conseguir una entrada había que soportar hasta dos días de espera; *Veinte mil leguas de viaje submarino* y el *Viaje a la luna* de Cyrano de Bergerac cifraban la apoteosis del Bàccara, la edad de oro de la que toda aquella basura que ahora presenciaban los visitantes no parecía más que una burla sangrante. En la trastienda del escenario, adonde Menz, Wahlberg y Cloe siguieron a Belbo, aún se conservaba la momia de un enorme pulpo de cartón, junto con ropas de buzo mordidas por las ratas, fragmentos de la cuaderna de un barco, escafandras que pretendían ser de metal y en las que hasta el papel de aluminio se había oxidado. Belbo se encargó de que sus huéspedes comprobaran los estragos del tiempo exhumando todos aquellos residuos de una montaña de estuco derribado, revoque y yeso. A pesar de la tosquedad de ciertas consonantes y la torpeza de los giros, Belbo dominaba un alemán preciso: según relató, había tenido la oportunidad de aprenderlo durante los dos años que había pasado en un campo de prisioneros de Eslovaquia, adonde le habían conducido los austriacos luego de capturarlo en el frente del Isonzo, durante la guerra. Tras subir al escenario de un salto, comenzó a explicar algo sobre el enorme agujero que rompía el techo del teatro, bordeado de restos de vigas y ladrillos; la pieza que faltaba en el puzzle se encontraba en el patio de butacas, o en el vertedero salpicado de asientos que lo sustituía. Belbo tenía razón, aquel boquete recordaba de alguna manera a la claraboya del Reichstag recién achicharrado, pero Menz estaba ocupado en otro asunto para asentir a su comparación.

Había ido introduciéndose por la parte trasera del escenario, hundiéndose casi espeleológicamente por los corredores y habitaciones que nacían bajo el patio. En aquella zona el aire se encontraba saturado de polvo, y el olor a podredumbre se adhería al bigote de Menz dificultándole el avance. Descubrió un despacho ocupado por trozos de pared, en el que una lámpara de flexo se mantenía absurdamente en pie, entre las ruinas; desembocó en un pasillo flanqueado por camerinos, a los que daban acceso vanos sin puertas y goznes solitarios. Al intentar penetrar en uno de ellos, Menz fue asaltado por una riada de gatos que estuvo a punto de frenarle el funcionamiento del corazón: los animales cruzaron el arco de sus piernas y se volatilizaron entre los recovecos de las basuras. Durante unos segundos, Menz permaneció silencioso, detenido en la entrada de aquel camerino en el que sólo figuraba la peluca hecha jirones de una actriz que había querido ser rubia; lejos, como desde el fondo de una nave hundida, oyó las voces de sus compañeros, la voz melódica y grave de Gianfalco Belbo que proseguía sus explicaciones.

Al fondo del pasillo figuraba otra habitación ante la que se interponía una ladera de ladrillos desplomados: el techo, arriba, mostraba pornográficamente un interior compuesto de tuberías y de cables. Después de salvar el obstáculo, Menz se halló frente a una puerta desencuadernada que un candado pretendía mantener asida a la jamba con una lealtad ridícula. Por la ranura que quedaba entre el quicio y la madera, casi podía introducirse una mano: Menz se limitó a espiar y descubrió que aquélla era una de las pocas habitaciones supervivientes del palacio original. Era un cuarto estrecho, elevado, que transmitía el sofoco del interior de los ataúdes; arriba, en el muro izquierdo, existía una especie de tragaluz horizontal por el que accedía oblicuamente la luz del sol. Debajo del tragaluz, sobre la pared, tenía lugar un fresco en que a duras penas podían reconocerse casas, una torre, el seno de una cúpula. La humedad y las desconchaduras habían torturado la pintura hasta el punto de que Menz no logró discernir si ciertas manchas eran tejados o desprendimientos de la caliche. El suelo no resultaba distinto del resto de las habitaciones que había visitado: un museo de porquerías, mugre, botellas rotas, ladrillos, una muñeca con un brazo arrancado. Aunque no era muy dado a buscar alegorías, aquella sala le pareció a Menz una cabal ilustración del destino de los Castrovalva y del palacio entero. Tenía ante él una pudiente familia de la aristocracia reducida a desechos y sobras, después de pasar por convertirse en un espectáculo teatral. Regresó hasta el patio por un camino que en el pasado debían de haber recorrido condes, barones y graves personalidades y donde se habrían celebrado bailes y embajadas, el mismo que ahora servía para que las ratas concertasen concilios. Belbo seguía señalando el techo encima del escenario, observado por un público de polvo y butacas escoradas; debajo, por donde entraba la luz nublada de la mañana, un meteorito de yeso arrasaba las localidades de la platea.

—Durante la guerra, Venecia se convirtió en un infierno —aseguró Belbo, mordiendo su boquilla—. El frente estaba a pocos kilómetros al noreste, y podían oírse con toda nitidez las explosiones y los cañonazos. Para los austriacos era esencial amedrentar a la población, amenazar la ciudad: suponía un importante peso psicológico imaginar que la maravilla más valiosa del país pudiera quedar destrozada por las bombas. La flota italiana, fondeada en la laguna, tuvo que rechazar varias veces las incursiones de los destructores enemigos, y aun así alguno logró situarse casi a las puertas del Gran Canal. Los aviones silbaban día y noche sobre las azoteas, las salvas de los cañones situados en los Alpes hacían titilar las copas de los restaurantes. El Gobierno ordenó que los espectáculos no cesaran, para mantener el nivel de ánimo de los ciudadanos. Una noche de 1917, se representaba en el Bàccara *Los últimos días de Pompeya*. La afluencia de público no era la misma que en los años dorados del teatro, pero a pesar de ello la gente tenía ganas de olvidar la guerra y las privaciones y llenaba los asientos. En el momento en que erupcionaba el Vesubio, más o menos a mitad de la obra, una bomba austriaca cayó sobre el edificio, reventó el techo y arrasó el patio de butacas. Lo cierto es que la explosión se produjo en el mismo momento en que se suponía que el volcán debía comenzar a vomitar fuego, así que el efecto resultó tan extraordinario que la gente comenzó a aplaudir y a dar silbidos de entusiasmo. No fue sino hasta mucho más tarde cuando se dieron cuenta de que se trataba de un ataque, sobre todo cuando descubrieron trozos de brazos y de piernas ensuciando las tapicerías. Fue la última representación del Bàccara.

La frase final de Belbo quedó subrayada por una risita tenue y una presión de los dientes sobre la boquilla de hueso: al parecer, la destrucción del palacio le hacía mucha gracia.

Aquel sucedáneo de risa que tanto había molestado a Menz en el escenario del teatro parecía un atributo esencial de Gianfalco Belbo. Sus labios se encontraban siempre a punto de combarse, los dientes estaban dispuestos a asomar debajo del bigote sosteniendo la boquilla con el cigarro apagado, había algo que ponía siempre a Belbo al borde de una risa que no llegaba a formularse, como si sopesara una y otra vez el humor de un chiste que no acababa de convencerle del todo. Esa risa ahogada, en sordina, poseía una resonancia siniestra: a veces se antojaba un leve amago de tos o la respiración acosada de un asmático. A pesar de ella, o tal vez por su intermedio, Belbo resultaba un hombre atractivo, al que seguramente no sorprendía el interés de las mujeres por su figura de maniquí de grandes almacenes. Debía de pasar horas frente al espejo antes de salir de casa, rayando con pulcritud el cabello que coronaba el sombrero, peinándose el bigote, comprobando la caída de la chaqueta y los pantalones que exhibía por las calles de la ciudad como si su cuerpo se redujera a una percha dotada de movimiento. Quizá su profesión de policía sólo constituía un aderezo suplementario dentro de la gran pasarela que él confundía con el mundo, y para la cual elegía el costoso tejido de sus trajes y el estampado de las corbatas. En presencia de las mujeres desarrollaba una especie de cortesía pegajosa que le hacía afelpar la voz, asentir a cada comentario ajeno con una sonrisa y arrancar la boquilla de hueso de sus dientes para pasearla exquisitamente frente a su rostro entre el índice y el corazón de la mano derecha, con gestos de dejar su firma en el aire. Era la misma sonrisa confitada que dedicó a Cloe en el momento en que ella levantó el brazo y señaló a la laguna por encima del mantel, las copas de prosecco y la fuente que contenía las flores de calabacín con mousse.

—Allí se encuentra la Isola de Sant'Antioco —dijo ella, dando nombre a una sombra que ensuciaba la línea de las aguas—. Seguramente el nombre de isla sea demasiado generoso para ella. Es sólo un pequeño atolón que pertenece a los Castrovalva desde hace siglos, los mismos que lleva abandonado. Hay una ermita, de origen bizantino, creo, que ya apenas puede mantenerse en pie, pero que en su época tuvo que ser hermosa. Según la leyenda, bajo el altar murió Araulario, un discípulo de San Antíoco que llegó a Venecia luego de predicar el cristianismo por los Balcanes. El hecho de estar tan apartada y solitaria la hace idónea para trabajar sin molestias, sin que nadie espíe por encima del hombro lo que se está haciendo. Por eso Tiberio Maratea la eligió y situó en su cripta el taller de Emmanuel Chrysoras, el fabricante de espejos.

—¿Queda algo de él? —inquirió Wahlberg, techando los ojos con una mano para descifrar la lejanía.

—¿Del taller? —Cloe inclinó la cabeza—. No demasiado. Recuerdo haber visitado la isla de pequeña y ver basura acumulada en los rincones, paquetes de papeles con viejos apuntes, trozos de cristal y metal, algunas fotografías. Sí se conservan los hornos que los orfebres usaron para confeccionar el cristal, aunque deteriorados e inútiles. Después de Chrysoras, muchos otros artesanos aprovecharon las instalaciones para realizar su trabajo. El arzobispo Tiberio Maratea era un hombre escrupuloso, como creo que ya saben: estipuló muy severamente en el contrato que la labor de Chrysoras sólo tendría lugar en Sant'Antioco, a salvo de eventuales curiosos.

Desde el velador del restaurante de Fondamente Nuove en que estaban almorzando se dominaba una amplia panorámica del estuario y de la constelación de pequeños islotes que lo punteaban. Sant'Antioco constituía sólo una anónima mancha junto al horizonte, extraviada entre la estela del resto. La más próxima era San Michele, la isla del cementerio, una capa de ladrillo y crucifijos que convertía el gesto del enterramiento en un siniestro eufemismo: a Menz le parecía que los cadáveres volvían a la laguna después de cruzar la leve película de tierra en que se excavaba la fosa. Allí, en alguna parte, se encontraba la tumba de Richard Wagner, aunque sus huesos probablemente habrían servido desde mucho tiempo atrás para alimentar a los bogavantes y las ostras; Wahlberg se acordaba de Wagner porque era el compositor favorito del Führer. Una manada de nubes grises y negras avanzaba desde el norte, propulsada por el mismo vendaval que amenazaba con derribar el sombrero de Cloe y jugaba a ondular el mantel y las servilletas. La laguna transmitía ese mismo aspecto de desolación y olvido que las viejas ruinas, que los relojes oxidados: era como si la rocalla de islas que salpicaba el paisaje fueran fragmentos de un antiguo edificio que había quedado devastado y no se pudiera volver a reconstruir.

La idea de destrucción se hacía más persistente cuando se contemplaba la silueta de aquellos objetos que singlaban entre los atolones, lentos y pesados como ballenas muertas. Una cadena de buques de guerra y lanchas militares cortaba la salida al mar; los cascos eran del mismo color de la ceniza, igual que las nubes que los sobrevolaban. A otro cualquiera le hubiera impresionado la grosería de aquella demostración de poder naval, pero Menz llegaba de Alemania, de la nueva Alemania del canciller Hitler, donde las pistolas habían alcanzado el rango meritorio de los poemas. En cierto sentido, Venecia le resultaba una provincia menor y mal cuidada del lugar del que él provenía, con sus jóvenes con camisas negras y sus brazaletes, las canciones patrióticas en un idioma lleno de vocales, los saludos imperiales con el brazo rígido y la mano en alto. No existía una frontera apreciable entre el culto al Führer y los ejercicios castrenses en las plazas más espaciosas de Venecia, los vivas al Duce impresos en los periódicos, la figura tosca de Mussolini montando a caballo con un casco negro sobre el cráneo y el brazo alzado en los murales, rivalizando con los *condottieri* de bronce que hacían guardia frente a las iglesias. Aquellos barcos estaban allí simplemente para demostrar que el Estado era todopoderoso, que la mano del Duce podía estorbar, si le apetecía, la lánguida soledad de la laguna y sus islas. Pero cuando Wahlberg preguntó por el objeto exacto de la invasión, Belbo ofreció una explicación más extravagante, que sonaba irremediablemente a excusa.

—Esa zona de la laguna se halla bajo control militar —dijo—. Se trata precisamente de la zona a la que pertenece la Isola de Sant'Antioco, además de muchos otros pequeños islotes deshabitados. A ustedes el acordonamiento tal vez les parezca una arbitrariedad del Estado Mayor, pero si se ha efectuado ha sido en realidad para proteger a la población. El Duce se preocupa por sus ciudadanos. Ahí debajo, a unos cuantos metros bajo la superficie, se ocultan los restos de un antiguo destructor austriaco, el *Carintia*. Ese destructor estuvo a punto de hacer honor a su nombre y arrasar la Piazza San Marco en 1916; afortunadamente, fue hundido por nuestra aviación sin que tuviera tiempo de realizar un solo disparo. El problema es que desde entonces permanece en el fondo de las aguas, con toda su carga intacta de torpedos, bombas y ametralladoras. Ha habido muchos accidentes por su causa: pescadores y buzos han estado cerca de la muerte después de pisar involuntariamente una espoleta. De modo que el ejército ha decidido tomar cartas en el asunto y va a hacer explosionar el barco de modo controlado, precisamente este viernes al amanecer, antes de que las calles estén llenas.

—Una solución drástica —consideró Wahlberg, que desde aquella mañana encontraba un íntimo placer en contradecir a Belbo—. Quizá resulte peor el remedio que el mal. Una explosión de esa potencia provocará grandes turbulencias en la laguna y puede ser muy peligrosa.

Los dientes de Belbo aprisionaron con vigor la boquilla de hueso; puso cara de haber escuchado una objeción sobre la elegancia de su corbata.

—No se inquiete, señor Wahlberg —su voz se cuidó más que nunca de respetar la pronunciación alemana—. Sí, es peligroso sin duda, pero ya se han tomado todas las medidas pertinentes. Se ha ordenado el toque de queda en la ciudad y nadie tiene permiso para salir de su casa más tarde de las nueve. Es muy probable que muchas de las pequeñas islas queden anegadas. Por eso tenemos que visitar Sant'Antioco ahora: tal vez dentro de una semana haya dejado de existir.

Los ojos de Cloe se volvieron con melancolía hacia el estuario, rastreando la lámina azul en busca del borrón que había señalado al principio; seguramente la entristecía saber que iba a esfumarse de los mapas el último trozo de tierra que había resistido a la codicia de sus antepasados.

El viento soplaba con violencia encima del atolón circular de Sant'Antioco, infiltrándose en los oídos y esforzándose por desbandar los cabellos de los cuatro visitantes, que tenían la impresión de encontrarse encima de la tapadera de una olla a punto de hervir. La lancha que les había conducido hasta aquel satélite último de la ciudad se bamboleaba entre las maderas podridas del embarcadero, bajo la mirada de desconfianza del taxista; era un hombre fabricado sobre un solo bloque de carne, sin cuello, que dividía su preocupación entre la posición del vehículo recién amarrado y el tamaño de las nubes que techaban la tarde. Por un momento podía pensarse que el orden se había invertido y que el cielo estaba plagado de islas, enormes archipiélagos de cordilleras oscuras y gruesas: igual que los buques de guerra, aquellas islas grises navegaban despacio, amenazadoras, ocultando la luz del sol.

La Isola de Sant'Antioco se hallaba levemente abombada en el centro; sobre el montículo que marcaba el punto de mayor convexidad luchaba por mantenerse en pie un acopio de piedras viejas recomidas por la humedad y el salitre, que componía la figura de una iglesia con ábsides. La isla era pequeña: cabía dentro de una breve mirada de noventa grados. Hasta la iglesia, el suelo se rompía en una promiscuidad de hierbajos, pedruscos, flores aplastadas que disimulaban el inútil resto de un camino de losas. Tiempo atrás, una puerta debió de interrumpir el acceso al edificio, pero ahora sólo quedaba de ella el testimonio de unos goznes huérfanos. Lo primero que les recibió al franquear el umbral fue una oscuridad contaminada de un olor repelente, el hedor del agua estanca. Un paso más adelante, sus rostros entraron en intersección con el hilo de luz que lanzaba una aspillera y una tormenta de palomas estalló en el suelo buscando la salida. Del altar quedaba apenas una especie de dolmen escorado; la bóveda conservaba recuerdos de un remoto esplendor bizantino: tres personajes verticales flotaban de lado a lado del gran círculo de piedra, con los pies y los faldones de los mantos devorados por una hambrienta desconchadura de color pardo. La humedad que imperaba en el recinto no tardó en entorpecer las articulaciones de Menz: sus rótulas no eran tan desenvueltas como antes, una molesta capa de moho les impedía girar del todo. Bajo la clave de la bóveda, un manto de porquería, caliche y excrementos de pájaros parecía ocultar una lápida. Menz lo deshizo con la punta del zapato y descubrió una calavera y dos llaves grabadas sobre un rectángulo de mármol; ocho líneas en latín identificaban al inquilino de la tumba: HIC. IACET. EMMANUEL. CHRYSORAS. EPHESIVS. MIRABILIVM. OPIFEX. TIBERIVS. CASTR. DEDICAVIT. IN. ANIMAE. SVAE. AETERNAM. QVIETEM. HIC. TVMVLVS. AMEN. AD. MCDLXVI.

Su ignorancia le impedía penetrar el significado de aquella lengua tan muerta como la piedra que le servía de soporte, pero reconoció los nombres y eso bastó para hacer que sus cejas se arquearan. Cloe detectó el gesto, dibujó la mitad de una sonrisa; el viento la había obligado a despojarse del sombrero y las crenchas de pelo rubio se le derramaban hasta las orejas.

—¿No se lo dije? —exclamó—. Chrysoras estuvo trabajando en esta isla los últimos años de su vida y también se quedó aquí a descansar para siempre. Es su tumba. Parece que no viene mucha gente a traerle flores, ¿no es verdad?

La boca de Cloe se abrió para mostrar el lodo que le ensuciaba los dientes y aquella estridente carcajada suya salió a volar hacia la bóveda; en el espacio cerrado de la ermita, distorsionado por el eco, el sonido resultó más violento, cruel, hiriente. A Belbo no parecía disgustarle: había decidido secundarla con esa especie de tos fúnebre que él confundía con el acto de reír. Una estrecha escalera de caracol se internaba en las profundidades de la iglesia, hacia la cripta; había sido construida para niños o enanos y sólo podía descenderse en fila de a uno, con la espalda descervigada y los pies tanteando la posición de los escalones. La cripta respetaba la misma planta de cruz griega del piso superior: era una amplia estancia de techo bajo, en la que tenía lugar un bosque de pilares. Cuando Belbo, que abría la marcha, colocó el zapato en la primera de las baldosas, hubo otra explosión y una docena de pájaros se precipitó hacia los tragaluces, cuatro o cinco ranuras que desde el borde del techo bañaban el recinto con una luz azul y fantasmagórica. Hasta que no se acostumbraron a la debilidad de ese resplandor, los ojos no lograron funcionar con nitidez y era peligroso confiarse a ellos; los olores se mostraban mucho más insistentes que las imágenes: el olor a polvo, a humedad, a metal corrompido. Cumplido el plazo de la ceguera, pudieron descubrir que la cripta no contenía nada, aparte de las columnas, la unánime pátina de mugre que era la estela de los siglos y la ruina tatuada de agujeros de lo que podía interpretarse como un horno. De pronto, el hedor de la cripta se vio alterado por una fragancia caliente, densa: al volver las cabezas, todos descubrieron que Cloe acababa de encender un cigarrillo y que se paseaba por la sala trazando garabatos de humo en el aire, mientras su mano libre se escondía en el armiño.

—Éste era el taller de Emmanuel Chrysoras —anunció, con un gesto de guía turístico—. Hasta hace poco, estuvo atestado de enseres, papeles, instrumentos. Pero, finalmente, el conde Ercole Arimalfi sufrió un repentino ataque de higiene y decidió limpiarlo; todos los objetos que contenía se subastaron en Suiza, según ya saben —se detuvo de repente y observó con atención los rincones vacíos, como si acabase de reparar en que allí no había nada—. Estoy segura de que ni siquiera sabía qué era lo que vendía.

La Isola de Sant'Antioco era mal lugar para esconderse: la ermita y el resto del atolón se exploraban hasta el último resquicio en menos de un bostezo. Al salir del edificio, la vista de Menz chocó de nuevo con las aguas del estuario, la inmensa mole varada de San Michele a la izquierda, y las Fondamente Nuove en la lejanía, igual que un caimán dormido en la orilla. Despacio, como cuchillas, los cascos de los barcos militares rajaban la superficie, y algo más cerca, a cien o doscientos metros, una lancha a motor con cuatro ocupantes trazaba circunferencias alrededor de la isla. La embarcación parecía negra, no se divisaba bandera, la tripulación se componía de cuatro manchas borrosas; pasaba por delante de la fachada de la ermita dejando un encaje blanco en la laguna, en el momento de ir a virar hacia el sur y la ciudad tomaba la ruta inversa y circunnavegaba el punto en el que Menz estaba apostado. Se lo hizo notar a Belbo y el italiano entornó los ojos para tratar de divisar mejor la silueta del vehículo.

—¿Es una lancha militar? —inquirió Menz.

—No —contestó Belbo sin esconder su incomodidad; durante un largo lapso de silencio se limitó a masticar la boquilla—. Se trata de una lancha privada, y no sé cómo ha conseguido burlar el control militar.

No era difícil, pensó Menz: también en Alemania los militares, como cualquier funcionario, tenían un precio. Cloe y Wahlberg salieron poco después de la iglesia, tomados del brazo, seguramente ensayando la ceremonia de su boda; como para hacerles la situación más verosímil, un fogonazo blanco estalló en la lancha que giraba: se trataba del flash de una cámara fotográfica. Aquélla fue una de las dos únicas ocasiones en que Menz presenciaría cómo Gianfalco Belbo encendía un cigarrillo; el pulso le traicionaba al acercar el fósforo a la punta de la boquilla y la angustia resultaba difícil de disimular en el apresuramiento con que aspiraba la primera bocanada de humo.

La noche crecía lentamente sobre Venecia, como la marea que poco a poco iba desbordando las orillas de los canales y se apropiaba de los callejones y las plazas. Siguiendo un complicado mapa que parecía reproducir las bifurcaciones y encrucijadas de su cerebro, Belbo conducía a Menz a través del laberinto del barrio de San Marco, en dirección al hotel en que había tomado una habitación, frente al canal de San Lorenzo y la iglesia de San Giorgio dei Grieci. Un pudoroso reparo le había impedido compartir hotel con Wahlberg y Cloe, y había dejado que ambos se alojasen solos en un establecimiento de la otra punta de la ciudad donde podrían compartir sus caricias sin soportar la suspicacia de un extraño: Menz sabía que, de haberse quedado con ellos, no habría logrado resistir el tábano de la sospecha y habría estado observando perennemente a Cloe con esa curiosidad morbosa con que se espera a que la araña devore al insecto que ha enredado en su tela. Una señal de alarma seguía palpitando en alguna parte de él, en cierto recoveco de su corazón o su cerebro, pero prefería acallarla alejándose y dirigiendo sus pensamientos en otras direcciones: el destino, que a veces carece de la paciencia de los buenos autores, no tardaría en refutarle o mostrarse de acuerdo con sus recelos.

Igual que las aguas que los rodeaban, el cielo fue volviéndose un plasma violeta, luego gris, y luego quedó ensuciado por una película de petróleo. Las farolas sólo destellaban en los canales más amplios y las plazas; los callizos que se internaban en las profundidades de la ciudad como túneles de hormiguero permanecían encerrados en una perfecta oscuridad. Previendo que el sentido de la orientación de Menz no iba a ser un rival a la altura del urbanismo de Venecia, Belbo había decidido acompañarlo hasta su hotel, y así se cercioraba también de que respetaba el toque de queda de las nueve. No había fallado en su vaticinio: después de girar en dos esquinas, penetrar en dos pasillos y atravesar dos puentes, Menz se encontraba absolutamente perdido y era como el niño que se deja conducir por su padre de la mano. A duras penas lograba entender que atravesaba una ciudad poblada y no las ruinas de una civilización muerta; en las calles sólo se percibía el ritmo de la pleamar que iba lamiendo la losa de las aceras, se habían cruzado con dos paseantes cabizbajos en todo el trayecto. Belbo caminaba despacio, como quien regresa a casa después de una juerga que se ha demorado hasta la madrugada; el sombrero atrasado hacia la coronilla, las manos en los bolsillos, la boquilla hurgando entre sus dientes, le daban el aspecto de un vividor obligado a vagar por las calles después del cierre de todos los bares.

—¿Qué están buscando exactamente? —preguntó con desgana, para llenar de algún modo lo que les quedaba de camino—. ¿A qué han venido a Venecia?

Menz marchaba a su lado; hacía rato que había desistido de intentar reconocer los rincones por los que pasaban y su mirada se hallaba concentrada en las puntas de sus zapatos.

—A esperar —suspiró—. Esperamos a que un asesino venga a por nosotros.

La lengua de Belbo chasqueó cuando él varió la boquilla de posición.

—Bueno —dijo—. Es un sitio tan bueno para esperar como cualquier otro. Al menos, pueden hacer turismo.

Sí, podían hacer turismo, salvo por el hecho de que Menz no consideraba Venecia un lugar demasiado atractivo para ello. Tal vez no estaba dotado de esa sensibilidad que hacía a los turistas entusiasmarse con los monumentos y las góndolas, él no entendía de arte y las fachadas de las iglesias le resultaban farragosas prosopopeyas de mármol y escayola. El único turismo que concebía tenía lugar en aquel valle soleado de su fantasía, donde podía embriagarse con el aroma del romero y el tomillo entre los campos de espigas. Por muy cruda que sonase la expresión, Venecia se reducía para él a un sitio húmedo donde vivían ratas: la constante cercanía del agua, el viento y los nublados le estaban devorando los huesos y convertían su reuma casi en un suplicio. Tantos callejones cruzados, tantos canales sin orden ni rumbo le recordaban los brazales de un vidrio roto, el árbol que se dibuja sobre la superficie de una ventana cuando la alcanza una piedra. De algún modo, aquella ciudad compartía las propiedades de los prismas, de los diamantes, de los objetos de cristal, también de los espejos. Todo era visible desde todas las perspectivas, igual que un teatro que contase con un número infinito de escenarios a la vez. Uno nunca estaba seguro de cuándo iba a ver o a ser visto: las calles, los balcones, los canales se espiaban unos a otros y el secreto era una cosa imposible como la certeza. Menz sentía miedo de sorprenderse a sí mismo, de descubrir su cuerpo y su cansancio frente a él al cruzar cualquier puente o doblar cualquier esquina.

Aquellos pensamientos eran difíciles y confusos como el camino que recorrían sus pies. Por eso Menz no se dio cuenta de que hacía mucho tiempo que habían dejado de hablar cuando sintió la presión de la mano de Belbo en su brazo. Entonces reparó en que se habían detenido en mitad de un callejón en tinieblas, al extremo del cual se entreveía la bruma de una plaza con un arco y un pozo. La cabeza de Belbo se ladeaba hacia atrás, en busca de un olor o de un sonido, su mano buceaba en el interior de la chaqueta tanteando la sobaquera donde guardaba la pistola: la inquietud endureció los músculos de Menz y sintió que su mandíbula era una cosa rígida, como si le hubieran amortajado.

—Escuche —ordenó Belbo—. Cállese y escuche.

Menz no pensaba hablar, y aunque hubiera deseado hacerlo no habría podido; sólo después de soslayar el ritmo de la circulación en sus oídos, logró detectar un goteo de pasos al fondo del callejón, detrás de ellos. Quiso intercambiar una mirada de alerta o complicidad con Belbo, pero los ojos del italiano seguían enfrascados en la nada. En cuanto el goteo cesó, Belbo volvió a ponerse en marcha y arrastró a Menz dolorosamente del brazo. Se detuvieron un poco más adelante, la cabeza de Belbo giró otra vez y sus ojos se perdieron de nuevo en un rincón: los pasos chasqueaban durante unos segundos en las baldosas de la calle y se detenían. En el momento en que Belbo empequeñecía la voz y la aproximaba a la oreja de Menz, él supo que su aliento olía a tabaco, a pesar de que le había visto fumar una sola vez.

—Nos están siguiendo —reveló.

Durante los instantes siguientes permanecieron los dos quietos, en silencio, tratando de medir las consecuencias de la frase de Belbo, o buscando sorprender la respiración de la oscuridad, ese tercer inquilino que ocupaba la calle junto a ellos. No oyeron nada. Con un gesto brusco, Belbo se tocó la axila y en su mano se materializó un objeto brillante y pesado: era una Beretta automática, recién engrasada, ante la que el corazón de Menz volvió a retumbar.

—Va usted armado, ¿no es así? —dijo Belbo.

—Sí —respondió Menz con temor.

—Vamos a darle una sorpresa a nuestro amigo —la boca del italiano se aproximó a Menz hasta entibiarle la mejilla—. Continuaremos caminando adelante durante un trecho, cuando yo se lo indique retrocederemos y correremos hacia el punto de donde provienen los pasos, ¿me ha entendido?

La cabeza de Menz practicó un leve asentimiento, su mano exploró el flanco de su cintura y sostuvo la vieja Mauser, aquel armatoste frío y voluminoso que le había acompañado durante tantos años de servicio sin servirle de mucho. Con lentitud de cadete la fue amartillando, le sacó el seguro, deslizó el índice sobre el gatillo. Podía contar con los dedos de una mano las veces que había tenido que usar su pistola en todos sus años de carrera, y verse ahora, en mitad de la negrura del pasillo, con aquel aparato amenazador dentro del puño, le provocó una punzada de aprensión. Moviendo teatralmente las piernas, Belbo avanzó tres pasos, Menz lo siguió: tras la última curva del callejón, se entreveía la soledad de una farola y la mitad del arco de un puente. Por lo demás, Menz no tuvo ocasión de comprobar si el fantasma había continuado haciendo chocar sus pies contra el empedrado; antes de que pudiera saberlo, Belbo soltó un silbido, giró hacia las tinieblas y echó a correr. Menz fue tras él.

La calle era estrecha y no les permitía desplazarse uno junto a otro; siguiendo el sombrero de su compañero, con el olor a salitre adherido al bigote, Andreas Menz creía descender, como si recorriese una rampa que le conducía al desagüe de un embudo. Al sentir la percusión de la sangre en las sienes y el metal gélido de la Mauser en los huesos de los dedos, pensó que todas estas peripecias le cogían demasiado viejo. El goteo que habían percibido momentos atrás se había convertido en un rápido tableteo de ametralladora: el desconocido que remontaba la calle tras ellos huía ahora en dirección contraria. En algún momento la oscuridad se convirtió en luz, ascendieron tres escalones, pasaron junto a un pretil, saltaron tres escalones más de un modo que torturó los tobillos de Menz; siguió más oscuridad, un nuevo corredor que desembocaba en otro en ángulo recto, una puerta con un llamador de bronce en forma de compás, una plaza en cuya farola orbitaba una familia de polillas. De pronto, Belbo torció el rostro y jadeó, sin detenerse:

—Ha tomado un callejón que gira y vuelve hacia la derecha —reunió aire—. No tiene salida, es nuestro. Yo seguiré tras de él y usted lo atajará por allí, Menz.

Menz obedeció, giró noventa grados y se zambulló en un pasillo aún más oscuro que aquel del que procedía. La circulación y los pulmones le protestaban ruidosamente en todo el cuerpo para que se detuviera, pero él tenía que continuar. No veía nada; por un momento temió haber equivocado el rumbo, haberse introducido en un callejón sin salida, estar a punto de colisionar con el muro que cerraba el camino. Pero lo único que se interponía en su carrera era la niebla y las sombras, que a él se le antojaban más compactas a medida que avanzaba. Cuando paró un momento a recabar aire, entendió que algo viajaba hacia él desde el lado contrario de la calle, un animal acorralado que pisaba charcos y resollaba. Separó las piernas, aferró su Mauser con las dos manos y apuntó con cuidado a la oscuridad.

—¡Alto! —gritó en alemán, no se sabía si a Venecia, a la noche, a su pánico.

Nada se detuvo: la noche prosiguió su avance, el agua siguió creciendo en las aceras y algo enorme y sólido se estrelló contra la mandíbula de Andreas Menz, algo caliente que olía a ajo y vino blanco. Oyó caer la pistola a unos metros de él, sintió la humedad del suelo en los hombros cuando se desplomó con la mitad del rostro insensibilizada por el golpe. Deseó gritar, pero la lengua se le había dormido en la boca; temió que aquel orangután o lo que fuese aprovechara su indefensión para agacharse sobre él y estrangularlo. No ocurrió: la sombra tenía prisa y no se detuvo a reparar en la patética escena que el inspector Menz componía rebozado en el barro del callejón, con la cabeza oculta entre las manos en un intento de defenderse de todos los monstruos de su infancia. El orangután debía marcharse; la penumbra le impedía calcular el lugar exacto en que había caído el inspector y una bota machacó pesadamente su mano izquierda a la vez que huía. El golpe despertó el viejo recuerdo de la mordedura de un perro en la piel de Menz, de una cicatriz fiel como el insomnio. Lo último que oyó antes de desvanecerse fue su propio grito de dolor: si su mano hubiera sido un abanico habría quedado reducida a un manojo de varillas rotas.

7. La última función del Bàccara

Cloe abrió el broche de su bolso, aventuró la mano en sus profundidades y extrajo un pequeño frasquito en forma de triángulo. El recipiente no era mayor que la uña de un pulgar, en todo caso no mayor que una de las uñas de Cloe, que paseaba en las puntas de los dedos una colección de abrecartas largos y lacados. Derramó el contenido del frasco en la copa de la izquierda, la misma con la que regresó a la cama y que tendió a Wahlberg después de permitir que él la besara y mordiera sus muslos. A continuación se sentó sobre los ovillos de las sábanas y miró fijamente a Wahlberg ordenándole beber: él obedeció, ella le acompañó dando un trago a su propio vaso. Tal y como sabía que ocurriría, el prosecco infundió a Wahlberg más ganas de jugar; deslizó su desnudez sobre la cama, forcejeando por desatar a Cloe el batín que cubría su vientre y sus pechos. Ella lo rechazaba dando manotazos, se ponía en pie, entonaba una de esas carcajadas suyas que hacían retemblar el vidrio de las botellas. La coreografía era siempre la misma: él aceptaba el vino que ella le tendía, bebían juntos, ella esquivaba sus ataques, él conseguía despojarla del batín y terminaban haciendo el amor sobre la alfombra o las butacas. Después, una copa más y la misma monotonía. Con el nudo de la bata intacto todavía, Cloe se retiró otra vez hacia el mueble bar para llenar las copas. Cuando regresó a la cama, la gravedad había hecho el resto y el nudo había cedido: Wahlberg pudo contemplar con su deslumbramiento rutinario lo que había luchado por descubrir. Pero antes de dejarse tocar, ella le ordenó que sostuviese la copa.

—¿Más prosecco? —se lamentó Wahlberg—. Creo que mi cuerpo ya es sólo un depósito de burbujas.

Cloe bebió un sorbo y se dejó caer sobre las sábanas, sin preocuparse de que el batín se deslizara hacia atrás y revelara todos los desniveles de su cuerpo. Había ensayado ese gesto de odalisca en muchas ocasiones, y conocía a la perfección el efecto que provocaba en los hombres que la adoraban.

—El prosecco es mucho mejor que el champán, querido —aseguró paladeando el líquido que acababa de introducirse en la boca—. Los venecianos lo empezamos a tomar en la tierna infancia y jamás nos separamos de él.

Cada vez que Wahlberg se volvía hacia la ventana, comprobaba que la lluvia seguía picoteando el alféizar; lejos, tras la pantalla de vaho y agua, se divisaban estribaciones de nubes y la silueta solitaria de un campanario. Llevaban todo el día dentro de la habitación, adormecidos por los radiadores, vaciando una a una las botellas que formaban hilera debajo del colchón, comiscando endibias gratinadas y risotto ai funghi, durmiendo largos trechos para reponerse de la gimnasia del amor. Pero, a veces, Wahlberg sentía el asalto de una urgencia difícil de definir: se veía como una cosa blanda y torpe, una especie de molusco que se dejaba resbalar sobre la comodidad de su concha y desatendía las tareas verdaderamente relevantes. Deseaba hacer algo, trabajar, ponerse en acción; temía que tanto vino y tanta desidia terminaran por macerarlo y no pudiera enfrentarse con decisión al asesino que habían ido a buscar hasta allí.

Porque habían ido a Venecia en busca de un asesino, sí, aunque por algún giro paradójico era a ellos a quienes tocaba ahora esperar y tuviesen que vigilar quién se atrevía a traspasar la entrada de la ermita de Sant'Antioco o la del teatro Bàccara. Wahlberg se encontraba agotado de no hacer nada: hasta el ocio puede resultar trabajoso cuando se le dedican demasiadas energías. Se dejó caer sobre la almohada, súbitamente vencido por el cansancio; el bordoneo de la lluvia en la ventana, la suave luz de cobre de la lámpara que se reflejaba en la piel de Cloe le sumían en una especie de somnolencia a la que era tan dulce abandonarse. No supo si soñaba, si las imágenes que contemplaban sus ojos entrecerrados tenían lugar en esa frontera entre la vigilia y el otro lado en que las sensaciones son tan resbaladizas como el coral. Tal vez Cloe se ponía en pie, recorría la habitación con la bata cubriéndole sólo los brazos y los hombros, como la sacerdotisa de un culto antiguo, tal vez tomaba un cigarrillo y lo encendía, y luego rebuscaba en el interior del bolso para rescatar un objeto pesado y metálico, algo que no podía ser la pitillera porque la pitillera permanecía abierta sobre el tocador, con varios cilindros de papel blanco en el interior. Tres golpes secos en la puerta de la habitación sacaron a Wahlberg de su estupor.

—¿La señorita Cloe Arimalfi?

Un botones con la cara bombardeada por el acné puso una bandeja delante de Cloe y ella tomó la tarjeta de color marfil que reposaba encima. Aunque acababa de anudarse a conciencia el batín sobre la cintura, el botones parpadeó con interés ante el ángulo de su escote. El cigarro ardía lentamente entre los dedos de Cloe, sus ojos estudiaron dos veces el mensaje de la tarjeta, sonrió. Al alzar la vista de nuevo hacia la puerta, descubrió que el chico seguía allí plantado.

—Aguarda un momento —dijo Cloe.

Quizás el botones esperaba que la hermosa señora de la habitación setenta y tres fuera a recompensarle con un beso en los labios o, mejor aún, desabrochándose la ropa para hacerle apreciar lo que ocultaba debajo. Con decepción, vio que la mujer regresaba con una copa de prosecco, que se vio obligado a apurar con una sonrisa y un gesto de la lengua. En cuanto el chico se hubo marchado, Cloe comenzó una apresurada búsqueda por la habitación; iba localizando sus prendas y las conjuntaba en un montón sobre la butaca, al tiempo que dejaba una voluta de humo en cada esquina.

—¿De quién es el mensaje? —preguntó Wahlberg desde la cama.

Pero Cloe parecía demasiado concentrada en su arqueología para escucharle: primero rescató la blusa de debajo de la colcha, luego las bragas, encontró el liguero junto a la manivela del radiador. De pronto, Wahlberg recordó un detalle.

—¿El botones ha dicho Cloe Arimalfi? —farfulló—. Creía que te habías inscrito como señora de Wahlberg, sobre todo para evitar preguntas inoportunas del conserje. ¿Quién te ha enviado ese mensaje?

Una vez recolectada toda la ropa, había que ir colocando cada pieza en su lugar correspondiente; Cloe se enfundó las medias, cerró los botones de la blusa y la falda, se anudó el pelo con el pasador, todo dejando huecos entre operación y operación para dedicar leves sorbos al cigarrillo. Sólo cuando hubo terminado de vestirse y comprobó su aspecto frente al espejo de pie que duplicaba la habitación y las sábanas, consideró que la interrogación de Wahlberg merecía una respuesta.

—No es nada, querido —dijo—. Un viejo amigo al que tengo que visitar. Termínate esa botella. Estaré aquí antes de que te des cuenta.

Besó a Wahlberg en la frente, él aprovechó su cercanía para aferrar salvajemente la blusa y palpar uno de sus pechos. Después de dedicar una de sus carcajadas estentóreas a la caricia de Wahlberg, Cloe desapareció; lo único que quedó de ella en la habitación fue un nostálgico entrevero de perfume y tabaco. Ahora Wahlberg se encontraba solo, desnudo y solo, con la lluvia y la luz marfileña de la lámpara que le invitaba a dormir. Intentó incorporarse. Cuando depositó los dos pies en el suelo se dio cuenta de que le costaba un tremendo esfuerzo mantenerse en posición vertical. La alcoba era un carrusel que no dejaba de girar, había insectos vivos en el bordado de las tapicerías, la nube de somnolencia que se había estancado en su cerebro se negaba a evaporarse. Lo que sí temió que se esfumara fue su cuerpo, esa cosa amarilla y escuálida que le sorprendió desde el espejo de pie apostado frente a la cama: apenas lograba reconocerse en esa criatura desvaída, indefensa, que parecía ir a deshacerse de un momento a otro, como el reflejo de una sombra en un charco. Algo había cambiado en su rostro o en su alma que los hacía desconocidos; pensó que el intruso amarillo era un impostor, que el espejo no se limitaba a imitar, sino que también mentía, que el otro más que su doble se antojaba su mitad. Aquella palabra, doble, llevó directamente a Wahlberg a acordarse de Menz, de quien no había tenido noticias en todo el día: suponía que seguiría recuperándose de sus contusiones en su hotel. Recordar a Menz y su convalecencia era recordar el motivo por el que no había querido compartir alojamiento con él, recordar sus reticencias hacia Cloe y las miradas de alerta que le dedicaba en cuanto tenía ocasión.

El trayecto que mediaba entre la cama y la butaca donde Cloe había arrumbado su batín constituyó una dolorosa prueba; Wahlberg osciló, se apoyó en los muebles, tuvo miedo de que la habitación desapareciera en el fondo de la niebla de su cráneo. La tarjeta de color marfil permanecía en el bolsillo izquierdo, donde ella la habría ocultado apresuradamente después de leerla, quizá con la intención de destruirla luego pero olvidándose de hacerlo. Los detalles más veniales de la rutina componían aquella tarde pequeñas y refinadas torturas para el alma de Gustav Wahlberg. Sostuvo frente a las narices la tarjeta, hizo un primer intento de descifrarla, tuvo que cerrar los ojos, volvió a comenzar; las letras bailaron en espiral un rato antes de fijarse sobre el papel verjurado. Lo primero que le sorprendió fue que el mensaje estaba escrito en alemán. *Señorita Arimalfi* —leyó a tientas—: *Entiendo que sólo usted puede proporcionar el merecido descanso a un viajero que ha cubierto muchas etapas desde Berlín hasta Venecia y está cansado. Como es natural, no dejaré su generosidad sin recompensa. Podrá encontrarme en el Casanova Café a partir de las ocho, y allí tendré ocasión de mostrarle mis respetos más efusivamente.* No había firma, pero la ira y los celos no necesitaron más atajos para precipitarse hacia el corazón de Wahlberg; la sangre le ascendía con violencia hacia las sienes y le calentaba las orejas.

Tardó más de veinte minutos en vestirse del todo, porque la molesta sensación de extravío le impedía encontrar sus ropas y calcular a qué parte del cuerpo correspondía cada una. Cabía la posibilidad de que cuando se introdujo en el ascensor, después de intentar inútilmente despejarse con ayuda del agua de la palangana y de tomar la pistola, hubiera confundido la posición de los botones de la camisa o el lazo de la corbata sin reparar en el detalle: y es que en el ascensor sólo logró concentrarse en el dolor que le provocaba el exceso de luces y bombillas. Se dejó resbalar sobre la pared de metal y vidrio y sintió un sudor frío helándole la espalda; pensó que había bebido demasiado prosecco. Dominó su desorientación lo justo para alcanzar el mostrador de recepción e inquirir dónde se encontraba el Casanova Café. El malestar había resumido para él al conserje en una cadena de reloj que dibujaba un semicírculo entre los bolsillos del chaleco y una dentadura larga y agresiva, en forma de tenaza. El Casanova Café estaba muy cerca, aseguró la tenaza, y de pronto apareció en el mostrador un mapa por el que una mano morena trazaba una línea. Era como si la mano tratara de escribir un mensaje a alguien muy lejano, en una caligrafía gigantesca y descuidada. Estaba muy cerca, oyó Wahlberg de nuevo, con la tenaza flotando frente a él: pero el conserje debía hacerle una advertencia.

—Recuerde, señor, que está en vigor el toque de queda —la cadena del reloj se cimbreó—. No sé si sabe que hay un barco austriaco en el fondo de la laguna que el ejército va a hacer explosionar al amanecer. No se quede en la calle.

Seguía lloviendo, aunque no mucho; el agua refrescó a Wahlberg y por un momento le apartó del pantano por el que erraba. Aprovechando el fugaz despertar, dobló un par de esquinas, trastabilló en un puente, estuvo a punto de chocar contra un individuo con sombrero hongo que le dedicó un insulto después de aspirar su olor a alcohol. Más tarde recordaría que había atravesado una plaza con un pozo y que se había detenido a tomar aire en un soportal con un león tallado en el dintel. Sin saber cómo ni por qué, de repente vio frente a sí un rótulo que decía: *Casanova Café*. Una escalera estrecha descendía hasta un subterráneo y una puerta con un ojo de buey, en la que Wahlberg detuvo su caída. El Casanova Café era una especie de bombonera sombría, con las paredes forradas de raso y terciopelo carmesí; los clientes del local parecían consumir sus bebidas en el interior de un estuche, como si fueran instrumentos valiosos que convenía proteger. A pesar de la escasez de la luz se adivinaban las pinturas con escenas de carnaval y máscaras, y el estrado al fondo sobre el que en aquel momento permanecía corrido un pesado telón rojo. Las personas sentadas en las mesas no estaban terminadas del todo; los rostros de algunas de ellas eran bocetos provisionales, había otros que sólo consistían en espaldas o colecciones de collares. Arrastrándose entre los veladores, Wahlberg contempló a un hombre gordo con esmoquin y bisoñé, que reía mientras observaba las sortijas que le suplantaban los dedos; también vio a dos muchachas tímidas con sombreros de lana que debían de ser mellizas y que le recordaron a la señorita Kliegl: bebían ambas del mismo vaso una sustancia turbia y lechosa. Más allá del sillón de tapicería color sangre sobre el que se dejó caer exhausto, divisó a un ser andrógino con gafas, que acariciaba a un perrito; sus uñas estaban pintadas y una espantosa nuez de Adán le palpitaba en la garganta.

Wahlberg había dejado de tener cabeza: la había sustituido un dolor penetrante, fiero, como una tormenta almacenada en un frasco. Le costaba reconocer las cosas, empezó a sufrir náuseas. Entonces sorprendió de nuevo al desconocido amarillo que había encontrado en su dormitorio del hotel, atrincherado tras una mesa, en un sillón que pretendía devorarlo como una flor carnívora; había espejos con marcos dorados levitando en las paredes, entre los cortinajes. El camarero, un individuo delgado y fúnebre con la mandíbula mal afeitada, se aproximó a la mesa de Wahlberg y preguntó qué deseaba. Pero lo único que él deseaba no podía otorgárselo ningún camarero: que alguien detuviese el local, las paredes y el mundo, que alguien obligase a la Tierra a dejar de rotar para que él encontrara a Cloe.

—Busco a una señorita —balbuceó en alemán.

El cristal de los espejos tembló cuando una risa aguda, que parecía el cloqueo de una gallina a punto de ser estrangulada, recorrió la sala. Wahlberg buscó trabajosamente el lugar del que la risa procedía y creyó encontrarlo en el rincón junto al estrado. El camarero volvió a preguntar con impaciencia qué deseaba el caballero. Dándose cuenta de que no sabía pedir nada en italiano, Wahlberg pronunció la primera palabra que le vino a la lengua:

—Prosecco.

También la cara de Cloe era sólo un resumen de ella, una reducción de su belleza a sus cuatro líneas maestras, pero a pesar de la luz pudo reconocerla con nitidez. Vio el sombrero, los guantes, la pitillera, vio al hombre con el que se había citado y que reconoció de igual forma. Recibió con una ola de repugnancia la idea de que aquel hombre, del que apenas distinguía con claridad los colores explosivos de la pajarita, fuese su amante. Se esforzaba por pensar, la tarea le era demasiado dificultosa; una niebla dorada, igual que el rielar del sol al reflejarse en un estanque, le forzaba a entrecerrar los párpados, una orquesta desafinada ensayaba dentro de su cabeza. En el momento en que el camarero le colocó delante la copa de prosecco, reparó en que estaba sangrando por la nariz. Dio un trago largo a la copa, contuvo una arcada, se puso en pie. Invirtió un lapso imposible en alcanzar la mesa en que Cloe y el hombre conversaban, y se desplomó pesadamente junto a ella, tomándola del brazo. Hablar constituía otro de los obstáculos que a duras penas podía superar. Miró al hombre, trató de agilizar su lengua para pronunciar:

—Usted es un miserable y esto acaba aquí.

Un objeto frío y sólido presionó la nuca de Wahlberg; incluso con el vértigo que distorsionaba sus sentidos, consiguió entender que detrás del sillón en que se sentaban había otro individuo que empuñaba una pistola.

—Buenas noches, señor Wahlberg —dijo el hombre de la pajarita con voz educada—. Permítame decirle que me alegro de verle. Para ser franco, las cosas están saliendo a pedir de boca. Pero me preocupa un poco su aspecto: ¿se halla usted indispuesto?

Wahlberg gruñó.

—Bien, por lo que he entendido tenemos un pacto, señorita Arimalfi —agregó el hombre—. Le ruego ahora que cumpla un último favor: telefonee al señor Menz, dígale que se reúna con nosotros y todo estará resuelto.

Antes de responder, Cloe dibujó su media sonrisa habitual; su guante izquierdo jugaba con un cigarrillo que no se decidía a encender.

—Dudo mucho que el señor Menz pueda ponerse al teléfono —objetó.

—¿De veras? —las manos del hombre se deslizaron sobre la mesa, donde reposaban dos vasos vacíos y un cenicero lleno—. No importa, prefiero que lo haga de todos modos. Así estaremos seguros.

Alzó dos dedos para llamar al camarero. Aunque Wahlberg hubiera querido interrogar los ojos de Cloe, invertía la poca energía que le restaba en sostenerse vertical sobre el respaldo del sillón. Hubo un momento en que casi se derrumbó sobre el cenicero y las copas: el rojo sangriento de la tapicería del local iba variando en su retina hacia el ocre, el añil, el negro.

Gianfalco Belbo le aguardaba en la barra del bar del hotel San Lorenzo, acodado junto a un líquido transparente con unos cubitos de hielo y un cenicero en el que hacía golpear su boquilla de hueso. El saludo que Menz le dedicó fue poco entusiasta: se limitó a mascullar una palabra, inclinó la cabeza y pidió un vaso de aguardiente. El barman circulaba frente a una especie de altar con vidrios y espejos atestado de botellas, en el que tenía lugar un suave crepúsculo de color verde. Con mucho cuidado de no hacer chocar su mano vendada contra algún sitio inoportuno, Menz subió hasta el taburete y emplazó los antebrazos sobre el mostrador.

—¿Cómo se encuentra? —inquirió Belbo después de hacer chasquear su lengua contra la boquilla.

Menz necesitaba recurrir a toda su buena voluntad para expresarse en un lenguaje inteligible: su mandíbula había desaparecido debajo de una gruesa hinchazón y los calmantes le entorpecían la lengua. Empuñó el vaso de aguardiente con la mano sana.

—Llevo todo el día descansando y parece que al menos la mano se ha quedado dormida —explicó—. Pero me sigue pareciendo que tengo un clavo de carpintería atravesado en la encía de abajo.

La boquilla de hueso volvió a descender hacia el cenicero; Belbo sonreía.

—Es natural —dijo con una voz que trataba de infundir ánimo—. Fue un buen golpe y ha tenido usted suerte de salir entero. He pasado el día tratando de descubrir quién tenía tanta prisa por huir de nosotros pero no he logrado armar nada consistente. ¿Ha notado que hayan vuelto a seguirle?

—No he salido hasta ahora de mi habitación —dijo Menz—, de modo que no sé si continuarán vigilándome o no. Aunque tengo una vaga idea de quién pudo ser aquel búfalo que me embistió en el callejón —cuando el aguardiente descendió por la garganta de Menz, su cuerpo se convirtió en un refugio más cálido, más sólido, mejor—. Y usted, ¿qué hace por aquí?

—Venía a ver cómo se encontraba —aseguró Belbo, y entonces hizo una cosa muy extraña.

Introdujo dos dedos en uno de los bolsillos del chaleco, puso una caja de cerillas sobre la barra, eligió una de las cerillas, la prendió. Sólo una vez antes de aquélla había encendido Belbo el cigarrillo que le decoraba el extremo de la boquilla, y la figura de su rostro con el ascua flotando en torno a él y el leve nimbo de humo alrededor de sus narices se antojaba incongruente, casi como un desmentido: era como si Belbo desertara de sí mismo y le estuviera confesando a Menz a través de una oscura perífrasis que no era él, sino un impostor que le suplantaba. Antes de volver a hablar chupó la boquilla dos veces, con algo parecido a la ansiedad.

—En realidad, también he venido por otro motivo —añadió—. Quiero invitarle a una copa, fuera de aquí.

—Creía que era peligroso, con eso del toque de queda y el barco austriaco —repuso Menz.

—Bueno, Menz, soy policía —aquella risa bastarda, aquel cruce de risa, tos y susurro volvió a asomar detrás de la boquilla—. Llevo muchos años en el cuerpo, tengo derecho a que se hagan excepciones conmigo en Venecia.

Sin saber por qué, Menz tuvo miedo del significado de la última frase de Belbo: mejor era no conocer el alcance de las excepciones que se toleraban con él. De todos modos existía algo, una disonancia sutil que le molestaba, como aquel resquemor que todavía recorría a veces su brazo herido. Para sacudirlo de su ensimismamiento, el barman se acercó a Menz y pronunció una versión deformada de su nombre. Belbo y él intercambiaron durante unos segundos varias frases en italiano de las que Menz quedó perfectamente al margen: se sintió igual que si contemplara un partido de tenis desde la grada. Por fin, el barman se retiró, Belbo dio un trago al vaso que sostenía en la mano, se giró hacia Menz en el taburete.

—Tiene usted una llamada telefónica —dijo sorbiendo el humo de su boquilla—. Al parecer, han intentado contactar con su habitación, pero el conserje ha dicho que estaba usted aquí abajo.

Los teléfonos siempre se encuentran al final, arrinconados detrás de los mostradores o las cortinas, como para proteger a sus dueños de las malas noticias que pueden transmitir. Menz tuvo que desplazarse hacia un reservado oculto por una celosía donde se amontonaban escobas, estropajos y cepillos. El teléfono estaba atornillado a la pared y pesaba como un martillo.

—Menz —se identificó, haciendo costosos esfuerzos por sostener aquel monumento de baquelita en la mano derecha.

—¿Andreas Menz? —preguntó atónita una voz femenina.

La respuesta afirmativa de él dio lugar a un largo y denso paréntesis, en el que la comunicación pareció quedar interrumpida. Sin embargo, la desconocida que lo había abordado seguía allí, en alguna parte del enorme aparato negro, agazapada bajo el silencio. Menz sintió una especie de amanecer en su cerebro y entendió en un momento quién le llamaba, para qué le llamaba.

—¿Es usted, Cloe? —dijo, renunciando instintivamente al tuteo.

—Sí —respondió la voz con un sobresalto; el resto llegó de corrido, como si Menz hubiera agujereado un sifón y todo el líquido escapase de golpe—. Sí, sí, soy Cloe, disculpe mi silencio, me dijeron que estaba usted en su habitación.

—¿Esperaba hablar con otra persona? —sospechó Menz.

—Claro que no, inspector —la voz de Cloe se había vuelto repentinamente áspera—. ¿Por qué dice eso? Escuche, le llamo porque tenemos que vernos. ¿Conoce el Casanova Café, en San Polo?

—Lo encontraré.

—En quince minutos, no está lejos de su hotel. Nada está lejos en Venecia. No nos haga esperar, es importante.

Entre otras muchas incógnitas, Menz no entendió por qué Cloe había usado la primera persona del plural en su despedida: no sabía quiénes quedaban englobados en aquel *nos* con tanta impaciencia por encontrarse con él. Trató de reflexionar, luchó contra los bancos de niebla con que los calmantes le habían obstruido los pasillos del cerebro; como siempre que lo hacía, su boca se frunció en una especie de beso al aire. Desde detrás de la celosía, espió la silueta de Belbo concluyendo el líquido transparente de su vaso, arrancando las últimas caladas al cigarrillo, buscando atenuar a través del humo una inquietud que le hacía secarse el sudor de las manos contra el pantalón o tamborilear con los dedos en el mostrador. Al regresar a su lado, Menz percibió que el dolor volvía también a su brazo herido, un metal líquido que se iba repartiendo por las encrucijadas de sus arterias.

—Se trataba de una llamada de Berlín —alegó Menz—, mi jefe quiere saber qué tal marchan nuestras pesquisas. Mientras hablaba con él he estado pensando en su invitación de hace un momento, la de tomar algo fuera de aquí. Podríamos salir por la puerta de servicio y así en recepción no objetarían nada por lo del toque de queda.

—Me parece espléndido —suspiró Belbo con alivio, y dejó unos billetes en la barra.

La puerta de servicio se hallaba al extremo de un pasillo de la planta baja iluminado con bombillas desnudas, junto a una papelera, una caja con herramientas de fontanería, bolsas. El pestillo había sido colocado de manera que quedaba trabado por fuera una vez se cerraba pero podía abrirse desde el interior: Menz aceptó salir primero, tal y como Belbo le proponía. El corazón martilleaba con fuerza en el centro de su pecho; con cada oleada de sangre que penetraba en su brazo vendado, el dolor le oprimía un poco más. A pesar de ello, tuvo que servirse de ese brazo para empujar la puerta al tiempo que buscaba con la mano derecha en el flanco de su pantalón y reprimía una exclamación de sufrimiento. La salida daba a un callejón angosto y húmedo, charcos, estrellas borrosas, un gato que huyó con precipitación derribando una lata. El aire de la noche fortaleció a Menz y le hizo percibir más claramente la frialdad de la Mauser, que liberó del seguro con un movimiento del dedo pulgar. Cada latido de la víscera exhausta que guardaba en el pecho le llevaba una advertencia: tenía que ser rápido, no podía titubear. La pistola era un objeto extraño con el que había compartido dieciséis años de matrimonio estéril, que le inspiraba la misma desconfianza y el mismo respeto de un bisturí; no sabía cómo emplearla, le pesaba de un modo enorme en la mano. Oyó que la puerta de servicio se cerraba, llenó de aire los pulmones, se dio la vuelta con lo que hubiera querido que fuese un gesto flemático: la pistola temblaba en su puño, la oscuridad apenas perdonaba dos charcos y el vendaje de su brazo izquierdo.

—Belbo, tire el arma —consiguió que dijera su lengua.

Si estaba allí, Belbo no respondió. La mano de Menz encañonaba a una sombra opaca, que oscilaba pensativamente de lado a lado del callejón, como la aguja de un metrónomo. Fueron necesarios algunos segundos para que Belbo demostrase que sí estaba: de la sombra brotó una agria palabra italiana que sólo podía corresponder a una blasfemia. Menz aguardaba; ya no existía sangre en su brazo herido, sólo ríos de dolor que buscaban una desembocadura, un sudor frío y sólido le bañó el dedo que presionaba el gatillo. Tuvo que repetir a la sombra, esforzándose por serenarse, que arrojara su arma. La luna despuntó en una azotea, un gato se aproximó a escuchar la conversación que mantenían aquellas dos voces en las tinieblas. Algo pesado chapoteó en un charco; era una herramienta metálica: la luz de la luna le concedió un destello.

—No es lo que usted cree, Menz —dijo Belbo, intentando prestar aplomo a sus palabras.

—Claro, por supuesto —replicó Menz, más tranquilo—. No se inquiete. Hasta yo mismo estoy sorprendido, si le digo la verdad nunca fui un detective demasiado sagaz. Pero la sorpresa de Cloe al encontrarme al otro lado del teléfono me ha dado qué pensar: yo no debía estar allí. Usted sabía que se trataba de Cloe, ¿verdad? Yo no debía estar en el hotel, probablemente tampoco en Venecia, yo no debía estar en el mundo. Y usted se habría encargado de hacerme desaparecer. Lo que no comprendo es por qué no aprovechó la otra noche en que aquel gorila me machacó la mano: me tenía indefenso y podría haberme abandonado en el fondo de un canal. ¿Desde cuándo es amante de la señorita Arimalfi?

—No sé de qué habla, Menz —bufó la sombra.

Para su propia sorpresa, Menz descubrió que podía gritar; el gato que se había desplazado hasta el fondo de la calle huyó despavorido ante la rabia de la voz.

—¡No me tome por imbécil! —ladró; él mismo se había tomado por imbécil muchas veces, pero se trataba de una licencia privada—. ¿Desde cuándo llevan planeando todo esto? ¿No es cierto que la señorita Arimalfi se telefoneaba regularmente con usted desde Berlín? ¿El plan incluía deshacerse también de Wahlberg?

Había muchas más preguntas que acumular, pero Menz tuvo que detener su listado: Belbo había comenzado a llorar. Era un llanto sucio, a trozos, que poco se diferenciaba de ese híbrido de risita y tos que solía emitir desde debajo de su boquilla de hueso.

—No me mate, Menz —imploró Belbo, y lo repitió en italiano—. No me mate, por Dios.

La sombra se sorbió las narices, Menz sufrió un ataque de duda que estuvo a punto de hacer descender el cañón de la Mauser: pensó que tal vez había gritado demasiado, que aquéllas no eran maneras. Su compasión quedó abortada rápidamente por un pesado golpe que le hizo derrumbarse en el suelo, con algo grande y caliente respirando encima de su pecho; tardó unos segundos en coordinar todas las cosas que acababa de comprender: que su abrigo se bañaba en un charco, que Belbo se agitaba sobre él luchando por estrangularle, que la Mauser había quedado aprisionada entre los dos cuerpos junto con su mano derecha. El resto sucedió a distancia de él, como si no fuera dueño del esqueleto que se debatía en el suelo del callejón, como si hiciese compañía a los gatos que contemplaban la escena desde las chimeneas y los tejados. No existía una trabazón causal entre las diversas impresiones que fueron asaltándole: el olor a ginebra del aliento de Belbo en su nariz, su mano forcejeando por rescatar la pistola perdida entre los abrigos, el dolor, las inmensas marismas de dolor que se abrían cada vez que el otro golpeaba sin piedad su brazo herido, tal vez para hacerle soltar el arma. El dolor era una pantalla violeta que le aislaba de la noche, de Venecia, de su perplejidad: escondido detrás de él, tardó mucho tiempo en reparar en que se había producido una explosión a la altura de sus costillas, en que una humedad pegajosa le bañaba el abdomen. Belbo gruñía, como el perro que quiere arrastrar una presa con los dientes y no lo consigue; finalmente, la presa fue más pesada que él y dejó de gruñir. Lo primero que hizo Menz después de echar a un lado el cuerpo inerte fue mirarse el vendaje: la mano era una prótesis, un pedazo de madera que no sentía. La Mauser reposaba en mitad de la calle, solitaria, casi compungida, como la mascota inocente que busca el perdón de alguna travesura.

A través del agujero del techo, el viento repartía restos de aguanieve entre la tapicería de las butacas; para que esa maniobra pudiera ser admirada por algún eventual espectador, ráfagas de luz atravesaban la negrura de la noche y se filtraban también por la abertura, permitiendo contemplar la colección de escombros, porquería y ratas que se conservaba en el interior: eran los focos de los aviones militares que esquivaban campanarios sobre las azoteas de la ciudad. El resplandor apenas duraba unos segundos y sólo conseguía deslumbrar a una alimaña o denunciar la capa de polvo que humillaba a alguna estatua de yeso; un parpadeo más tarde, como después del estallido de un flash fotográfico, el teatro regresaba a la oscuridad en que transcurría su olvido, y el viento seguía ululando en los pasillos, haciendo ondear los jirones de lo que habían sido cortinas y paramentos.

Aquella noche, las ratas no podían campar por las ruinas con el sosiego con que lo hacían las demás noches; además de los molestos destellos que procedían del cielo y que venían acompañados de silbidos y ronroneos, estaban los tres intrusos que vagaban por el patio, intentando sortear los montículos de ladrillos desplomados que se interponían entre ellos y el escenario. Abrían la comitiva una joven vestida de color grisáceo y un sombrero que amenazaba con echarse a volar de la cabeza en todo momento; la seguía otro individuo con el cabello acosado por la calvicie, al que parecía costar mucho esfuerzo avanzar, y que tropezaba y se doblaba como taladrado por algún dolor; detrás de él, una pequeña sombra con pajarita sostenía un revólver y una linterna eléctrica que espantaba las tinieblas de su camino. No hablaban; las ratas se limitaban a atender al ritmo de sus suelas sobre la grava y las paredes derribadas y al angustioso jadeo del primero de los hombres, que sufría espantosamente cuando debía salvar algún obstáculo, saltar una zanja o escalar un montón de basuras.

Para llegar hasta el escenario, eligieron el pasillo izquierdo de la platea. La linterna saludó a los palcos forrados de telarañas y a un atlante de estuco asido a una cornisa, al que le faltaba el brazo izquierdo y la mitad del rostro. Antes de ascender al entarimado por los tres escalones que lo conectaban al patio, el tercer hombre ofrendó una especie de homenaje a las butacas, bañándolas con el resplandor de la linterna, iluminando también el enorme bloque que rompía las hileras de asientos justo en mitad de la sala. En cuanto subió al escenario, el individuo medio calvo se dejó caer al suelo exhausto y trató de recuperar el contenido de sus pulmones dando grandes boqueadas. La joven se había desprendido al fin del sombrero, que ahora aleteaba entre sus dedos; miraba misteriosamente hacia algún punto situado en la oscuridad en el que ni siquiera las ratas podían reconocer nada. El sujeto de la pajarita dio dos o tres pasos a un lado, luego al contrario, siempre con el revólver y la linterna ocupando sus manos. Había apresuramiento en su voz, como si hubiera llegado a las ruinas del teatro huyendo de algún peligro que le asediaba.

—¿Dónde es? —dijo.

—Al final —respondió la chica, señalando aquel punto negro que sus ojos intentaban perforar—. Detrás del pasillo de los camerinos.

—Vamos allá, entonces.

Pero una voz que provenía del patio de butacas le detuvo.

—No tan deprisa, señor Reizenbaum —ordenó la voz, con una calma excesiva, artificial.

La linterna giró de nuevo hacia el patio y buscó infructuosamente entre las localidades; por último se detuvo en una esquina de la primera fila, donde se sentaba un hombre con bigote y cabello blanco que también empuñaba una pistola, el inspector Andreas Menz. Parecía haber pasado una eternidad en aquella butaca, haciendo compañía a las cariátides de yeso que resistían la podredumbre entre los palcos.

—Bueno —exhaló Menz—. Después de todo, sus maniobras para eliminarme han resultado infructuosas, así que le rogaría, señor Reizenbaum, que arrojara su arma.

La manita del enano obedeció y el revólver produjo un chasquido seco, una especie de amago de disparo, al estrellarse en la madera del entarimado. La linterna que Ludolf Reizenbaum cobijaba en el puño izquierdo seguía siendo la única luz con la que contaban para conversar, si se exceptuaba el fogonazo intermitente de los aviones militares; detrás del cono amarillo que emitía la bombilla, Menz apenas podía reconocer el abrigo infantil cruzado en la pechera, los pantaloncitos a rayas, el sombrero de cretona con la cinta burdeos. Wahlberg y Cloe parecían dos adultos resignados a jugar a gángsteres para contentar a un niño caprichoso, un niño vestido de adulto que debía posar en una foto familiar. Una risa estuvo a punto de ascender a los labios de Menz, pero el dolor que le atosigaba el brazo vendado le interrumpió el paso.

—Muy bien —Menz aprisionó la Mauser con mayor energía—. Ya estamos aquí todos, y en un marco muy adecuado: un teatro, o lo que queda de él. ¿Qué mejor lugar para concluir una tragedia? Sí, señorita Arimalfi, puede fumarse un cigarrillo, enseguida estoy con usted —Cloe se colocó un cilindro blanco en los labios pero no lo encendió—. Por lo que veo, mi compañero Wahlberg sigue vivo, así que tengo que darles las gracias, supongo. Reizenbaum, ahora es usted quien me interesa. Veamos si soy capaz de reconstruir el itinerario que le ha traído hasta aquí, corríjame si me equivoco. Por favor, no se le ocurra intentar deslumbrarme con la linterna o dispararé justo encima del resplandor, le aviso.

La figura de Reizenbaum se irguió, y fue como si un niño tratara de alcanzar de puntillas las galletas de lo alto de una despensa. El cono de luz de la linterna se volcó hacia el suelo.

—Le escucho —tartamudeó Reizenbaum.

—Usted abrió la casa de antigüedades con su antiguo socio del circo, el señor Cappadocia o Agenópulos, como queramos llamarlo —la pistola pesaba: Menz apoyó la muñeca en su rodilla—. Acababan de comenzar en el negocio y no contaban con muchos fondos, no se hallaban en condiciones de competir con las grandes firmas de antigüedades del país, que llevaban años de transacciones a sus espaldas. Por eso acudieron a la subasta de la Casa Helvetia, para hacerse con unas buenas piezas por un precio razonable. Su inexperiencia les impedía estar muy al tanto de lo que habían adquirido, suponían que se trataba de antigüedades sin más. Agenópulos, que había nacido en Corfú y por tanto podía leer a la perfección el griego aunque hubiera sido escrito quinientos años atrás, descubrió el fajo de documentos que había pertenecido a Emmanuel Chrysoras y supo del espejo encargado por Tiberio Maratea y, lo que es más, del famoso Espejo de Salomón. Era natural pensar que, tal vez, el espejo de Chrysoras se encontrara entre los artículos que habían adquirido con el lote de los manuscritos: ustedes buscaron y no encontraron nada. Entonces creo que se pusieron en contacto con los otros compradores. ¿Me estoy equivocando? ¿Le gusta cómo reconstruyo su historia, señor Reizenbaum?

—Mucho, inspector Menz —sonrió nerviosamente Reizenbaum, con cuidado de no alzar el foco de la linterna del suelo—. No tengo nada que objetar.

—Gracias —la cabeza de Menz asintió, pensativa—. No se figure que todo esto me ha resultado fácil. No lo ha sido. He estado muchos años apartado de la investigación y al principio mi cerebro encontraba cierta resistencia a la hora de ponerse a funcionar. Pero creo que más o menos fui capaz de comprenderlo todo. Su ayudante, ese caballero enorme que llevaba barriles en los brazos en vez de músculos y unas gafas de sol en el bolsillo de la americana, fue a visitar al conde Arimalfi de Castrovalva a la Residencia Türkel de Zúrich, haciéndose llamar Zadík, ¿me equivoco?

Una sonrisa surcó la cara de Reizenbaum de oreja a oreja y Menz entendió por qué había trabajado en un circo.

—Su nombre es Boris Zadík, inspector Menz —apuntó—. Pregúnteselo a él: no tendrá inconveniente en explicárselo él mismo.

Algo pesado se estampó sobre la nuca de Andreas Menz, la penumbra del teatro se llenó de bengalas que ardían. Durante un lapso infinitesimal creyó que su esqueleto era una figura de alambre que se deshacía, que se destrababan los broches que unían su cráneo al resto del cuerpo. Primero estuvo a punto de desplomarse hacia delante, pero a continuación salió volando; sus pies flotaban en el aire, el viento que penetraba por el agujero del techo le azotaba las mejillas, las bengalas titilaban, la pistola no estaba en su mano. Una descomunal garra de orangután le mantenía izado a dos palmos del asiento: Menz supo que se trataba de la misma mano que le había desarmado la mandíbula la noche previa.

—Creo que ya ha tenido ocasión de comprobar la fuerza de Boris antes, inspector —Reizenbaum no necesitó agacharse mucho para recoger su revólver: su vida transcurría cerca del suelo—. Me parece que su mano vendada es un recuerdo de un encuentro anterior entre ustedes. Estuvimos siguiéndoles toda la jornada del miércoles, para cerciorarnos de quiénes eran los dos desconocidos que les acompañaban en su turismo por Venecia. Nos bastó saber que uno de ellos era la señorita Arimalfi, precisamente la persona que necesitaba para culminar mis planes. Pero creo que usted debe de estar incómodo ahí arriba, inspector Menz. Boris era forzudo en el circo y podía doblar barras de hierro de hasta cincuenta centímetros de grosor. Tendrá mucho gusto en traerle hasta aquí, con nosotros. Boris, por favor.

Menz levitó hasta el escenario, donde su cuerpo se derrumbó con pesadez despertando todos los viejos dolores que permanecían dormidos: el brazo vendado, el reuma, la hinchazón de la mandíbula en la que creía tener atravesado un clavo de carpintería. Cuando el gigante se reunió con el resto del grupo, Reizenbaum le cedió su revólver; en la extensa planicie de su palma el arma se antojaba un juguete inofensivo y frágil.

—No tendré inconveniente en explicarle todo lo que desea saber, inspector —la linterna abrasó con crueldad la retina de Menz—. Pero antes de nada, debo decirle que ha sido usted muy irrespetuoso con nosotros. Nos ha tenido esperándole durante una buena media hora en el Casanova Café, para nada. Nos ha hecho marcharnos muy aburridos, dejando a Boris allí con la orden de que le trajera si lo encontraba. Y usted ya estaba aquí, pero Boris le ha encontrado de todas maneras. Ustedes tenían que volver a coincidir, después de su primera cita en aquel callejón, ¿no es verdad? Debe de ser el destino, ¿no le parece?

Cuando logró recuperar la consistencia de su esqueleto, Menz se puso lentamente en pie y se secó la sangre del labio con el dorso de la mano. Estaba tan habituado al dolor que le aullaba a coro desde diversos puntos del cuerpo que podía dejar de oírlo si respiraba con fuerza. La luz de la linterna afluía desde la manita de Reizenbaum, muy cerca del suelo, bañando desde abajo los rostros de los actores que poblaban el escenario y realzándolos con una combinación muy dramática de sombras. Los guantes de Cloe continuaban jugueteando con un cigarrillo sin encender, Boris era un pariente más sólido e inexpresivo de las estatuas que decoraban algunos de los rincones del viejo teatro; en los ojos de Wahlberg no figuraba más que una lámina opaca, como si fueran los ojos de un pez, y Menz temió por él. El aguanieve se había convertido en lluvia, el viento arrojaba chorros furiosos contra las butacas abatidas y las basuras. Hacía frío: Menz pensó por un momento que seguían encima de la isla de Sant'Antioco, que todo lo que había transcurrido desde entonces era una especie de improvisación del destino, el ensayo de un acto que no merecía la pena representar.

—En efecto, inspector Menz —las facciones del enano se vieron tensadas por una gran mueca de satisfacción—, su versión de los hechos se ajusta más o menos a la realidad. Aquellos documentos del legajo se hallaban de manera exclusiva en nuestro poder, no era fácil descifrar el griego del siglo XV para un profano, así que supusimos que el resto de compradores de la subasta no tenía por qué estar al tanto de la historia de Chrysoras, ni, tampoco, del valor real del espejo que había fabricado. Mi socio y yo decidimos ponernos en contacto con la viuda Beyschlag y viajamos hasta Nuremberg. Le ahorro detalles sobre la señora en cuestión: llevaba tantos años en el negocio que ocultarle cualquier maniobra equivalía a disimular un coyote entre un rebaño de ovejas. En cuanto le hicimos una oferta, bien sustanciosa, sospechó de nuestra generosidad, intuyó que existía algún motivo por el que codiciábamos sus espejos y se negó a mostrarnos nada. El coronel Von Klankowström simplemente se negó a recibirnos: su nobleza no podía enredarse en detalles mundanos como los negocios. La única imagen que poseíamos del famoso espejo de Chrysoras era la que aparecía en la pintura de Carpaccio que el conde Arimalfi había vendido unos años atrás y de la que conservábamos una fotografía. Gracias a ella aprendimos que debíamos buscar un espejo con marco de marfil y plata, un tanto convexo, que no se correspondía con ninguno de los que nos habían tocado en el lote de la subasta. Entonces entendimos que sólo conseguiríamos lo que necesitábamos si pasábamos a la acción. Haciendo uso de sus habilidades de hipnotizador, Cappadocia penetró una noche en la tienda de la viuda Beyschlag en Nuremberg, durmió al vigilante y se llevó sus espejos. La viuda era una alimaña tremendamente inteligente y peligrosa: aunque no logró comprender los detalles del robo, sí dedujo quién lo había perpetrado, y ni siquiera acudió a la policía. Después de todo, ninguno de su lote era el que esperábamos.

—Y entonces se deshicieron de ellos —jadeó Menz—. No querían estar en posesión de ningún material que pudiera inculparles.

—Exacto, inspector Menz —la linterna cambió de mano, Reizenbaum agitó el bracito derecho para agilizar la muñeca—. Fue una lástima, una verdadera lástima. Valiosos espejos venecianos de los siglos XVI y XVII arrojados sin misericordia a la basura. Pero no podíamos tenerlos con nosotros: en cualquier momento la viuda Beyschlag podía delatarnos y habría un registro policial. ¿Qué íbamos a hacer, dejárselos pudorosamente en la tienda igual que nos los habíamos llevado? La primera máxima del plan era no arriesgarse. Y como para burlarse de ella, sucedió entonces lo del coronel Von Klankowström. Cappadocia repitió la maniobra como en el caso de la viuda, durmió al mayordomo, penetró sin dificultad en la galería en la que se atesoraban los espejos. Pero no había contado con que el coronel se encontraba fuera, intentando espantar la soledad a fuerza de mojarla en alcohol; cuando el anciano regresó a casa y sorprendió a aquel desconocido desvalijándole el salón, desenfundó su arma y disparó sin contemplaciones. Rufus Cappadocia era uno de los mejores hipnotizadores que he tenido la oportunidad de conocer en mis muchos años de circo; a pesar de todo, hasta los mejores necesitan de un prólogo preparatorio en que efectuar sus pases magnéticos. Herido, con el brazo convertido en un surtidor de sangre, Rufus consiguió dominar al coronel y le ordenó que la segunda bala se la guardara en el cráneo. A la señora Beyschlag hubo que convencerla de que abandonara también la carpa cuando su actuación se hizo demasiado molesta. Había leído en *Der Vorfall* la noticia de la muerte del coronel y la desaparición de uno de sus espejos y no tuvo más que sentarse en una mecedora, reflexionar un poco y esbozar una sonrisa de venganza. Nos telefoneó con la intención de chantajearnos: debíamos poner ciertas piezas de nuestro catálogo a su disposición o acudiría a la policía para acusarnos de lo sucedido en el salón del coronel. Así se progresa en este miserable mundo de las antigüedades, inspector Menz; buitres, lobos y ratas devoran a las presas más inocentes. Todos sus años de experiencia no sirvieron de nada a la vieja Beyschlag ante los poderes de Cappadocia. Con la excusa de ir a cerrar el trato, él la visitó en su piso de

Nuremberg y la hipnotizó mientras bebían el té: no tuvo tiempo ni de terminar su taza, que se estrelló en el suelo. Cinco pisos más tarde, había dejado de constituir un problema.

—Pero luego Cappadocia le traicionó —apostilló Menz con el deseo de pisotear la euforia del enano—. Una verdadera lástima, ¿verdad?

La enorme sonrisa que atravesaba como una brecha la cara de Reizenbaum fue empequeñeciendo hasta convertirse en una discreta ranura. Sopesó con melancolía las palabras de Menz, por unos instantes pareció enfocar con la vista un pasado distante y hermoso que ya no podía volver a palpar por mucho que avanzase el brazo en la oscuridad. Menz sospechó que su rostro era el mismo que algunos años atrás, desde debajo de una capa de pintura y una riada de lágrimas, se despedía de los espectadores en la última función del circo en que actuaba. De repente, algo enturbió la suave tristeza de su gesto: una gota de un líquido oscuro había ennegrecido las aguas transparentes de su nostalgia. Su voz era seca y amenazante cuando agregó:

—En el fondo, Cappadocia era un miserable. Habíamos establecido desde el principio del plan que el capital que consiguiéramos en la venta del Espejo de Salomón debía servirnos para reconstruir el Nebe Circus, el espectáculo más grande que jamás ha existido, y volver a mostrar al mundo las maravillas del mono calígrafo. Pero el egoísmo y la ambición se habían apoderado de mi socio como parásitos, y él tenía sus propios planes. Era un canalla. No amaba el espectáculo, no entendía que la escena es una religión, no tenía un sentido artístico de la hipnosis: simplemente buscaba hacerse rico sirviéndose de ella de manera ilícita. No hubo sólo razones publicitarias en el hecho de que cambiase su nombre original para llamarse Rufus Cappadocia. Ahora puedo confesarle que estuvo buscado por las autoridades a causa de un lamentable intento de robo: un día entró en un banco austriaco y quiso hipnotizar a la cajera, pero ella era tan miope que no lo consiguió y tuvo que huir —Reizenbaum apretó algo entre las mandíbulas, como reprimiendo un bostezo—. Al principio habíamos creído que el espejo debía conservar el mismo aspecto con que aparecía en el cuadro de Carpaccio, y ninguno de los del coronel ni de los de la señora Beyschlag se le parecían. Entonces mi socio llegó a la conclusión de que podía ser de otro modo. Una tarde entré en nuestra tienda de la Rapauchstrasse y me encontré con todos los espejos que habíamos adquirido en el tercer lote con los marcos destrozados. Estaban todos salvo uno: un modesto espejito convexo con marco de madera de abedul que yo recordaba bien. Tardé un rato en entender que el marco de plata y marfil del cuadro podía haber sido solapado por otro de un material menos llamativo. Aquel miserable había encontrado el espejo de Chrysoras y había considerado que no necesitaba compartirlo conmigo. El anhelo de toda mi vida, la reconstrucción del Nebe Circus y el regreso a las pistas del mono calígrafo, se esfumaba ante mis ojos como un vago sueño. Creí volverme loco. Busqué a Cappadocia por todas partes, en su piso de la Kunfurstenstrasse, en los locales que solía frecuentar, en casa de su amante, una tonta actriz de segunda fila con el pelo teñido a la que había hipnotizado haciéndole creer que él se parecía a Emil Jannings, el galán de las películas: para nada. No sabía dónde podía esconderse; Berlín es grande, yo soy pequeño, no podía encontrarlo solo y cabía la posibilidad de que hubiera puesto tierra de por medio hacia otro lugar. Así que recurrí a ustedes. Me daba igual que lo cazara la policía o el servicio de barrenderos, quería tenerlo delante y hacerle pagar su traición. Por eso les conté toda la historia aquella de la desaparición y demás. Luego se me ocurrió otra cosa. Escribí una carta y se la pasé por debajo del vano de la puerta de su apartamento: sabía que tenía muchos objetos personales allí y que tarde o temprano pasaría a recoger algo. Para hacerse con el Espejo de Salomón no bastaba con poseer el espejo de Chrysoras.

Cloe había permanecido a un lado, con el sombrero bajo la axila, escuchando desde una media sonrisa la relación de Reizenbaum a la vez que hacía ensayos de prestidigitación con el cigarrillo apagado. Al oír la última frase de aquella voz que procedía del fondo de la linterna, añadió a su sonrisa la mitad que faltaba, parpadeó y dijo:

—Faltaba la clave.

—Eso es —la cabeza de Reizenbaum se volvió hacia la joven—. Sólo sabíamos que había que usar vagamente el espejo de Chrysoras para dar con el otro, pero ignorábamos en qué lugar, de qué modo. Así que en aquella carta que dejé en su apartamento, yo ofrecía mi perdón a Cappadocia y le contaba que me había entrevistado con Ercole Arimalfi, a quien había logrado sonsacar el secreto del espejo. Le proponía que nos encontráramos a una determinada hora en un rincón apartado del Tiergarten, él llevaría la pieza, yo las instrucciones. Una vez que hubiéramos conseguido el Espejo de Salomón, los beneficios serían a repartir y cada cual podría hacer con su dinero lo que mejor le apeteciera. Le aseguraba que no tenía más alternativa: el conde Arimalfi se negaba a recibir a nadie más, estaba absorbido por completo por la papiroflexia.

—Cappadocia asiste al encuentro y usted lo mata de un tiro —completó Menz, algo cansado de demostrar sus dotes deductivas—. Luego le coloca la pistola en la mano y lo arrastra hasta otro punto del parque, para hacernos creer que se trataba de un suicidio. Muy bien. Y usted mismo se dio aquella puñalada en el hombro para despistar, supongo.

—Una cortina de humo necesaria —suspiró Reizenbaum—, aunque debo reconocer que muy dolorosa. Perdí mucha sangre hasta que me encontró aquel empleado de imprenta, y la palidez del rostro que usted contempló en el hospital no era fingida. Necesitaba una forma de exculpación. Todos los implicados en la subasta habían resultado muertos, el coronel, la viuda Beyschlag, mi socio, el que yo siguiera ileso podía resultar sospechoso. Así que decidí que el asesino tenía que atacarme.

—Usted, naturalmente, no poseía ninguna clave —dijo Menz.

—No —reconoció Reizenbaum, y comenzó a desplazarse por el entarimado para desentumecer las piernas; parecía que la linterna rodaba sola por las tablas podridas del escenario—. Pero había algo cierto en la carta que escribí a Cappadocia: el conde Arimalfi no recibía a nadie. Harto de soportar intrigas y encuestas relativas a su patrimonio perdido, había decidido recluirse en sus pajaritas de papel y olvidarse del mundo. Yo tenía el espejo en mi poder y no sabía a quién consultar. Entonces recordé que el conde había hablado a Boris de una hija a la que odiaba, acusándola de advenediza y estafadora. Al parecer, la criatura había estado desvalijando durante años la pinacoteca de su padre para pagarse las diversiones y sustituyendo los originales por copias, que luego el conde no pudo vender. En cuanto intuí qué clase de persona debía de ser aquella Cloe Arimalfi carente de escrúpulo, supe que no tardaría en entrar en escena en busca del espejo que podía otorgarle parte de la herencia perdida —el enano y la joven intercambiaron un coqueto pestañeo, como dos enamorados—. Tomé unas fotos de esta señorita que les acompaña y las comparé con las de Cloe

Arimalfi. Creo que el resto lo conocen. Mandé seguirles por Venecia con el fin de asegurarme de que no se me adelantaban y me daban alguna sorpresa.

Gustav Wahlberg parecía haber quedado aislado del teatro y los prolijos crímenes de Reizenbaum por un gesto de perplejidad: resultaba imposible saber qué contemplaba por detrás de sus ojos estancos, pero aquel espectáculo le deslumbraba. En el otro extremo del escenario, respetando a la perfección su papel de figurante, Boris enterraba un minúsculo revólver en el fondo de una mano inmensa. El cono de la linterna resbaló por el entablado, a continuación se elevó hacia las alturas intentando cruzar el agujero del techo; la manita derecha de Reizenbaum escarbó en el bolsillo del chaleco y empuñó un reloj redondo como una galleta.

—Quedan aún algunas horas para que amanezca —apreció, mientras observaba el color del cielo por la abertura del techo—. Les aconsejo que descansen, el día que llega va a ser largo, por lo menos para algunos de nosotros. Como afirma la leyenda del espejo de Chrysoras, *qua vidimus mirabilia hodie.*

Se paseó hasta el rincón opuesto del escenario dejando tras de sí una risita similar a la tos irónica de Belbo, la misma que había emitido sobre aquel preciso lugar: y Menz se acordó con dolor de Belbo, pobre Belbo, durmiendo en las profundidades de los canales de su amada Venecia.

La puerta del final del pasillo sólo ofreció una resistencia testimonial: el puño de Reizenbaum abatió el candado de un golpe y todos fueron salvando basuras para penetrar en el interior, con Boris cerrando la procesión y el revólver anidado en el hueco de su mano como un pájaro de metal. Para ocupar las posiciones necesarias en torno a la pared izquierda tuvieron que ir apartando la escoria del suelo, botellas rotas, un zapato, fragmentos de una máquina de escribir, gafas sin cristales, una muñeca con el brazo amputado. Cuando se hubieron distribuido en semicírculo alrededor del muro sobre el que se abría el tragaluz, la linterna fue revelando pedazos de un fresco en que se retrataba una versión añeja y deteriorada de la ciudad de Venecia; una pátina amarilla aislaba la pintura del presente, la ciudad más allá del velo era una maqueta frágil que la humedad había atormentado arrancándole pedazos de caliche y abriendo voraces agujeros entre los edificios. Pronto, la linterna sería un accesorio inútil; la palidez del amanecer comenzaba a azular débilmente el tragaluz horizontal, bañando los objetos con el mismo halo plateado que presta la luna. Aquella luz azul estaba llena de pájaros que cantaban. En el suelo, Wahlberg hacía compañía a la muñeca lisiada al tiempo que su frente se cubría con una película de sudor y sus labios resoplaban una vez, dos veces: el esfuerzo de descender hasta aquel santuario último del teatro Bàccara había necesitado todo el aire de sus pulmones y lo había convertido en una bolsa vacía olvidada en una esquina.

Sin desprenderse de la linterna, Reizenbaum aceptó de manos de Boris un paquete cuadrangular, protegido por varios trapos y cordeles; el paquete fue abierto sobre un montículo de ladrillos derribados, luego de que el enano lo depositase con un ademán amoroso en el suelo y deshiciera los nudos. El espejo de Chrysoras, que era lo que ocultaba aquella exageración de tejidos y cuerdas, no resultaba muy distinto de las basuras anónimas que contenía el cuarto: una cosa sobria y pequeña, algo abombada en el centro, con un par de varillas plateadas en lugar de marco; una bagatela que ni de lejos parecía merecer tantas muertes y desvelos. Las manitas de Reizenbaum lo alzaron acunándolo con ternura, y por un momento Menz tuvo frente a sí una parodia de Moisés sosteniendo la tabla de la Ley, cómicamente iluminado por el haz de la linterna que ahora reposaba en el suelo.

—Usted dirá, señorita Arimalfi —invitó Reizenbaum desde la inmensidad de su sonrisa.

—La clave está en los montantes —reveló ella, distrayendo todavía sus dedos con el cigarrillo apagado—. Están grabados con dos leyendas extraídas de la Biblia que indican la posición en que el espejo debe situarse sobre la pared opuesta al tragaluz. *Et repleti sunt timore dicentes qua vidimus mirabilia hodie,* Lucas, cinco, veintiséis, en el horizontal; *et vocabitur nomen eius Emmanuel,* Isaías, siete, catorce, en el vertical. Son coordenadas. El espejo debe ser colgado a cinco pies y veintiséis pulgadas de longitud y siete pies y catorce pulgadas de latitud.

Con ayuda de una de las cuerdas que habían envuelto el espejo, Reizenbaum realizó unas rápidas mediciones sobre la pared. Luego extrajo un lápiz de carbón del bolsillo de la chaqueta y contempló con tristeza un punto tan prohibido a su limitada estatura como el firmamento. Cloe entendió lo que debía hacer; tomó maternalmente al enano por las axilas y lo izó hasta aquel punto, para permitirle marcar una equis con el lápiz. Lo siguió sosteniendo sin disimular su fatiga mientras Reizenbaum empuñaba un pequeño martillo y atravesaba la pared con un clavo encima de la equis que acababa de dibujar. No permitió que Cloe lo dejara en el suelo hasta que logró colocar con sus propias manos el espejo sobre la cabeza del clavo; cuando los brazos de Cloe, exhaustos, hacían el amago de descender, los pantaloncitos emprendían una furiosa carrera en el aire. Una vez regresó a tierra, se sacudió el abrigo y el traje y observó su obra con orgullo, sin preocuparse de dar las gracias a su grúa.

—Ahora —se limitó a afirmar—, esperaremos.

Esperarían, aunque Menz no entendía a ciencia cierta qué era lo que debían esperar. Vislumbraba que iba a producirse un acontecimiento cuyos protagonistas eran el tragaluz, el espejo, el fresco que se desmoronaba en la pared contraria, pero no era capaz de barruntar el argumento de la función ni los números de que constaba. Tenía sueño, la marea alta que anegaba las calles de Venecia durante la madrugada había llegado también a su cerebro y sus pensamientos debían pisar charcos para poder desplazarse; se le había secado la sangre que le recorría el labio, sentía una especie de ardor en la mano izquierda que le hacía pensar en ortigas, en playas de roca, en cazos olvidados en la lumbre. La respiración de Wahlberg cada vez tenía que salvar más obstáculos para abrirse paso, su cuerpo barbotaba en el rincón, tal vez rendido por el sueño. Antes de volverse hacia Cloe, que miraba deslumbrada la zona que el espejo ocupaba sobre el muro, Menz vigiló de soslayo la sombra de Boris, convertido también él en una pintura al fresco, una criatura inmóvil de cal y ceniza en cuyo puño derecho brillaba el revólver.

—¿Qué le has hecho a Wahlberg? —rugió Menz.

Cloe necesitó un rato para liberarse de la atracción del espejo y comprender que la pregunta iba dirigida a ella.

—Es sólo un narcótico —contestó, sin apartar la vista de aquel rectángulo en que también comenzaba a amanecer—. Dormirá y mañana estará bien.

—No te atrevías a enfrentarte a él estando sereno, ¿no es eso? —Menz hablaba apretando los dientes—. Todo resultaba mucho más fácil si tenías enfrente una cosa torpe que no podía defenderse. Ése era el plan: tú liquidabas a Gustav y Belbo hacía lo propio conmigo. Luego os quedabais el espejo una vez apareciera. ¿No vas a preguntarme por Belbo?

Pero ella seguía enfrascada en el lapislázuli del alba resbalando por el espejo, molesta de que Menz la obligara a ocuparse de otros asuntos, asuntos sin importancia, en vez de entregarse a aquel espectáculo irrepetible; se encogió de hombros, el cigarrillo sin encender giró entre los dedos índice y medio de su mano derecha.

—¿Belbo? —repitió—. ¿De qué sirve que le pregunte por él? Si usted está aquí, entonces ya imagino qué habrá ocurrido. Hay estupideces que se pagan caras.

El día que llegaba era una especie de gasa malva que iba ensuciando pacíficamente el muro opuesto al tragaluz. Igual que una marea, la luz se aproximaba a la orilla del espejo mediante oleadas, cada vez más limpia, creciendo en brillo y energía a pesar de las nubes que escombraban el cielo. En el momento en que aquella lluvia de oro alcanzó el cristal, todos quedaron ciegos; los ojos necesitaron sobreponerse a una niebla de astros y cometas para entender que un rayo de sol incidía sobre la curvatura del espejo, que ese rayo retrocedía en ángulo recto y señalaba un punto del fresco en que se reproducía la ciudad. El fulgor impedía reconocer con claridad en qué tejado, en qué patio, sobre qué chimenea, torre o balconada se había detenido el chorro blanco. La ansiedad obligó a Reizenbaum a correr hacia el muro, tropezar contra los restos de la máquina de escribir, palpar los agujeros de caliche que historiaban la superficie: entonces descubrió que el lugar señalado había sido borrado por el tiempo y las inclemencias mucho antes de aquel amanecer, y que el rayo había escogido una enorme desconchadura con la forma de Islandia algo al norte de las Fondamente Nuove.

—¿Qué es esto? —chilló Reizenbaum señalando el vacío—. ¿A qué zona de Venecia corresponde ese fragmento que ha caído?

—Es la Isola de Sant'Antioco —respondió Cloe con mucha lentitud, y consideró que había llegado el momento de encender el cigarrillo con el que jugueteaba desde hacía horas.

Su mano exploró de nuevo el interior del bolso, removió pedazos de objetos que no llegaban a identificarse, se detuvo en un instrumento que destellaba con un resplandor plateado, que no era la pitillera y que tampoco debía de ser el encendedor, porque a continuación se volvió hacia Boris con el gesto de pedir fuego. Hubo una explosión seca, como si alguien hubiera hecho estallar una bolsa de papel, Boris cayó demolido y su cuerpo ocupó el puesto que le estaba asignado entre las basuras. Detrás del olor a pólvora y la nube de humo que había oscurecido la estancia, fue dibujándose el guante derecho de Cloe y la Remington de un solo tiro que empuñaba todavía, con el mismo ademán de ofrecer una copa de champán a un invitado; la Remington era una miniatura delicada, hermosa, que parecía sacada de un joyero. De pronto, Menz comprendió que la bala que aguardaba en el cañón de aquel pequeño tesoro pertenecía a Wahlberg, que Boris se había llevado una muerte que no le correspondía. El sentido estético de Menz sufrió ostensiblemente en el momento en que Cloe arrojó la Remington y se apoderó del revólver bronco y grosero que aún aferraba el cadáver de Boris. El revólver vacilaba y encañonaba unas veces a Reizenbaum, otras a Menz, algunas incluso a Wahlberg, pero aquélla era una alternativa que no le merecía mucha consideración y de la que se retractaba enseguida. Existía algo que su padre, el viejo conde, siempre había admirado de Cloe aparte de la crueldad, y se trataba de su temple; la mano no temblaba a pesar de la frialdad y el peso del arma. En su boca, el cigarrillo continuaba apagado.

—Por favor, que nadie se mueva —rogó ella cortésmente—. De lo contrario, me obligarán ustedes a reunirles con el buen Boris y las porquerías del suelo.

La escena despertó algo en el cerebro neblinoso de Wahlberg, porque comenzó a arañar la pared de su derecha buscando ponerse en pie. Cloe consideró que él era un pobre niño y que la orden de no moverse había ido dirigida exclusivamente a los adultos.

—No es esto lo que habíamos acordado, señorita Arimalfi —bramó Reizenbaum con rabia.

—Yo sé lo que usted había acordado —contestó Cloe con una amenaza en la voz—. Pero no conmigo ni con nadie de los presentes, si exceptuamos al desdichado forzudo Boris. Había decidido suprimirme como a todos los demás en cuanto tuviera lo que busca.

Los labios que antes habían alojado la enormidad de una sonrisa ahora se contraían en un diminuto óvalo de sorpresa e indignación.

—¿Cómo puede usted decir eso, señorita? —exclamó Reizenbaum muy ofendido, y su tamaño y su dignidad herida provocaron un contraste cómico: el Nebe Circus había perdido un magnífico payaso.

—Porque es lo que yo hubiera hecho —reconoció Cloe—. Pero estén tranquilos, sé que no ganaré nada con matarles. Sólo voy a marcharme a Sant'Antioco y no quiero que nadie me siga.

Se produjo un chispazo en la boca del revólver, un estampido. Con una perfecta puntería, la bala destrozó la rodilla del enano como si fuera una nuez, a pesar del tamaño del blanco. El cuerpecito se desplomó en el suelo, entre una lluvia de sollozos y maldiciones. Wahlberg había logrado incorporarse, tanteaba la pared en busca de un asidero más o menos firme, sus ojos forcejeaban por detener el tren en que viajaban la muchacha, el hombre del bigote, el teatro Bàccara, Venecia entera. El revólver giró hacia Menz y él sintió que la circulación introducía cosas duras en las venas de su mano herida.

—En Sant'Antioco no hay nada —silabeó, luchando por dominar su espanto—. Tú misma has estado allí con nosotros y lo has visto con tus propios ojos. No hay sitio para esconder nada.

—Sí, sí lo hay —le contradijo Cloe—. La tumba de Emmanuel Chrysoras nunca ha sido tocada. El Espejo de Salomón está allí: el detalle se corresponde bien con el humor macabro de mi antepasado, el arzobispo Tiberio Maratea. ¿No le parece a usted?

En cierto momento, Menz se descubrió a sí mismo avanzando la palma vendada hacia el cañón de la pistola, como si intentase refrenar el proyectil que debía salir de él.

—No lo hagas, Cloe —tartamudeó—. No vayas a Sant'Antioco, escúchame. Si vas allí morirás, lo sé. No me preguntes por qué, sabes que lo sé. Te pido que no lo hagas, por Wahlberg. Lo destrozarás.

La petición de Menz no parecía poseer mucho sentido, porque no se podía destrozar más a aquel despojo que vagaba desorientado por los rincones de la estancia, buscando una zona de la pared que le ayudara a permanecer en pie. Pero la bruma de sus ojos comenzaba a retirarse, y había fragmentos de palabras que se elevaban del fango de su lengua: Wahlberg deseaba actuar, hacer o decir alguna cosa, dejar atrás la tormenta que oscurecía su cerebro. No se supo si era la derrota de Wahlberg o el ruego de su compañero lo que había hecho tanta gracia a Cloe; su boca volvió a abrirse una vez más, fueron visibles los dientes de color de arena, una carcajada chirriante echó a volar por el teatro en ruinas, estremeció el cristal del espejo y heló el tuétano más profundo de Andreas Menz. Ahora el revólver le buscaba con mayor ferocidad.

—Entiendo —dijo ella regresando a su media sonrisa y colocándose una vez más el cigarrillo apagado en los labios—. Se trata de esa maldita cantinela del doble y todo lo demás, ¿no es verdad? Usted cree que yo soy la reencarnación de Elsbeth o como se llamase esa viuda alegre que estuvo a punto de echarle matarratas en el vaso. Querido inspector, se lo dije en Berlín y se lo digo en Venecia: tanto contacto con los espejos le ha trastornado. Mire, no voy a tener más remedio que ir hasta Sant'Antioco porque necesito ese otro espejo, y lo necesito por motivos bien serios —se detuvo durante un instante, como si persiguiese un recuerdo; entonces quiso imitar a los caballos y enseñar sus dientes pero sólo mostró un lodazal de suciedad parda; cuando volvió a hablar, su tono se había vuelto doloroso y grave—. Mire mi dentadura. ¿Cree usted que una aristócrata puede tener una boca así? Ese maldito bastardo de mi padre estaba demasiado ocupado despilfarrando la herencia de la familia y jamás quiso costearme una ortodoncia y unas prótesis. Sí, he tenido que recorrer media Europa en busca de dos espejos por culpa de mis dientes. Los dientes me obligaron a hacerme pasar por profesora de universidad para encontrar a los agentes que llevaban el caso, los dientes me ayudaron a deducir adónde conducían los cadáveres de Berlín. No se preocupe, Menz, no voy a matarle. Es cierto que con su edad una rodilla rota tardará algo más en sanar, pero son los gajes del oficio, ¿no está de acuerdo? Al menos tiene al culpable que vino buscando desde Alemania.

Iba a apretar el gatillo, pero un repentino espasmo de Wahlberg la detuvo; estaba vomitando, y rociaba el suelo de la sala con un torrente del mismo color que los dientes de ella. Cuando hubo quedado vacío, Wahlberg parpadeó, se secó los ojos con la manga de la chaqueta, dio dos pasos que milagrosamente no lo precipitaron encima del charco ocre que acababa de añadir a las basuras. La mano de Cloe dudó: no deseaba que se acercase más, tampoco se atrevía a disparar porque le parecía inútil malgastar una bala contra un saco. Las muchas horas de agonía habían corregido el rostro de Gustav Wahlberg; en su lugar figuraba un desorden de rasgos, una nariz, una boca y dos ojos mal situados, como muebles en un día de mudanza.

—Dispárame, maldita sea —roncó aquel desconocido con una voz que no le venía de los pulmones—. Dispara de una vez. No me harás más daño del que ya me has hecho.

Menz cerró los ojos para no ver la boca del arma. Fue el momento en el que Cloe volvió a dudar.

El aeroplano con la bandera tricolor sobrevoló el puente y emitió un suave graznido de bocina. Le respondió desde el barco un ábrego silbato que espantó a las gaviotas y quedó suspendido durante un rato sobre las aguas de la laguna, como la niebla que el amanecer no terminaba de aclarar. Los soldados de la tercera división de Infantería de Marina fueron ocupando la cubierta y se distribuyeron en dos filas, una frente a otra; llevaban las gorras caladas hasta las cejas, los fusiles alzados en una incómoda posición que parecía amenazar el vuelo de las nubes. El desfile de oficiales se demoró un poco, alguno de los soldados comenzó a considerar que el fusil era un compañero de espera que exigía demasiada paciencia de sus músculos. Finalmente, la comitiva dejó el puente y atravesó las dos filas de infantes en dirección a la proa. La encabezaba el almirante Varcaponte, remolcando sus condecoraciones con cara de sueño y la mueca trabajosa de quien intenta reprimir un dolor repentino. No carecía de motivos: aunque guardaba el secreto, una inoportuna diarrea había estado atormentándole toda la tarde del día previo y le había mantenido la noche entera pegado a la escupidera. Solícito, el comandante Guatelli, un hombre joven con el rostro desencajado y del color del aceite, iba intentando animar al almirante con descripciones pormenorizadas y perfectamente ociosas de la secuencia de maniobras. El almirante se detuvo con desgana en mitad del paseo y obligó a toda la larga procesión que lo seguía a hacer lo mismo; observó el cielo nublado, suspiró, comprobó que la fragata *Ostia* y la corbeta *Zeus* acordonaban según lo previsto las orillas de la ciudad por la zona de Fondamente Nuove, reanudó el paso. Una vez en la proa, saludó con un gesto mecánico a un oficial muy joven, que tenía el pelo rapado y dos ojos redondos como sortijas.

—¿Cuál es su nombre, hijo? —preguntó el almirante.

—Tonellatto, señor —replicó el oficial.

—Pues pulse esa palanca de una vez, Tonellatto —concluyó el almirante, muy cansado.

El oficial gritó una orden que le encendió la piel de la frente hasta volverla del color de las cerezas, una docena de hombres se echaron adelante sobre una barra situada frente al casco del buque. El primer chasquido, rotundo, volvió a asustar a las gaviotas e hizo chocar instintivamente las mandíbulas del almirante; luego siguieron dos, tres, cuatro chasquidos más leves. Algo caía al agua, algo sólido y pesado, como una colección de anclas. De pronto, la tripulación pudo comprobar que el mar se volvía blanco y que el suelo temblaba bajo todas las botas; se oyó un susurro contenido, casi un suspiro de nostalgia, algo similar al oleaje de una playa que se encuentra muy lejos, y una ola circular brotó del casco del barco y se lanzó a arrasar los islotes del estuario. Algún soldado se acordó, contemplando el espectáculo, de las ondas que producía su navaja de afeitar al bañarse en el agua del lavabo. La circunferencia crecía, se iba abriendo como un anillo de coral que aplastaba cuanto hallaba a su paso; sólo cuando chocó contra la *Ostia* y la *Zeus* del lado de Fondamente Nuove y contra la fragata *Istria,* apostada frente a la isla de San Michele, pareció apaciguarse. El resto de islas fueron engullidas por el maremoto, con todas sus piedras, su vegetación y esa soledad que desde mucho tiempo antes las había hecho candidatas al olvido. Algunas incluso contenían edificios, como la vieja fábrica de algodón abandonada que se divisaba flotando cerca de Murano, o como la pequeña ermita que resistía en lo alto de aquel lejano atolón convexo. En el momento en que la fuerza de la marea destrozó la iglesia desgajándola igual que un castillo de cartas, el almirante Varcaponte abrigó un pensamiento elegíaco: eran malos tiempos, en que ni Dios se preocupaba de proteger sus sucursales.

Calañas / Mairena del Aljarafe,
abril-noviembre de 2002

Índice

Este libro
se terminó de imprimir
en los Talleres Gráficos
de Gráficas Rógar, S. A.
Madrid (España)
en el mes de enero de 2004

EL CRITERIO DE LAS MOSCAS

Premio de Novela Corta
de la Universidad de Sevilla

«Un escritor magnífico. No estamos hablando de una novela o un autor de moda, sino que tiene calidad y memoria literarias.»
ARTURO PÉREZ-REVERTE

«*El criterio de las moscas* se lee con la satisfacción que proporciona saber que se está ante un joven y maduro escritor que tiene ante sí desbrozada buena parte del camino. Luis Manuel Ruiz es un nombre que hay que retener.»
JAVIER GOÑI, ***El País***

www.alfaguara.com